Annie Wilson / Lilla Bek · Farbtherapie

Annie Wilson / Lilla Bek

Farbtherapie

Farben als Schlüssel zur Seele
und Medium der Heilung

Scherz Verlag

1. Auflage der Sonderausgabe 1988.
Einzig berechtigte Übersetzung aus dem Englischen
von Matthias Dehne.
Titel der Originalausgabe: »What Colour Are You?«

Schutzumschlag unter Verwendung einer Farbaufnahme
von Hartmut Noeller.

Inhaltsverzeichnis

Vorwort

Vor mehr als zehn Jahren entschied sich Lilla Bek dazu, einen Yoga-Kurs zu belegen. Sie hatte gehört, daß Yoga den Kreislauf anrege, den Stoffwechsel beschleunige und die Körperorgane kräftige. Außerdem, so sagte man ihr, würde es Geist und Gedächtnis stärken, und da Lilla an athletischeren Übungssystemen keinen Geschmack finden konnte, schien Yoga für sie gerade das Richtige zu sein. Zumindest erschien es ihr ein wenig besinnlicher als andere Formen körperlicher Ertüchtigung.

Anfangs litt Lilla schrecklich. Obwohl sie auch vorher schon regelmäßig Sport betrieben hatte, mußte sie nun entdecken, daß sich ihr Körper in bestimmte Richtungen ganz einfach nicht beugen wollte. Die Übungen führten zu einer ungewöhnlich heftigen Freisetzung von Giftstoffen aus dem Gewebe. Sie bekam schlimmere Kopfschmerzen als jemals zuvor, und ihr Körper war ein einziger Schmerz. Obwohl sich die Entspannung nach den Übungsstunden sehr angenehm anfühlte, hatte sie nun – was die Situation noch verschlimmerte – ständig purpurrote Blitze vor den Augen. Sie fragte sich, ob es nicht besser wäre, im nächsten Unterrichtsquartal eher Blumenstecken als Yoga zu belegen. Doch auf die purpurroten Farbblitze folgten weiße – reines weißes Licht. Wenn sie die Augen öffnete, hatte sie das Gefühl, als seien plötzlich die Vorhänge aufgezogen worden, so viel Licht hatte sie vor Augen.

Sie machte weiter und entdeckte zu ihrer Erleichterung, daß sie sich bald beim Vornüberbeugen weniger schwindelig fühlte. Die Schmerzen ließen nach, und wie durch ein Wunder besserten sich auch ihre Bronchitis und ihre schwache Atmung. Dafür hatte sie sich ein neues »Ärgernis« eingehandelt. Sie bemerkte, daß etwas in ihr zu erwachen begann: Ihre Seele fing an, sich zu öffnen. Dies geschah über einen allmählichen Prozeß. So bemerkte sie zum Beispiel, wenn sie sich in einem Raum aufhielt, daß die Atmosphäre in ihrer Umgebung sich zu verändern, leichter zu werden schien. Die Schwingungsdichte des sie umgebenden Energiefeldes veränderte sich. Die Atmosphäre war anders: Sie spürte sie wie einen zarten Stoff auf ihrer Wange.

Yoga hatte Lilla für die Atmosphäre ihrer Umwelt empfänglicher gemacht, und sie wußte nun, daß an Yoga mehr dran ist, als sie sich vorgestellt hatte. Sie begann, im voraus zu wissen, wie die Personen, mit denen sie verabredet war, gekleidet sein würden oder wann das Telefon klingeln würde. Erste Vorzeichen. Dann wurde sie von einem Bekannten eingeladen, in dessen Haus es spukte. In einem der Räume stand ein Schreibpult, und als Lilla es berührte, spürte sie, wie sich die Atmosphäre veränderte. Die Schwingungsdichte nahm zu, und sie konnte die Schwingungen in ihrem ganzen Körper spüren.

In ihrem Kopf vernahm sie eine Stimme und erkannte sie als die des verstorbenen Vaters ihres Bekannten. Nachdem sie sich dazu überwunden hatte, sich nicht mehr dagegen zu sperren, konnte sie dieser Stimme zuhören. Der verstorbene Vater teilte ihr daraufhin mit, er sei streng katholisch erzogen worden und könne deswegen ohne den Segen einer Totenmesse das Jenseits nicht betreten. Als ihr Bekannter für eine Totenmesse Sorge getragen hatte, hörte der Spuk auf.

Von diesem Zeitpunkt an begann Lilla, sich mehr und mehr zu öffnen. Sie war dem Ungewöhnlichen begegnet, und alles Ungewöhnliche faszinierte sie. Sie sagte sich, daß es, sollte sie tatsächlich wahnsinnig werden, doch immerhin interessant sein müßte zu beobachten, wie der Übergang in den Wahnsinn stattfindet. Sie war nicht übermäßig beunruhigt oder erschreckt. Sobald sie allein war, offenbarten sich ihr seltsame Botschaften – häufig beim Geschirrspülen. Sie ertappte sich dabei, wie sie Gedichte aufsagte, die sie noch nie zuvor gehört hatte, oder wie sie ein Lied sang, das sie noch gar nicht kannte. Drei Ärzte »von der anderen Seite« klärten sie über die Evolution der Menschheit auf und sagten ihr, auf welche Weise sie ihre erwachenden Fähigkeiten einsetzen sollte. Lilla lachte und sah sich das alles einfach an.

Bald war sie zu allen möglichen außergewöhnlichen Wahrnehmungen fähig. Sie verfügte sogar über die Gabe der Psychometrie. Alles, was wir berühren, wird mit der Substanz unseres Seins durchtränkt. Lilla konnte sich recht genaue Vorstellungen von der Geschichte eines Gegenstandes machen, sobald sie ihn in Händen hielt. Außerdem vermochte sie einiges über den Charakter seines Besitzers zu sagen wie ein Arzt, der anhand einer Blutprobe den Gesundheitszustand eines Patienten feststellen kann.

Während eines besonders folgenreichen Wochenendes entdeckte sie, daß sie sich zu Natur- und Baumgeistern hingezogen fühlte. Sie konnte mit ihnen »sprechen«, indem sie sich auf die Bilderwelt der Elementargeister einstimmte. Sie konnte sich außerdem an Orte versetzen, an denen sie noch nie zuvor gewesen war, und konnte vergangene Ereignisse sehen, als ob sie selbst dabeigewesen wäre. Erst relativ spät bemerkte sie, daß sie die Qualität der Aura von anderen Menschen und die Farben, die davon ausgestrahlt werden, fühlen und eine Menge darüber sagen konnte, wenn sie sich darauf einstimmte.

Die Interpretationen der Farben haben sich wie die astrologischen Deutungen über Jahrtausende herangebildet. Aufgrund der Vielschichtigkeit des modernen Lebens manifestieren sich unsere Energien heutzutage jedoch in komplexeren Schwingungsmustern, und dank der ihr gegebenen intuitiven Einsicht ist sich Lilla der vielfältigen Implikationen dieser Farbkombinationen bewußt.

Nicht so sehr die körperliche Seite des Yoga, sondern die damit verbundene Tiefenentspannung hatte diese tiefgreifende Wirkung auf Lilla. Allerdings konnte sie sehen, daß Yoga ein Schlüssel sein kann, der nach innen *und* außen die Pforten zu verschiedenen Bewußtseinsarten öffnet.

Seit neun Jahren lehrt Lilla Bek nun schon Yoga. Sie hat in ganz England und inzwischen auch schon in Deutschland Vorträge gehalten und Workshops veranstaltet. Heute widmet sie ihre Zeit häuptsächlich der Farbanalyse des feinstofflichen Körpers ihrer Klienten und der Erkundung ihrer vergangenen Leben. Sie zeigt ihnen, in welcher Weise ihr gegenwärtiges Leben und ihre gegenwärtigen Bedürfnisse dadurch beeinflußt werden.

Annie Wilson ist eine Journalistin und Schriftstellerin, die sich eingehend mit der Heilkraft von Farben beschäftigt hat. Ihr besonderes Interesse gilt den heute hervortretenden neuen Formen des Verstehens. In ihrem ersten Buch, *The Wise Virgin,* zeigt sie auf, wie bestimmte Frauen zu Katalysatoren geworden sind, die das Gleichgewicht zwischen den männlichen und den weiblichen Energien auf dieser Erde wiederherstellen.

Einleitung

Jede Oberfläche auf dieser Welt, ganz gleich ob sie zum pflanzlichen, mineralischen, tierischen oder menschlichen Bereich gehört, ist lichtempfindlich. Setzt man ein Metall der Sonnenbestrahlung aus, so beschlägt es mit der Zeit und dunkelt nach. Bei einigen Metallen geschieht dies schneller, bei anderen langsamer. Selbst Gold, dessen Kostbarkeit darin besteht, daß es nicht mattiert, dunkelt je nach Qualität zumindest ein wenig nach.

Alle Lebewesen nehmen durch ihre Haut Licht in sich auf. Jeder Organismus reagiert auf das Licht, das von seiner Oberfläche absorbiert wird, ganz gleich, wie primitiv sein Nervensystem sein mag. Ohne Licht gäbe es kein Leben. Der Mensch der Urzeit wußte dies und verehrte deshalb die Sonne als eine Gottheit.

Dr. John N. Ott, der führende Lichtforscher in Amerika, hat entdeckt, daß das Auge zwei grundverschiedene Funktionen hat. Zum einen wirkt das Licht auf den Sehnerv, der uns zu sehen befähigt. Zum anderen trifft das durch das Auge einfallende Licht auf eine besondere Schicht von Zellen in der Retina, die mit der Sehfunktion nicht das mindeste zu tun haben. Diese Zellen senden elektrische Impulse zum Gehirn, von denen einige bis zum Hypothalamus vordringen, einer Verdickung von der Größe eines Golfballs, die sich an der Gehirnbasis befindet. Die bisherigen Forschungsergebnisse haben gezeigt, daß der Hypothalamus für die Regulierung der Grundfunktionen des Körpers eine wichtige Rolle spielt. Er beherrscht die einflußreiche Hypophyse, die endokrine Drüse, welche als der »Dirigent des endokrinen Orchesters« bezeichnet wird und wichtige Hormone ins Blut absondert. Der Hypothalamus teilt der Hypophyse mit, welche Befehle sie an die untergeordneten Drüsen, die Nebennieren, die Geschlechtsdrüsen und die Schilddrüse weitergeben soll.

Indem wir mit den Augen und der Haut Licht in uns aufnehmen, machen wir unbewußt davon Gebrauch – einen weisen oder auch nicht so weisen. Licht kann auf unser Wachstum und unsere Gesundheit in vieler Hinsicht tiefen Einfluß nehmen. Licht steuert die Geschehnisse, die tief im Inneren unseres Körpers stattfinden. Goethe, dessen Farbforschung immer noch unübertroffen ist, behauptet, daß die beiden Extreme – Licht und Dunkelheit – in ihrem Wechselspiel das ganze Farbspektrum hervorbringen. Wir leben zwischen Dunkelheit und Licht, und daraus entsteht uns eine Welt von Farben. Farbe ist die Eigenschaft des Lichts, die erst durch das Zusammenwirken von Licht und Dunkelheit zustande kommt.

Farbe ist mehr als nur eine Ausschmückung oder ein Augenschmaus. Sie ist Licht, das in verschiedene Wellenlängen oder Schwingungsfrequenzen zerlegt wurde. Ein Objekt, welches alle Lichtwellen absorbiert und keine davon zurückwirft, wird schwarz genannt; eines, das alle Lichtwellen zurückwirft, wird weiß genannt. Ein Gegenstand erscheint uns rot, wenn alle Farben des darauf auftreffenden Lichts mit Ausnahme von Rot absorbiert werden. Nur rotes Licht wird dann reflektiert.

Jede Farbe zeichnet sich durch eine bestimmte Schwingungsfrequenz aus. Diese Schwingungsfrequenz ruft bei uns eine Erfahrung der Wärme oder der Kälte hervor. Rot hat die längste Wellenlänge und die langsamste Schwingungsfrequenz. Violett zeichnet sich mit seiner kürzesten Wellenlänge durch die höchste Schwingungsfrequenz des sichtbaren Lichtes aus. Entgegen aller Erwartung erzeugt die hohe Frequenz des Blauspektrums ein Gefühl der Kälte und die niedrige Frequenz von Rot ein Gefühl der Wärme – eine Umkehrung, mit der sich die Wissenschaft nur schwer abfinden mag.

Theo Gimbel von den »Hygeia-Studios« in Gloucester, einer der führenden Lichtforscher Englands, nimmt an, daß die Dichte von Rot seine Beweglichkeit hemmt und damit seine

Schwingungsgeschwindigkeit bremst. Blau hingegen wirkt »öffnend« und vermittelt deswegen das Gefühl von Raum. Ein erst kürzlich am »National Institute of Health« in Washington durchgeführter Versuch hat gezeigt, daß Amöben unter blauem Licht eine lockere und offene Molekularstruktur annehmen; unter rotem Licht scharen sich die Moleküle hingegen zu einer gedrängten Anordnung zusammen.

Blinde können sich durch eine Sensibilisierung für diese Wirkung der Schwingungsfrequenz dahingehend trainieren, daß sie Farben mit der Haut »sehen«. So brachte sich zum Beispiel eine russische Hausfrau bei, Farben voneinander zu unterscheiden, indem sie ihre Hände darüberhielt. In der ganzen Sowjetunion wird heute in öffentlichen Kursen »augenloses Sehen« gelehrt. In seinem Buch *Rhythms of Vision* berichtet Lawrence Blair, daß einige Menschen bei einem solchen Training herausfanden, daß sie an der Zunge, den Ohrläppchen oder der Nasenspitze farbempfindlicher waren als an den Fingerspitzen. Die Beteiligten entdeckten dabei außerdem, daß bestimmte Farben bestimmte Empfindungen hervorrufen. Rot brennt, Orange wärmt, Gelb ist kaum lauwarm, Grün weder warm noch kalt. Violett hingegen kühlt und zwickt. Außerdem können die Farben die dafür empfindlichen Körperstellen stechen, beißen, schlagen, drücken, kneifen oder anpusten.

Wir wissen inzwischen, daß die sieben Grundfarben des Regenbogens, das Spektrum, aus dem das von uns wahrnehmbare weiße Licht besteht, nur ein kleiner Ausschnitt des sogenannten elektromagnetischen Spektrums ist. Lawrence Blair sagt dazu: »Licht, Wärme und Farben existieren nicht für sich genommen. Von der Sonne und anderen Quellen strömen Energien von unterschiedlicher Wellenlänge aus, aber nur wenige davon sind für die menschlichen Sinne wahrnehmbar, indem sie von der Materie zurückgestrahlt werden und mit ihr interagieren.« Die sichtbaren Strahlen machen nur einen kleinen Teil der von diesen Energiequellen abgestrahlten Energie aus. Jenseits von Infrarot und Ultraviolett gibt es unsichtbare Schwingungen und Energien, die auf uns einwirken. Menschen mit medialer Begabung kommen mit eben jenen Energien in Berührung, wenn sie Dinge »sehen« oder spüren, derer die meisten anderen Menschen nicht gewahr werden.

Theo Gimbel stellt mit Recht fest, daß die große Mehrheit von uns nur jenen kleinen Ausschnitt des Farbspektrums sieht, mit dem wir uns aufgrund unserer erziehungsbedingten Konditionierung in diesem Jahrhundert zufriedengeben. Aber die tiefen Dunkelblau- und Violettöne, die wir normalerweise nicht wahrnehmen können, könnten uns Frieden, jugendliche Frische und Ruhe schenken. Am anderen Ende des Spektrums kommen wir zu den leuchtenden, aufregenden und vitalisierenden Qualitäten von Rot, von denen wir uns im allgemeinen keine Vorstellungen machen, da sie für unser Fassungsvermögen einfach zu strahlend sind. Die meisten von uns denken nicht gerade viel über die Natur der Farben nach. Bei Bildern, die wir uns an die Wand hängen, oder bei der Wahl der Lackierung unseres Automobils mögen wir zwar auf die Farbe achten, aber wir haben die Tatsache aus den Augen verloren, daß der Farbe eine wesentlich größere Bedeutung zukommt, als nur eine dekorative Beigabe zu sein.

Die alten Kulturen Ägyptens, Griechenlands, Chinas und Tibets wie auch die der amerikanischen Indianer, für die eine innige Beziehung zum Körper wichtiger war als für die westliche Kultur von heute, besaßen ein inneres Wissen von der Wirkungskraft der Farben. So gab es zum Beispiel im alten Ägypten besondere Tempel der Heilung, deren Heilkraft nicht zuletzt auf ihre besonderen Licht- und Farbeffekte zurückzuführen war. Die alten Ägypter richteten sich zudem besondere Räume ein, die in tiefblauen, violetten und blaßrosa Tönen gehalten waren und deren einzige Aufgabe darin bestand, eine Art heiliger Schutzort zu sein. In diesen Räumen konnten sie sich unter der Einwirkung dieser subtilen Farbtöne in größerer Ruhe auf sich selbst einstimmen und inneren Frieden finden.

Selbst für das mittelalterliche Europa besaß Farbe noch einen wichtigen Symbolwert. Farbsymbolik ist ein grundlegender Bestandteil der meisten Religionen der Erde. Wenn sich die Menschen früher in bestimmte Farben kleideten, geschah dies nicht, um attraktiver auszusehen, sondern um sich auf die göttlichen Wesenheiten im Universum einzustimmen. Von alters her hat sich die Kirche für ihre zeremoniellen Gewänder verschiedener symbolischer Farben bedient. So verbindet zum Beispiel Purpur, das häufig die Farbe zeremonieller Gewänder ist, die Wärme von Rot mit der Kühle von Blau und stellt damit ein Gleichgewicht her.

Die Alten wußten zudem von Energien, die jenseits des Bereiches des für unsere normale Wahrnehmung sichtbaren Lichtes liegen. Auf Ikonen und religiösen Gemälden sind Gestalten dargestellt, deren Kopf von einem Heiligenschein oder strahlender Lichtenergie eingefaßt ist. Die Alten nahmen diese Energien als Farben wahr. Zwischen dieser Tatsache und der Entstehung des Yoga besteht ein direkter Zusammenhang, denn man hatte erkannt, daß bestimmte Körperbewegungen diese Energien jeweils stärken oder schwächen.

Die meisten von uns sind in ihrer Wahrnehmungsfähigkeit insofern beschränkt, als unsere Farbbewußtheit recht begrenzt ist – allein schon deshalb, weil man uns nichts über ihren tiefen Sinn lehrt. Wir lernen, daß Farben hübsch sind, aber nicht, daß sie ein organisches System darstellen. Wir haben keine andere Verbindung zur Farbe als über die Anziehungskraft, die sie jeweils auf uns ausübt.

Als Cézanne, Monet und Kandinski begannen, Farben in einer Weise einzusetzen, daß man einfach darauf aufmerksam werden mußte, erwachte auch ein neues Farbbewußtsein. Zwar betrachtete man Farbe immer noch als etwas, das an sich bedeutungsvoll ist; als den Betrachtern jedoch auffiel, daß eine Kuh eigentlich nicht blau sein sollte und daß eine solche Farbgebung die Atmosphäre eines Bildes prägend beeinflußt, wurden allerdings einige Fragen laut. Auch die Musiker stellten zu jener Zeit fest, daß Farbe in Verbindung mit Musik den Hörer psychisch beeinflußt. Man beobachtete, daß die Beleuchtung und farbliche Gestaltung jeweils zu einer anderen Erfahrung der musikalischen Darbietung führt.

Zumindest unbewußt leben wir jedoch alle in dem Glauben, daß Farben bestimmte Wirkungen haben. Wie unser alltäglicher Sprachgebrauch andeutet, nehmen wir es, ohne auch nur darüber nachzudenken, als gegeben hin, daß Farben bestimmte Qualitäten haben. Wenn wir von »Zornesröte«, von »gelb sein vor Neid«, vom »Schwarzärgern«, von der »rosaroten Brille«, der »Goldenen Mitte« und den »blauen Stunden« sprechen, nehmen wir damit zur Kenntnis, daß jede Farbe emotionale Aspekte besitzt. Betreten wir einen Raum, in dem ein Streit stattgefunden hat, spüren wir, daß die Luft darin drückend, schwer und »rot« ist.

Trotzdem erkennen viele Fachleute, die sich des Einflusses von Farben bewußt sind, nur ihre psychische Wirkung an. So experimentierte Robert M. Gerard 1932 zum Beispiel mit Gefängnisinsassen und fand heraus, daß sich rotes Licht erregend und stimulierend, blaues hingegen beruhigend auf sie auswirkte.

In den »Hygeia-Studios« ist Theo Gimbel jedoch tiefer in die Bedeutung und in die tieferen Dimensionen von Farben, Form und Klang eingedrungen. Er ist der Meinung, daß Farben nicht nur die Emotionen beeinflussen, sondern sich auch unmittelbar physiologisch auswirken. Er hat Farben und bestimmte Formen miteinander verbunden und nachgewiesen, daß bestimmte »heilige« Formen die Wirkung der einzelnen Farben noch steigern.

Auf der Grundlage seiner Forschungsergebnisse hat er einen Beratungsservice gegründet, der bei der Gestaltung von Krankenhaus- und Sanatoriumsbauten mitwirkt. Das Ziel ist, Farben und Formen so aufeinander abzustimmen, daß dies bestimmten Leiden entgegenwirkt und zur Steigerung des allgemeinen Wohlbefindens beiträgt. Das Blauspektrum (Violett, Blau, Türkis) lindert Asthma, Verspannung und Schlaflosigkeit. Das Spektrum von Rot, Orange und Gelb gleicht Schlaffheit und mangelnde Vitalität aus.

Die meisten allopathischen Medikamente legen das Nervensystem in einer bestimmten Körperregion lahm und lassen dadurch den Schmerz abklingen. Dies ist keine Heilung, sondern nur eine Beseitigung der Symptome. Theo Gimbel ist jedoch der Meinung, daß sich die Ärzte – insbesondere in Deutschland und den Vereinigten Staaten – dieses Sachverhaltes nun langsam bewußt werden. Er ist zuversichtlich, daß eine Berücksichtigung der therapeutischen Wirkung von Farben die ärztliche Behandlung in Zukunft ergänzen wird, ohne sie deswegen gleich völlig zu ersetzen.

Alexander Schauss, der Direktor des Instituts für biosoziale Forschung in Tacoma im amerikanischen Bundesstaat Washington, berichtete kürzlich, daß Aggressivität, Feindseligkeit und Beklommenheit durch die Einwirkung einer bestimmten Rosaschattierung in Minutenschnelle aufgehoben werden. Man macht jetzt schon versuchsweise in der Geriatrie, bei der Therapie von Jugendlichen und Familien, in Gefängnissen und bei der Gestaltung von Geschäftsräumen von der sedativen und muskelentspannenden Wirkung von Rosa Gebrauch. Schauss bemerkt dazu: »Auch wenn eine Person sich wirklich anstrengt, aggressiv oder wütend zu sein, ist sie dazu nicht in der Lage. Der Herzmuskel bewegt sich einfach nicht schnell genug. Es ist eine besänftigende Farbe, die die aggressiven Energien abzuleiten scheint. Sogar Farbenblinde werden in rosa Räumen ruhiger.«

Aber es gibt noch andere Institutionen, die Farbe in einer sinnvollen Weise einsetzen. Im Sunfield-Kinderheim bei Stourbridge in England zum Beispiel werden psychisch gestörte Kinder mit Farbtherapie behandelt. In den von Rudolf Steiner inspirierten Waldorf-Schulen sind die Klassenzimmer in einer Farbe gestrichen, die mit der emotionalen Grundstimmung der jeweiligen seelischen Entwicklungsstufe der Kinder übereinstimmt. Aus diesem Grund hat ein Klassenzimmer des ersten Schuljahres einen roten Anstrich. Rot hat einen extrovertierten Charakter. Es entspricht einer Orientierung nach außen und nach vorn. Rot steckt voller Kraft und Energie, es ist klar und eindeutig. Diese Qualitäten stimmen nach der Steinerschen Entwicklungslehre mit der seelischen Grundstimmung eines sechsjährigen Kindes überein, und demgemäß reagiert es auch darauf. Mit dem Alter der Kinder ändern sich dann die Farben der Klassenzimmer.

Es ist außerdem wichtig zu bemerken, daß die Farben nicht statisch sein dürfen. In der Waldorf-Schule von Bristol zum Beispiel sind die Wände geschmirgelt und gewölbt, so daß sich die Farben in verschiedenen Schattierungen und Formen bewegen.

Auf unserer Welt ist das Licht ja keinesfalls gleichbleibend und statisch. Von dem Augenblick an, zu dem wir vor Tagesanbruch in die tiefviolette Stimmung des frühen Morgens erwachen, verändert sich das Licht. Der Morgen wandelt sich in tiefes Indigo, und vor Sonnenaufgang färbt sich der Horizont hellblau. Dann wird die Welt grün, obwohl wir diese Abstufungen in der Farbe des Tageslichts wegen der großen Helligkeit gar nicht bemerken. Gegen Nachmittag wird das Licht gelb, und das Gelb des Nachmittags geht in die freudigen Orangetöne des Abends über – schon seit alters her die Zeit für Tanz und Gesang. Schließlich mag die Sonne in herrlichem Rot hinter dem Horizont verschwinden.

Die Welt durchläuft in den vierundzwanzig Stunden des Tages also ein ganzes Spektrum von Farben. Natürliches Licht ist so ungeheuer beweglich und freifließend, daß jedes statische Licht automatisch eine Belastung für die Energie eines menschlichen Wesens darstellt. Daraus mögen wir ersehen, daß wir uns selbst aus dem Gleichgewicht werfen, wenn wir uns mehr und mehr in einer künstlich regulierten Umwelt bewegen und zunehmend künstliche Lichtquellen benutzen.

John Ott konnte bereits feststellen, daß der Rückgang in der Benutzung natürlichen und der zunehmende Gebrauch künstlichen Lichts mehr und mehr geistige und körperliche Konfusion hervorbringt. Viele von uns haben bereits die Erfahrung gemacht, daß die Neonbeleuchtung in einer Kantine zur Folge haben kann, daß uns geradezu »der Appetit vergeht« und unser Körper auf die dort genossenen Speisen gereizt reagiert. Und wir wissen ebenfalls, daß Kerzenlicht Ruhe und Wohlbefinden hervorruft. Bis jetzt ist noch kein künstliches Licht verfügbar, das alle Eigenschaften von natürlichem Licht besitzt. Allmählich kommen wir jedoch zu der Einsicht, daß zum Leben in einer gesunden Umwelt Licht von einer ganz bestimmten Qualität gehört.

So mögen wir nun auch einsehen, daß physische Gesundheit und Lebenskraft zu einem großen Maß von der Aufrechterhaltung unseres Farbgleichgewichts abhängig sind, denn das Leben beginnt mit dem Licht und wird vom Licht in Gang gehalten. Sollten wir durch einen falschen Lebensstil, durch falsches Denken und Fühlen unser inneres und äußeres Gleichgewicht verloren haben, dann können wir die Schwingungen der Farben dazu benutzen, unsere eigenen Schwingungen zu heilen.

Der Rahmen dieses Buches ist jedoch noch weiter gesteckt, denn es dringt bis zum allsehenden Auge der Intuition und der hellseherischen Bewußtheit vor. Es mag deutlich werden, daß zwischen unseren physischen Augen und dem »Dritten Auge« der Psyche, zwischen der Haut und der Aura sowie zwischen dem Drüsensystem und dem Kreisen unsichtbarer Energien eine direkte Verbindung besteht.

Farbe ist das Symbol dieser Verbindung.

1. Das feinstoffliche Energiesystem des Körpers

Jedermann weiß, daß eine Pflanze aus Sonnenlicht Energie gewinnt, daß Chlorophyll, das grüne Pigment in der Pflanze, Sonnenenergie aufnimmt, um damit Kohlendioxyd zu zerlegen und Zucker herzustellen, der als Nährstoff aufgenommen werden kann. Die Weise, auf die wir Menschen Energie – nicht nur von der Sonne, sondern aus dem ganzen Kosmos – aufnehmen und gebrauchen, wird hingegen weit weniger verstanden. Was sind die charakteristischen Eigenheiten dieser Art von Empfänglichkeit? Wie nehmen wir die Energie auf, die wir zum Überleben benötigen? Sind, wie viele alte Kulturen sagen, in unserem Körper an bestimmten Stellen lebenswichtige Zentren lokalisiert, die Energien aufnehmen, assimilieren und weiterleiten? Und können diese Zentren je nach unserem Lebensstil drosselnd oder verstärkend auf die uns zur Verfügung stehenden Energien einwirken?

In seinem *Buch der Hopi* beschreibt Frank Waters die Weltsicht der Hopi-Indianer Nordamerikas, die sich für die ältesten Bewohner dieses Kontinents halten. Sie sind der Ansicht, daß der Menschenkörper und der Körper der Erde nach den gleichen Prinzipien aufgebaut sind. Beide haben eine Achse: Im Menschen ist das die Wirbelsäule. Die Wirbelsäule reguliert das Gleichgewicht in der Bewegung und beherrscht die Körperfunktionen. Entlang dieser Achse gibt es nach der Vorstellung der Hopis nun verschiedene vibrierende Zentren feinstofflicher Enregie, die sich warnend bemerkbar machen, sobald irgendetwas aus der Ordnung gerät.

Die Hopis glauben, daß das erste dieser Zentren in der Gegend der Schädelkrone liegt. Hier befindet sich nach der Geburt der weiche Punkt, die offene Pforte, durch die das

Kind das Leben empfängt und mit seinem Schöpfer kommuniziert. Wenn der Säugling atmet, bewegt sich dieser weiche Punkt in einer sanften Schwingung auf und ab, die zum Schöpfer weitergeleitet wird. Mit *Talwva,* der »Zeit des roten Lichts«, der letzten Phase der Schöpfung, wird diese Weichstelle hart und schließt sich. Sie bleibt bis zum Tode geschlossen. Erst dann öffnet sie sich wieder, damit das Leben in der gleichen Weise entweichen kann, in der es in den Körper eingetreten ist.

Knapp darunter liegen das zweite Zentrum sowie das Organ, mit dem der Mensch selbständig zu denken lernt: das Gehirn. Das dritte Zentrum ist in der Kehlgegend lokalisiert. Es steht in Verbindung mit Mund- und Nasenöffnung, die den Lebensatem aufnehmen und zu den Schwingungsorganen weiterleiten, die uns dazu befähigen, den Atem als Ton artikuliert wieder abzugeben. Wie der uranfängliche Ton, der aus den Schwingungszentren des Erdkörpers kommt, ist auch dieser Ton auf die universale Schwingung aller Schöpfung abgestimmt.

Das vierte Zentrum ist das Herz, ebenfalls ein vibrierendes Organ, das im Einklang mit der Schwingung des Lebens pulsiert. Fühlt ein Mensch von Herzen den Wert und die wahre Bestimmung des Lebens, dann ist er »eines Herzens«. Jene Menschen hingegen, die negative Emotionen in sich eindringen lassen, haben ein »gespaltenes Herz«. Nach Hopi-Anschauung befindet sich das letzte wichtige Energiezentrum des Menschen über dem Nabel, in der Gegend, die wir jetzt allgemein als den Solarplexus bezeichnen.

Wie die Hopi-Indianer gehen auch die tibetischen und indischen Mystiker von einer ähnlichen Reihe von Energiezentren im Menschen aus. Die Mystiker des Ostens sind jedoch der Ansicht, daß es sieben solcher Zentren oder »Chakras« gibt, die ungefähr mit physischen Körperzentren übereinstimmen und sich sowohl seelisch als auch körperlich auswirken.

Auch die Weisen des Ostens hielten das Scheitelzentrum für das höchste Zentrum. Es ist in der östlichen Mystik als der *Sahasrara Padma,* der »tausendblättrige Lotos«, bekannt und wird mit der Hirnanhangdrüse in Verbindung gebracht. Als der Sitz des transzendentalen Bewußtseins ist der »tausendblättrige Lotos« das wichtigste aller Zentren. Wie für die Hopis ist er auch für die östlichen Mystiker das Tor zum Schöpfer, durch das das Bewußtsein in den Körper eintritt und ihn wieder verläßt. Darunter, zwischen den Augenbrauen, liegt das *Ajna*-Zentrum, welches mit der Zirbeldrüse in Zusammenhang steht. Die Zirbeldrüse bildet die Basis des Gehirns und beherrscht das autonome Nervensystem. *Visuddha,* das Kehlzentrum, hat seine körperliche Entsprechung in der Schilddrüse und der Nebenschilddrüse. Es regiert die Lungen sowie den Bronchial- und Atmungsapparat.

Darunter befindet sich – in Übereinstimmung mit der Vorstellung der Hopis – das *Anahata*- oder Herzzentrum. Seine physiologische Entsprechung ist die Thymusdrüse. Es beherrscht das Herz, die Blutgefäße und den Kreislauf. Darunter folgt das *Manipura*-Zentrum, der Solarplexus, für die Hopis der Thron des Schöpfers im Körper. Zwischen ihm und der Bauchspeicheldrüse und dem Magen besteht ein gewisser Zusammenhang. Dieses Zentrum kontrolliert das sympathische Nervensystem, welches anorganische in organische Substanzen umwandelt und diese wiederum in psychische Energien umsetzt.

Die östliche Mystik kennt jedoch noch zwei weitere, tiefer liegende Zentren, die von den Hopis nicht genannt werden: das *Svadhisthana*-Zentrum, welches mit den Nebennierendrüsen in Verbindung gebracht wird und an der Ausscheidung aller jener Substanzen beteiligt ist, die vom Körper nicht absorbiert werden können, sowie das *Muladhara*- oder Wurzelzentrum am unteren Ende der Wirbelsäule, das mit dem Sakralplexus in Beziehung steht und die sexuelle Kraft repräsentiert.

Als Lilla sich für das Übersinnliche zu öffnen begann, wurde sie gewahr, daß sie diese Energien zu »sehen« vermochte. Wir verfügen alle über einen »Ätherleib«, einen Energiekörper, den wir mit unseren gewöhnlichen Sinnen nicht wahrnehmen können. Dieser Energiekörper ist die Manifestation einer anderen Ebene von Energien, die sich von den in der scheinbar festen, stofflichen Welt sich manifestierenden Energien unterscheiden. Wir nennen sie die »feinstofflichen« Energien im Gegensatz zu den »grobstofflichen« der materiellen Welt. Als eine Manifestation dieser Energien ist der Ätherleib das direkte Gegenstück zum physischen Körper, dessen Disharmonien er reflektiert. Der Energiekörper besteht aus der Bewegung von Energien oder Kräften, die überall dort, wo sie ineinander verflochten sind und sich konzentrieren (d. h. in den sogenannten »Zentren«), verschiedenfarbig aufleuchten.

Der »Ätherleib« beinhaltet eine ganze Menge solcher Energiezentren. Die Seher und Hellseher des Altertums und der Gegenwart vertreten jedoch übereinstimmend die Meinung, daß es sieben Hauptzentren oder Chakras gibt. Trotzdem müssen wir natürlich bedenken, daß auch die Seher in ihrer individuellen Entwicklung jeweils auf verschiedenen Stufen stehen und verschiedenen Pfaden oder Methoden folgen. Sie werden ihre »Gesichte« deswegen auch ganz unterschiedlich interpretieren.

Lillas Weg ist es, zu zeigen, wie man durch Yoga gesund werden und bleiben kann. Dieses Buch beschreibt, was sie »sieht« und wie sie es interpretiert. Die Gesundheit und der Körper stehen im Mittelpunkt, denn der Körper hält das Gleichgewicht zwischen allen unseren Lebensbereichen – dem Physischen, Mentalen, Emotionalen und Spirituellen – aufrecht. Diese verschiedenen Ebenen unseres Lebens spiegeln sich alle in unseren Chakras wider. Das Buch beschreibt also, wie der Zustand unserer Chakras uns in jedem Augenblick zu dem macht, was wir sind, und wie sich jener Zustand verändern kann.

Erst als sich Lilla dieser Energien mehr und mehr bewußt wurde, sah sie, daß jedes Zentrum eine bestimmte Färbung aufweist. Recht oft bemerkte sie dann in einer Yogastunde, daß einer der Teilnehmer extrem rot, gelb oder blau getönt war. Sie brauchte nur hinzusehen und konnte spüren, in welchem Zentrum die Energien erschöpft oder wo sie übermäßig aufgeladen waren. Zwar fühlen wir alle irgendwie, wenn es einem unserer Freunde nicht gut geht, wenn ihm eine gesunde Ausgeglichenheit fehlt, auch wenn er äußerlich eigentlich ganz gut aussieht. Lilla vermag jedoch noch mehr zu erkennen. Sie spürt mit hunderprozentiger Sicherheit, wenn sich bei einer Person zuviel Energie an der Kopfspitze ballt oder wenn die Energie unter der Gürtellinie erschöpft ist. Sie kann fühlen, in welchen Mustern die Energie um den Körper herumströmt, und sagen, wo ein Energieüberschuß und wo ein Energiemangel besteht.

Für das gewöhnliche Auge unsichtbare Phänomene sind nur schwer begreifbar. Es ist deswegen notwendig, die Chakras noch ein wenig näher zu erklären. Die Kraftzentren und Knotenpunkte im »Verkehrsnetz« der feinstofflichen Energien, die wir als Chakras bezeichnen, sind Brennpunkte, welche Energien aufnehmen und damit den physischen Körper beleben. *Chakra* bedeutet Rad. Die Chakras sind dreidimensionalen, pulsierenden Rädern ähnlich, die rhythmisch vom Zentrum nach außen kreisen, als würden sie beständig überlaufen. Sie gleichen sich im Uhrzeigersinn drehenden Feuerrädern. Zumindest sollten sie dies. Aber es kann auch einiges schiefgehen. Wir können uns dies am Beispiel eines Fahrrades veranschaulichen. Sind die Räder gut geölt, dann drehen sie sich schon nach einem leichten Anstoß. Sind sie jedoch verrostet, so daß einige Teile überhaupt nicht in Bewegung kommen, dann kann man sie nur mit großem Kraftaufwand in Gang setzen.

Ein »verschmutztes« Chakra sammelt Schmutzpartikel an. Es gleicht darin jenen modernen Textilfasern, die schon nach einmaligem Waschen den Schmutz regelrecht anzuziehen scheinen und niemals sauber aussehen. Wird die Energie eines Chakra nicht voll genützt, dann können wir diese Verschmutzung nicht abstoßen. Dies führt zu einer mangelhaften Funktion des Chakra. Die Energien können nicht kreisen, wie es sich gehört.

Das andere Extrem besteht darin, daß die Energien wie wild herumwirbeln. Die Folge davon ist, daß sich das betreffende Zentrum permanent übermäßig auflädt und damit ebenfalls sein Gleichgewicht verliert. In diesem Fall müssen wir lernen, die Energien abzustellen, zu deaktivieren, bis wir sie wieder brauchen. Unser körperliches Wohlbefinden ist ganz von der richtigen Aufnahme und Verteilung dieser Energien abhängig. Sind die Chakras ausgeglichen und in richtiger Weise aktiviert und mit Energie gespeist, dann befindet sich der Körper mit dem Geist, den Emotionen und der Seele in vollkommener Harmonie.

In der Mehrzahl sind wir jedoch alles andere als vollkommen. So sind zum Beispiel Menschen mit Magenleiden durchaus keine Seltenheit. Bei ihnen wirken sich alle Ereignisse und Begegnungen, die das innere Gleichgewicht stören, in der Magengegend aus. Sie reagieren zwangsweise mit dieser Körperregion auf die Anforderungen des Lebens; deswegen muß diese Region bei ihnen gekräftigt werden.

Jedes Chakra manifestiert eine bestimmte Eigenschaft: die Eigenschaft der in ihm enthaltenen Farben. Sollten Sie – um es einmal stark vereinfacht darzustellen – sich gern körperlich trainieren, ein aktives Geschlechtsleben haben und gern etwas Neues dazulernen, dabei aber keinen Draht für das »Übersinnliche« haben, so leben Sie wahrscheinlich aus den niederen Chakras, orientieren sich »aus dem Bauch« und sind übermäßig erdverbunden. Machen Sie hingegen Erfahrungen mit dem Übersinnlichen, haben Sie Vorahnungen und telepathische Fähigkeiten, sind Sie empfindsam und haben Sie vom Physischen keine allzu hohe Meinung, dann gestalten Sie Ihr Leben mehr aus den oberen Chakras und sind wahrscheinlich ebenso unausgeglichen.

Das vorliegende Buch dürfen Sie als eine Art Handbuch betrachten, das Ihnen sagt, wo auf der Stufenleiter der Seele Sie sich momentan aufhalten. Mit seiner Hilfe sind Sie vielleicht in der Lage zu entdecken, warum Sie sind, wer Sie sind, aus welchen Gründen Sie nach Ihrer bestimmten Lebenseinstellung leben und warum Sie das in Ihnen verschlossen liegende Potential nicht voll entfalten.

2. Die Färbung der Chakras und deren Zusammenhang mit Körper und Geist

Wir leben auf dieser Erde. Wir sind Menschen, und als solche müssen wir darauf achten, mit unserem Körper in harmonischer Übereinstimmung zu leben. Der Körper ist unser hauptsächliches Ausdrucksmittel auf der Erde. Unser physischer Körper spiegelt sich in unserem Ätherleib wider und folglich auch in unseren Chakras. Jedes Chakra ist mit einer Art Faden an der Wirbelsäule befestigt, die dafür sorgt, daß feinstoffliche Energie durch den Körper zirkuliert. Die Chakras nehmen aber auch die Sonnenenergie in Form von Licht auf. Trifft das Licht auf der Erde auf einen Gegenstand, dann spiegelt es sich in den Farben dieses Gegenstandes wider. Wie wir in der Einleitung bereits erklärt haben, zeigt es die Farben, die nicht absorbiert werden. Wenn das Licht auf unseren Ätherleib auftrifft, so wird ebenso das Spektrum des Regenbogens – die Farben in unseren Chakras – zurückgeworfen. Farbe ist Energie.

Die Qualität dieser Farben reflektiert den Zustand unseres Seins. Die warmen Energien, die unser ganzes Sein anheizen, sind an der Wirbelsäulenbasis zentriert. Diese Energien sind es, die uns zum Handeln antreiben; es sind die aktivierenden Energien. Die Sexualenergie, die Quelle menschlicher Kraft, muß deswegen eine warme Farbe haben. Rot ist die natürliche Farbe des Sexual-Chakra. An der Qualität dieser Farbe erkennen wir, in welcher Verfassung sich die Geschlechtsorgane und unser Geschlechtstrieb befinden, wie gesund oder krank sie sind; wir erkennen ihre Geschichte und welche Veränderungen sie durchgemacht haben.

Auch die Verdauungsenergie manifestiert sich als eine warme Farbe, denn diese Körperregion hat ebenfalls viel Arbeit zu leisten. Sie zeigt sich im orangefarbenen Zentrum, das zum Beispiel auf eine Fehlfunktion der Nebennieren, auf Magengeschwüre oder eine Störung in der Zusammensetzung der Magensäfte hinweisen mag. Sind diese beiden die Grundlage des Körperhaushaltes bildenden Körperregionen inaktiv, dann wartet die obere Körperhälfte vergeblich darauf, daß die Energien aufsteigen und sie die zum Funktionieren notwendige Energie geliefert bekommt. Auch die Assimilierung und Verdauung von Nahrung ist ein heiliger Prozeß. Viele Menschen sind jedoch in dieser Körperregion unausgeglichen.

Das gelbe Zentrum des Solarplexus-Chakra reflektiert überraschenderweise unsere geistige Verfassung und läßt erkennen, wie wir das Leben mit unserem Intellekt angehen. Physiologisch gesehen spiegelt es die Funktion der linken oder rationalen Gehirnhälfte und die Schwierigkeiten, mit denen unser Verstand sich herumschlägt. Aus medizinischer Sicht dient es zur Diagnose von Fehlfunktionen des Pankreas und der Leber. Schizophrene besitzen ein sehr helles, übertrieben aufgeladenes Sonnenrad. Die Seher alter Zeiten luden diese Region durch besondere Atemtechniken, das Einnehmen von Halluzinogenen oder durch andere Hilfsmittel ganz bewußt übermäßig auf. Um dies unbeschadet zu überstehen, mußten sie jedoch ein Leben strenger Disziplin und Meditation führen.

Die natürliche Farbe des Herzzentrums ist Grün, doch kann das Gelb eines übermächtigen Intellekts dieses Grün überstrahlen. Die Farbe unseres Herzzentrums offenbart, wie wir den anderen Menschen und der Natur begegnen. Es zeigt also, wieviel Herzenswärme wir in unser Tun einfließen lassen und reflektiert die Qualität unseres Gefühlslebens. Im physischen Bereich zeigt es, wie gut das Herz und die umgebenden Organe funktionieren. Es ist ein sehr verletzliches Zentrum, und jeder Art von Mißbrauch – Drogen, zu viele Medikamente, zuviel Kaffee, übermäßige Emotionalität – hinterläßt im Herzzentrum Spuren. Raucher rauchen sich hier Ringe über dem »Ätherleib« an.

Aus dem Blau des Kehlzentrums können wir die Ausdrucksfähigkeit einer Person ersehen. Wir können daran erkennen, wie sie ihr Wesen und ihr Empfinden sprachlich zum Ausdruck bringen kann. Physisch zeigt dieses Chakra die Anfälligkeit der Kehlgegend. Wir sollten bedenken, daß der ganze Körper in Mitleidenschaft gezogen wird, wenn die Energien der Schilddrüse nicht ausgeglichen sind. Zahlreich sind heutzutage die Menschen, die an einer Störung der Energien dieser Körperregion leiden. Die gesamte Schulterpartie bekommt dann die Last unserer Sorgen zu spüren.

Obwohl sich die Hauptenergien in diesen Knotenpunkten sammeln, umschließt und reflektiert das gesamte den Körper umgebende Energiefeld gleichzeitig auch die Energien der einzelnen Regionen. Ist die Herzregion erschöpft, so wird dadurch der Kreislauf in Mitleidenschaft gezogen, und dies wirkt sich wiederum auf andere Körperpartien und Organe negativ aus. Eine Störung, die nur isoliert auftritt und sich nicht auf andere Systeme auswirkt, gibt es nicht.

Die natürliche Farbe des Chakra zwischen den Augenbrauen ist Indigo. Dieses Chakra spiegelt die Funktion der rechten oder intuitiven, nonverbalen Gehirnhälfte wider. Da es anzeigt, wieviel Energie sich dort sammeln kann, offenbart es unsere Befähigung zum und unsere Auffassung vom Heilen. Es ist ein Indikator für unsere Sensibilität und für Disharmonien, die durch geistiges Ungleichgewicht hervorgerufen werden.

Das violette Scheitelzentrum macht deutlich, wie wir zu Kunst und Religion – dem Schönen und Wahren – stehen und wie wir mit unserem Schöpfer verbunden sind.

Wenn unsere Chakras auch in diesen Farben leuchten sollten, so haben wir in der Mehrheit jedoch das Gleichgewicht verloren. Wir bringen keinen vollkommenen Regenbogen hervor, sondern erscheinen gewöhnlich überwiegend in einer Farbe. Wir überlasten ein Zentrum, führen ihm viel mehr Energie zu als den anderen, und diese Farbe drängt sich dann grell leuchtend in den Vordergrund. Da dieses Zentrum zu schnell rotiert, wird es die anliegenden Zentren darunter und darüber wahrnehmbar in Mitleidenschaft ziehen und scheinbar die Vorherrschaft gewinnen.

Laden wir eine Körperregion übermäßig mit Energie auf, so erschöpfen wir damit notwendigerweise die anderen. Bei jedem von uns ist die Energie in dem einen oder anderen Chakra reduziert. Fühlen Sie sich zum Beispiel zuweilen geistig benommen und haben Sie Konzentrationsschwierigkeiten, dann ist wahrscheinlich das Gleichgewicht der Solarplexus-Energien gestört. Die Welt ist kein Ort, an dem es sich leicht leben läßt, insbesondere bei den vielen Umwälzungen, mit denen wir heutzutage konfrontiert sind. Ein Geist, der sich mit zu vielen Sorgen belastet, wird das Solarplexus-Zentrum in Mitleidenschaft ziehen. Da das Solarplexus-Chakra in unmittelbarer Nähe des Magens liegt, wird eine Störung dort natürlich auch die Magengegend angreifen. Fühlen Sie sich schlapp und kraftlos, dann ist häufig das Verdauungszentrum erschöpft. Leiden Sie unter zu starkem Monatsfluß oder haben Sie zur Zeit des Eisprunges Schmerzen, dann sind die Sexualenergien beeinträchtigt.

Das Herz reagiert vor allem auf Geschehnisse und Dinge, denen wir aufgrund unserer individuellen Konditionierung eine besondere emotionale Bedeutung beimessen. Was in einem Herzen heftige Reaktionen hervorruft, mag ein anderes Herz gänzlich kalt lassen. Das Herz filtert wie ein Computer alle Emotionen – kleine und große, von früh bis spät. Es reagiert auf der physischen Ebene sofort auf jede Situation, von der wir uns persönlich betroffen fühlen. Dabei steigt die Adrenalinausschüttung, und aufgrund anhaltender Reizung durch Streß- oder »Gefahren«-Signale können unsere Nebennieren Schaden nehmen.

Im allgemeinen unterdrücken wir heutzutage unsere Gefühle. Wir tendieren dazu, unsere Sorgen herunterzuschlukken. Dies gilt besonders für die Männer, die darauf gedrillt sind, keinen Schmerz zu zeigen. Dadurch wird jedoch das Herzzentrum in Mitleidenschaft gezogen. Das Herz, durch ununterbrochene Stimulierung wie eine Glühbirne ständig ein- und ausgeschaltet, muß schließlich völlig verwirrt werden und wie eine überlastete Glühbirne kaputtgehen. Ziehen wir dies alles in Erwägung, so wird langsam deutlich, wie unsere geistige Verfassung und unsere Emotionen verschiedene miteinander verbundene Komplexe unserer physischen Existenz beeinflussen.

Das Kehlzentrum ist das Zentrum, welches dem größten Ansturm von Bakterien standhalten muß. Ist die Kehlenergie erschöpft, dann kann sie sich gegen alle möglichen Arten der Bedrohung – Erkältungen, Mandelentzündung, Kehlkopfentzündungen sowie andere Arten von Kehlerkrankungen – nicht richtig zur Wehr setzen. Bei einem Ungleichgewicht in der Schilddrüse kann eine Erschöpfung der Kehlenergie auch zu Übergewicht führen. Wir haben bereits gesagt, daß alle belebenden Energien von der Wirbelsäulenbasis aufsteigen. Je mehr wir von dieser Energie zum Kehlzentrum gelangen lassen, desto besser sind wir gegen Infektionen gewappnet.

Eine Erschöpfung des Stirnzentrums bedeutet, daß wir auf einer eher übersinnlichen Ebene Streß erfahren. Das Stirnzentrum registriert die Wirkung »unsichtbarer Faktoren« auf den Körper. Ein sensibler Mensch kann nicht nur an die Person, mit der er gerade spricht, Energie verlieren, sondern muß vielleicht darüber hinaus entdecken, daß sich sogar eine Person, die hinter ihm steht, Energie bei ihm »ausborgt«. Ein solcher Mensch ist wetterempfindlich und spürt den Wechsel der Mondphasen. Er wird sich kraftlos fühlen, wenn im Schwingungsfeld des Erdballs Schwankungen auftreten. Viele Menschen werden die Realität derartiger Vorkommnisse ableugnen, weil sie sich einfach nicht vorstellen können, mit wie vielen Phänomenen wir auf »unsichtbarer Ebene« verbunden sind.

Wenn das Scheitelzentrum, das den Körper in seiner Gesamtheit steuert, aus dem Gleichgewicht geraten ist, dann fühlen wir uns auf allen Ebenen »daneben«.

Die Schwingungen eines Energiezentrums machen alle Defekte der besonderen Region sichtbar, die seinem Einfluß unterliegt. Bei wem ein Chakra geschwächt ist, der ist niemals ganz auf dem Posten, denn sein Körper muß ständig ums Überleben kämpfen. Sind gar zwei benachbarte Zentren erschöpft, dann stellt die große Fläche der Erschöpfung zwischen ihnen eine doppelte Schwächung und ein noch größeres Krankheitsrisiko dar.

Je kräftiger die Energien in jedem einzelnen Chakra sind, desto fester sind sie mit den Schwingungen der benachbarten Chakras verknüpft, und desto besser sind wir geschützt. Unsere Chakras sind den Planeten in unserem Sonnensystem vergleichbar, die vielen anderen über den ganzen Körper verteilten kleineren Energiezentren den entfernten Sternen der Milchstraße. Erstrahlen alle diese Zentren hell und klar, dann fühlen wir uns wohl und fit. Sobald jedoch irgendein Hindernis, wie zum Beispiel eine Verschmutzung oder ein Krankheitserreger, auftaucht, muß ein Teil der Energie absterben. Dies wird zur Erschöpfung der Energie eines Chakra führen.

Andere Probleme entstehen, wenn die beiden Körperhälften unausgewogen sind. Die Energien können dann nicht ungehindert fließen. Hängt die rechte Schulter mehr herab als die linke, so müssen sich die Muskeln fortwährend angleichen, und diese dauernde Spannung führt zu einem unökonomischen Verbrauch der aus der Verbrennung der Nahrung gewonnenen Energie.

Wir werden entweder instinktiv oder durch das Auftreten einer Krankheit darauf aufmerksam, wenn der Körper zuviel Energie verliert, wenn die Leuchtkraft der Farben nachläßt und die Chakras erschöpft sind. Um unseren Körper gesund zu erhalten, benötigen wir körperliches Training. Die Chakras werden durch Bewegung aktiviert. Unser Körper muß ständig gegen Krankheit ankämpfen; sind die Energien jedoch durch Übung angeregt, dann wird der Körper den Unterschied bemerken. Er lernt die Freude kennen, die damit einhergeht, nicht ständig kämpfen zu müssen. Eben darum ist Yoga so wertvoll.

Eine Yoga-Übung, die auf ein bestimmtes Zentrum abgestimmt ist (siehe fünftes Kapitel), wird die ganze umgebende Körperregion mit Energie aufladen. Jede Übung enthält zumindest ein Bewegungselement, das eine Körperpartie bewegt. Oft sind gerade jene Übungen gut für uns, die uns die meisten Schmerzen verursachen, die dazu führen, daß wir uns unwohl und erbärmlich fühlen. Diese Übungen rufen in uns besonders tiefgreifende Umschichtungen hervor. Regionen, die durch Bewegungsmangel steif geworden sind, sind von Giftstoffen gesättigt. Es gehört große Anstrengung dazu, diese Zentren wieder in Gang zu setzen, und dies liegt nicht nur an der mangelnden Biegsamkeit des Körpers. Die Freisetzung von Giftstoffen ist oft mit körperlichen Schmerzen verbunden, und sind die Energien erst einmal halb abgestorben, dann machen die Übungen sehr müde. »Schlafende Hunde« werden geweckt und treten nun sichtbar und fühlbar an die Oberfläche. Dies kann oft sehr schmerzhaft sein. Sind die inaktiven Körperpartien jedoch einmal mit neuem Leben erfüllt, so werden die Abwehrsysteme nach und nach kräftiger, und wir sehen unsere Probleme nun mit anderen Augen.

Jeder von uns ist anders. Jeder besteht aus Energien, die ein wenig anders schwingen. Einige haben eine Entwicklungsstufe erreicht, von der aus sie sich zu neuen Arten des Verstehens vortasten können. Indem wir das Niveau unserer Erkenntnis oder Intuition heben und unser Potential erweitern, lassen wir eine größere Vielfalt von Schwingungen in unser System eintreten. Wir werden aus dem Kosmos ständig mit verschiedenen Schwingungen bombardiert. Unsere Befähigung, von diesen Schwingungen Gebrauch zu machen, hängt davon ab, auf welcher Stufe unserer Evolution wir uns befinden. Auch wenn zwischen den Krankheitssymptomen bei verschiedenen Menschen eine oberflächliche Ähnlichkeit bestehen mag, ist die individuelle Krankheit doch zumeist auf eine Vielzahl von verschiedenen Ursachen zurückzuführen. Aus diesem Grunde sind Disziplinen wie Yoga wichtig. Anders als die Medikamente der Schulmedizin, die nur Symptome behandeln, regt Yoga die Selbstheilungskräfte des Körpers an, indem es den erschöpften Regionen Energie zuführt.

Ist ein Zentrum einmal mit der richtigen Farbe aufgeladen, dann ist das Einströmen anderer Farben in dieses Zentrum – was aufgrund unserer ständig wechselnden Gefühlsstimmungen und Bedürfnisse zwangsläufig geschehen muß – nur eine vorübergehende Erscheinung. Nur wenn sich eine falsche Farbe zu lange in einem Chakra festsetzt, hat dies für das Leben der betreffenden Person nachteilige Konsequenzen.

Der Zustand der Gesundheit und Ausgeglichenheit hängt einerseits von Energien ab, die von außen auf uns einwirken. Zum anderen ist er durch Energien bedingt, die – wie die Energie, welche wir aus der Verbrennung von Nahrung gewinnen – von innen heraus wirken. Die Alchemie, die zur Gesundheit führt, entsteht durch eine ausgewogene Verschmelzung von Innen und Außen.

3. Die Bedeutung der Farben

Der Körper lebt auf, wenn die richtigen Schwingungen im richtigen Verhältnis zusammenkommen. Solche Schwingungen sind die Nahrung, die der Körper zum harmonischen Funktionieren benötigt.

Farbe ist Schwingung. Die sieben Farben des Regenbogens schwingen, wie wir schon in der Einleitung erklärt haben, mit unterschiedlicher Frequenz. Farbe übt einen mächtigen Einfluß auf das Bewußtsein, die Emotionen und den Körper aus. Sie ist eine vitale Kraft, die unser Leben tiefgreifend prägen kann.

Wollen wir gesund bleiben, so müssen wir uns der Qualität und Vielfalt der Farben in all unseren Chakras bewußt sein. Jeder einzelne von uns verfügt über eine andere Bandbreite von Farben, die unendlich viele Farbkombinationen ermöglicht, so daß wir sie hier unmöglich alle berücksichtigen können. Trotzdem dominiert gewöhnlich eine ganz bestimmte Farbe in uns. Wir neigen dann dazu, die charakteristischen Eigenschaften der Farbe zu verkörpern, deren Zentrum die anderen Zentren überstrahlt. Natürlich kann die Qualität dieser Farbe sehr unterschiedlich sein. Je leuchtender und klarer die Farben in Erscheinung treten, desto entwickelter und bewußter ist die betreffende Person.

Rot bedeutet Liebe. Es zeigt Mut und Leidenschaftlichkeit an. Werden wir angegriffen, können wir im wahrsten Sinne des Wortes »rotsehen«. Rot deutet auf ein heftiges, feuriges Temperament, das sich ebenso schnell beruhigt, wie es aufbraust. Die Extreme von Verzweiflung und überschäumender Freude gehören beide zum Rot. Die Menschen, in denen leuchtendes

Rot dominiert, widmen sich den Dingen, die ihnen wichtig sind, mit all ihrer Kraft. Sie sind extrovertiert und geben gern. Es fällt ihnen leicht, anderen ihre Liebe zu offenbaren. Sie schätzen die Dinge, die das Leben angenehm machen, und mögen, da sie ihre Emotionen und Gelüste nicht recht bremsen können, zu Übergewicht neigen.

Eine trübere Rottönung deutet auf einen Tyrannen oder Despoten, einen Menschen, der, um sein Ziel zu erreichen, vor nichts zurückschreckt. In seinem gefährlichsten Aspekt bedeutet Rot Wahnsinn.

Wir alle machen eine Lebensphase durch, in der wir besonders aufsässig und rebellisch sind, eine Zeit, in der das rote Zentrum die anderen Zentren überstrahlt. In der Pubertät gewinnt die Sexualregion an Bedeutung, denn wir sind dabei, geschlechtsreif zu werden. Während dieses Lebensabschnittes haben die Jugendlichen eine besondere Lust an der Zerstörung. Bietet man ihnen jedoch mehr an als bloß Disco-Musik und verkommerzialisierten Sex, um diese überschüssige Energie zu binden, wird nach und nach ein subtiler Wandlungsprozeß einsetzen. Andere Farben werden in das Chakra einströmen, oder das Rot selbst wird durchscheinender. Im übrigen wird eine Person, die sich durch ein leuchtendes Rot auszeichnet, es sich nicht zweimal überlegen, andere aus einer Gefahr zu erretten. Es ist vielleicht interessant zu bemerken, daß Boxer gewöhnlich eine trübere Rotschattierung zeigen. Die »rote« Persönlichkeit gibt einen guten Soldaten ab. Auch Schmuggler und Abenteurer können rot sein.

Menschen des roten Typus mögen kräftige Farben und auffallende Kleidung. Ein Mann mit einer ätherischen Rotgrundierung hat sehr wahrscheinlich eine Schwäche für Aktgemälde und Frauen mit großen Brüsten, die er mit der Sicherheit des vorgeburtlichen Lebens im Uterus assoziiert. Er mag wahrscheinlich Herrenmagazine und Filme mit vielen leidenschaftlichen, packenden Szenen. Er liebt Musik, die einen kräftigen Rhythmus hat, und beim Tanzen bewegt er sich mit Vorliebe aus der Hüfte heraus. Er ist sich seiner körperlichen Erscheinung bewußt und macht damit gern Eindruck. Wenn er sich für Yoga oder ähnliche Übungssysteme interessiert, dann nur, um sich körperlich fit zu halten oder Gewicht zu verlieren. An den intellektuellen oder spirituellen Aspekten dieser Übungswege ist er nicht interessiert. Er achtet auf andere Körper und ist sehr um seine Männlichkeit besorgt. Aber es fällt ihm nicht leicht zu üben, denn zum Üben gehört Konzentration. Er muß außerdem lernen, sich zu entspannen.

Menschen, in denen **Orange** überwiegt, lieben es, eine Sportart bis zur Erschöpfung zu betreiben. Für sie ist ein gutes Training erst dann zu Ende, wenn sie kaum noch gehen können. Sie sind immer in Eile, Dinge fertigzubekommen. Und wenn sie nicht in Eile sein können, sind sie unglücklich. Sie haben Spaß am Essen und einen sehr gesunden Appetit. Dabei bleiben sie trotzdem schlank, denn sie sind ja immer in Bewegung.

Die orangefarbene Persönlichkeit ist ein guter Organisator – bei Gewerkschaftlern herrscht oft die rotgelbe Schwingung vor. Eine Person mit einer feineren Orangeschattierung wird ihren unermüdlichen Eifer nicht im Sport abreagieren, sondern andere zu allen möglichen Aktivitäten anleiten. Orange ist die Farbe des Aktivseins und Behütens. Personen, die Rotgelb abstrahlen, spielen oft die Rolle des Beschützers.

Menschen, bei denen Orange dominiert, sind sehr gesellig. Sie mögen Partys und schätzen es, von vielen Menschen umgeben zu sein. Sie lieben Musik mit einem einfachen, ausgeprägten Rhythmus – zum Beispiel Marschmusik. Auch sie geben gute Soldaten ab. Sie mögen Stilleben, vor allem solche, die Lebensmittel und Gebrauchsgegenstände abbilden. Sie bevorzugen sportlich lockere und bequeme Kleidung.

Menschen, die dem Orangespektrum angehören, sind körperlich deutlich besser in Form als die Menschen des Rotspektrums, allein schon deshalb, weil ihre Verdauung so gut funktioniert. Allerdings deutet ein Überschuß von Rotgelb auch darauf hin, daß der Körper niemals völlig zur Ruhe kommt. Eine solche Person versteht unter Ruhe nicht einen

Zustand der Passivität und Entspannung. Für sie ist Ruhe vielmehr etwas, das sich nach völliger Verausgabung einstellt.

Eine Person, bei der das **Gelb** dominiert, besucht vielleicht die Universität und widmet sich einem Leben des Studiums. Selbst wenn dies nicht der Fall ist, lebt sie im Bewußtsein ihres Wertes und achtet darauf, daß sie für ihr Geld einen angemessenen Gegenwert erhält. Wissenschaftler, Politiker und Geschäftsleute gehören zum gelben Typ. Eine Frau, die dem Gelbspektrum angehört, mag sich gegen ein Leben als Ehefrau entscheiden. Heiratet sie trotzdem, dann wird sie wahrscheinlich ihre Karriere über ihre Familie stellen. Die gelbe Persönlichkeit verfügt über einen praktischen Lebenssinn. Sie wird nur in den seltensten Fällen arm sein, denn sie versteht es, Geld zu verdienen und sinnvoll einzusetzen. Gelb ist die Farbe der Sonne. Menschen des gelben Typus stellen deswegen eine anregende Gesellschaft dar.

Personen, in denen Gelb dominiert, neigen jedoch dazu, den Körper zu ignorieren. Sie essen gern, vorausgesetzt sie müssen selbst nicht regelmäßig kochen. Sie bevorzugen Kleidung mit einem klaren, geometrischen Schnitt, oft in kräftigen Farben. Sie achten darauf, gut auszusehen. Gelbe Menschen lieben eine eher verfeinerte oder klassische Musik und eine ganze Reihe von Malstilen.

Menschen, in denen die niederen Chakras dominieren, sind überwiegend nach außen orientiert. Wenn wir im Farbspektrum weiter aufsteigen, treffen wir jedoch zunehmend auf Personen, die sich der inneren Stille bewußt zu werden beginnen.

Die **grüne** Persönlichkeit ist von überströmender Liebe erfüllt und wird deshalb wiederum von anderen geliebt. Alle Liebesbeziehungen bringen eine überproportionale Grünaufladung mit sich. Dies ist jedoch mehr eine Bereicherung als eine Belastung. Die Natur liebt die Liebenden, denn es ist ihr beständiger Wunsch, daß wir uns fortpflanzen. Menschen vom grünen Typ haben einen Sinn für die Natur und können gut mit Pflanzen umgehen. Sie geben gute Gärtner und Bauern ab.

Als die Mischung von Gelb und Blau läßt Grün auf einen gut funktionierenden Verstand schließen, zeigt jedoch gleichzeitig, daß diese Person es versteht, anderen zuzuhören. Andere werden mit ihren Sorgen zu ihr kommen. Menschen, in denen das Grünspektrum überwiegt, sind kinder- und tierlieb. So gehören zum Beispiel Kindergärtnerinnen oft zum grünen Typ. Die grüne Persönlichkeit verabscheut Umweltverschmutzung und fühlt sich, da Grün auch am Blauspektrum anteil hat, zum Wasser, zu Seen und zum Meer hingezogen. Sie ist ihrem Temperament nach ausgeglichener als die Menschen, in denen eine der anderen Farben dominiert. Außerdem ist sie weniger leicht zu verärgern oder zu beleidigen, denn sie sieht über vieles hinweg und entschuldigt es. Andererseits ist sie aufgrund ihres weichen Herzens leicht verletzlich. Die grüne Persönlichkeit neigt zur Sentimentalität. Sie liebt romantische Musik sowie Landschaftsgemälde und Darstellungen des Himmels. Sie kleidet sich gern in unauffällige Farben.

Je leuchtender das Grün bei diesem Typ, desto mehr wird er sich für andere einsetzen. Trotzdem ist ein Mensch, in dem das Grün dominiert, niemals vollständig mit sich zufrieden. Er muß verstehen, was um ihn herum geschieht. Er muß die Beziehungen in seiner Umwelt und ihre Eigenheiten kennen. In vielen Fällen hat er eine traumatisierende oder unglückliche Situation durchgemacht. Er weiß tief in seinem Innern, daß er der ausgleichende Faktor im Spektrum ist und anderen Ruhe und Frieden bringen kann. Ist er jedoch selbst nicht ganz im Lot, dann fühlt er sich dieser Aufgabe nicht gewachsen.

Hellblaue Typen strahlen eine unauffällige Reserviertheit aus. Sie gehen nicht mit offenen Armen auf andere zu. Sie haben einen Sinn für innere Stille und beobachten die Welt mit einer gewissen Gelassenheit, die sie zu guten Beobachtern macht. Sie haben ein Auge für die Begabungen und Schwächen anderer. Selbst Kleinigkeiten entgehen ihnen nicht, und sie handeln niemals aufs Geratewohl. Die Präzision des Hellblau macht sie zu guten Ingenieuren.

Auch wenn sie selbst ein bißchen unordentlich sein mögen, ziehen sie in ihrer Umwelt geregelte Verhältnisse vor. Politiker gehören oft zum hellblauen Typ und ebenso Seeleute, die das Meer lieben. Die hellblaue Persönlichkeit mag Darstellungen des Himmels und des Meeres. Sie schätzt Kirchenmusik, rituelle Gesänge und die Klassische Musik. Sie bevorzugt unauffällige Kleidung, die ihr ein korrektes Aussehen verleiht. Es ist ihr wichtig, sauber und ordentlich auszusehen. Nimmt sie etwas in die Hand, dann bleibt sie auch mit allem Ernst bei der Sache, um anderen zu helfen.

Hellblaue Charaktere werden sich zu Yoga hingezogen fühlen, weil sie tief in ihrem Innern spüren, daß Yoga ein geistiger Übungsweg ist. Vielleicht finden sie sich in einer Yogagruppe wieder, ohne so recht zu wissen, daß eine gewisse geistige Verwandtschaft sie dorthin gebracht hat. Priester und Pfarrer gehören oft zum hellblauen Typ.

Menschen, in denen **Indigo** dominiert, haben einen natürlichen Hang zu den Heilberufen. Bei ihnen manifestiert sich das Bedürfnis, den Menschen zu helfen, auf einer tieferen Ebene als bei den hellblauen Typen. In ihnen ist es still, und je tiefer diese Stille ist, desto vergeistigter ist das Indigo, desto getreulicher reflektiert es die eigentlichen Qualitäten dieser Farbe. Auch wenn ein solcher Mensch nicht unbedingt viel reden mag, versteht er doch, uns auf uns selbst aufmerksam zu machen. Er hat die Fähigkeit, uns den Spiegel vorzuhalten, in dem wir unser Sein erkennen können.

Die Menschen, in denen Indigo dominiert, sind ruhig und gesammelt, und wir fühlen uns wohl in ihrer Gegenwart. Nicht selten sind sie groß und sanft und sind von einer Atmosphäre der wohltuenden Stille umgeben. Priester gehören oft zu diesem Typ und manchmal auch Sozialarbeiter, die sich um besonders schwere Fälle kümmern oder sich dazu aufgerufen fühlen, in Gefängnissen oder in der Psychiatrie zu arbeiten.

Die indigofarbene Persönlichkeit wird einen guten Yogalehrer abgeben, doch wird sie es möglicherweise vorziehen, ihre Energien zum Geistheilen einzusetzen. Das Heilen sollte mit den vom Kosmos einströmenden Energien vollzogen werden. Je vergeistigter, ätherischer das Indigo im Heiler ist, desto aufnahmefähiger ist er auch für die kosmischen Energien. Er ist befähigter, durch Einsatz der »übersinnlichen« Geisteskräfte zu heilen.

Die typische Indigo-Person trägt gern blaue Kleidung. Sie liebt Musik, die Anklänge an Sakralmusik hat, und Gemälde in tiefen, kräftigen Farben, vielleicht religiöse Darstellungen und Symbole. Sie hat eine besondere Beziehung zum Tiefblau des Himmels. Sie interessiert sich für alternative Heilmethoden wie Akupunktur und auch für Psychologie. Sie fühlt sich zu Yoga hingezogen, weil sie spürt, daß die Energien nicht in allen Regionen ihres Körpers frei fließen.

Der **violette** Mensch braucht Liebe und Bewunderung. Er ist sensibel und hat das Bedürfnis, seine Sensibilität auf möglichst vielen Gebieten zum Ausdruck zu bringen: der bildenden Kunst, der Musik oder sogar der Mode. Seine Sensibilität macht den Künstler erst zu dem, was er ist.

Solange wir nicht ein bißchen Violett in uns haben, können wir schöne Dinge nicht so recht würdigen. Durch Schönheit allein können wir die Anwesenheit Gottes in der Welt spüren. Der violette Mensch hat einen Sinn für das Schöne. Er liebt es, anders zu sein als die anderen, und unterscheidet sich auch gern äußerlich von ihnen. Das Leben eines Bohemien sagt ihm sehr zu. Etwas zu organisieren fällt ihm nicht so leicht. Modeschöpfer haben wahrscheinlich viel Violett in sich. Der violette Persönlichkeitstyp hat eine Schwäche für ausgefallene Gemälde. Zeichnet sich sein Violett durch einen schimmernden, spirituellen Glanz aus, dann hat er wahrscheinlich eine Vorliebe für religiöse oder esoterische Darstellungen.

Violett entsteht durch die Mischung von Rot und Blau. Überwiegt die rote Komponente, dann zeichnet sich der künstlerische Ausdruck durch starke sexuelle Untertöne aus. Überwiegt jedoch das blaue Element, dann führt uns das Violett gewissermaßen in eine andere Dimension. Wo im Violett die spirituelle Seite dominiert, sind Menschen zu finden, die einer inneren Vision folgen. Wie alle Künstler haben sie von Zeit zu Zeit ein Bedürfnis nach Zurückgezogenheit. Sie wollen allein sein und in sich gehen. Ein eher spirituelles Violett bringt das Bedürfnis nach permanenter schöpferischer Betätigung mit sich. Bildhauer gehören häufig zum violetten Typ.

Fließen in das Blau-Rot-Gemisch des Violett noch Gelbtöne ein, erhalten wir Magentarot. Die charakteristischen Eigenschaften des Violett werden in diesem Fall noch durch Organisations- und Verwaltungstalent ergänzt. Ein solcher Mensch hat Sinn für das Schöne und besitzt darüber hinaus die Gabe, es zu organisieren und zu verwalten.

4. Die Aura

Im allgemeinen wird eines unserer Chakras dominieren und einen großen Einfluß darauf ausüben, wie wir unsere Umwelt sehen und wahrnehmen. Wir alle sind durch unsere dominierende Farbe auf eine ganz bestimmte Weise konditioniert.

Dieses Buch konzentriert sich auf die Hauptchakras. Darüber hinaus gibt es jedoch noch zahlreiche kleine Energiezentren, die über den ganzen Körper verteilt sind. In unserem Körper gibt es vom Kopf bis zu den Zehenspitzen zahllose Energiekreisläufe. So sind auch die Akupunkturpunkte winzige strahlende Energiezentren. Wie die Sterne der Milchstraße strahlt der gesamte Körper Licht aus.

Aus unserem Körper wird ständig Energie in Form von Farbschwingungen freigesetzt, indem wir jene Schwingungen, die wir nicht benötigen, aus unserem System ausstoßen. Dies geschieht entweder ausbruchsartig oder in Form eines stetigen Flusses. Die Gesamtheit dieser freigesetzten Energien – das uns umgebende Feld ätherischer Schwingungen – wird Aura genannt. Die Aura ist durch unser Fühlen und Empfinden getönt. Verspüren wir bewußt oder unbewußt eine besondere Neigung für eine bestimmte Farbe, dann heißt das, daß wir uns zu dieser Art von energetischer Schwingung hingezogen fühlen, weil wir sie zum Ausgleich unseres Energiehaushaltes benötigen. Wir geben dann vielleicht bei unserer Ernährung, Kleidung oder der Wahl eines Freundes jener Farbe den Vorzug. Ein Mensch, der bereits auf einer fortgeschrittenen Evolutionsstufe lebt, kann diese Farbe jedoch selbst ganz bewußt in seiner Aura produzieren.

Ist ein Chakra bei einem Menschen übermäßig aufgeladen, dann wird die Farbe dieses Chakra wahrscheinlich auch in seiner Aura überwiegen. Oft wechselt jedoch die dominierende Farbe der Aura mit unseren Stimmungen, je nachdem, an welchem Ort wir uns gerade befinden. Bei dem Zusammentreffen von zwei oder mehreren Personen findet ein Austausch der Aura-Energien statt, einem elektrischen Sturm von Blitzen und Funken gleich.

Wie immer wir gerade beschaffen sein mögen, die Aura wird es manifestieren, und alle Faktoren unserer Umwelt werden darauf einwirken. Das Grundgefühl, welches uns die Aura eines Menschen vermittelt, ist jedoch noch wichtiger als ihre Farbe. Wir selbst bringen das Gewebe unserer Aura hervor. Wenn wir stark sind, ist auch die Aura elastisch und geschmeidig. Sind wir festgefahren und erstarrt, verhärtet sie sich auch. Da die Aura aus Vibrationen besteht, die vom Körper freigesetzt mit unterschiedlicher Frequenz schwingen, ist sie über einigen Regionen des Körpers stärker und über anderen schwächer.

Die Aura ist aus den Kräften gewirkt, die wir selbst wie ein Magnet anziehen. Wir ziehen das an, was uns entspricht – Schwingungen unserer Umwelt, von den Pflanzen, ja vom ganzen Universum. Eine charismatische, »anziehende« Persönlichkeit ist leicht zu erkennen. Wo immer sie sich aufhält, scheint sie die Aufmerksamkeit auf sich zu sammeln. Ihre Aura zieht die Aufmerksamkeit und damit die Energien des sie umgebenden Kosmos an.

In dieser Hinsicht kann die Aura auch ein Schutz sein. Sie ist unser Schutz, wenn wir die richtigen Dinge anziehen. Dies ist die Gnade, von der im Christentum so häufig die Rede ist. Aus der Aura läßt sich also nicht nur der Gesundheitszustand einer Person ablesen, sie offenbart auch, welche Beziehung diese Person zum Kosmos hat. Eine »spirituelle« Person leuchtet in der Dunkelheit. Überall, wo sie auftritt, richtet sich sofort das Augenmerk auf sie.

Schnecken haben Fühler auf der Spitze ihres Kopfes. Unser menschliches System ist jedoch wesentlich komplizierter. Wir haben um unseren ganzen Körper herum Fühler. Mit Hilfe der fotografischen Aufzeichnung feinstofflicher Energie (Kirlian-Fotografie) hat man inzwischen nachgewiesen, daß wir über winzige Fühler verfügen, die noch über unsere Finger hinausreichen, und daß wir die Aura einer anderen Person damit »berühren« können. An den Stellen, an denen jene Fühler am Rande der Aura nach außen reichen, kommt es, wenn das Sonnenlicht auf die vom Körper freigesetzte Energie auftrifft, gewöhnlich zu einer Art Regenbogen-Effekt. Das Sonnenlicht wird in seine Farbbestandteile zerlegt und bildet einen Regenbogen. Diese Energiestrahlen stoßen dann bis in das Innere unserer Energiezentren vor und werden jeweils in das Zentrum eingesogen, dessen Farbe sie entsprechen.

So sollte es zumindest sein. Leider funktioniert das zumeist nicht so einfach, denn unser vorherrschendes Selbstbild zieht beständig jene Schwingungen an, die dafür charakteristisch sind. Negieren wir zum Beispiel das Grün, die Energie der Liebe, und vertreiben sie damit von ihrem angestammten Platz im Herzzentrum, dann müssen sich die Schwingungen des Grünspektrums ein anderes Zuhause suchen, wo immer sie Unterschlupf finden können. Durch unsere Abweisung bestimmter Farben stören wir das Gleichgewicht des uns umgebenden Energiefeldes, besonders wenn die unterdrückten Farben an Orten Zuflucht suchen, wo sie eigentlich nicht hingehören und deshalb Schaden anrichten. Es steht also in unserer Macht, uns selbst zu zerstören oder uns fortwährend neu zu erschaffen. Wir sind für uns selbst verantwortlich. Es liegt an uns, die richtigen Farben in uns einströmen zu lassen.

Wie der Körper, so hat auch die Aura einen subtilen Geruch, der sich verändern kann. Sind wir voller Lebenskraft und die Aura blitzt und funkelt wie ein kosmisches Feuerwerk, dann verbreiten wir einen süßen Duft. Ist die Aura jedoch schwach und trübe, dann leiden wir unter »Aurageruch«.

Wir sind von einem feinstofflichen Äther umgeben und schwimmen darin wie die Fische im Wasser. Je besser wir zu schwimmen vermögen, desto angenehmer gestaltet sich unser Leben. Wir könnten uns körperlich verjüngen, wenn wir es nur verstünden, vom Fließen des Äthers Gebrauch zu machen. Der Äther ist äußerst biegsam und geschmeidig. Mit jedem Gedanken, den wir denken, schaffen wir neue Formen in diesem Äther. Diese Gedankenformen schwirren frei herum und füllen die unsichtbare Welt aus. Aus diesem Grund fühlen wir uns in der Nähe einer Person, deren Gemüt in Aufruhr ist, zumeist recht unwohl. Die gesamte Qualität des Äthers in einem Raum kann sich zudem durch die Einwirkung verschiedener Formen und Gestalten verändern. Ärger und Erregung können zum Beispiel die Farbe des Äthers verändern. Wenn Sie ein Zimmer betreten, in dem ein Streit stattgefunden hat, dann liegt die Spannung noch »in der Luft«, auch wenn die streitenden Parteien das Zimmer schon längst verlassen haben.

Negative Gedanken sind also wirkende Formen. Diese Formen setzen sich in der Aura ab und unterbrechen den Zufluß positiver kosmischer Schwingungen. Negative Gedanken ziehen negative Schwingungen von der Erde und von unseren Mitmenschen an. Das kann dazu führen, daß unsere Aura schließlich zu einem Speicher der Negativität wird. Aus diesem Grund haben viele Menschen eine schwache, unterbrochene und ungesunde Aura. Die Kirlian-Fotografie hat dies deutlich gezeigt. Im Endeffekt müssen diese Unregelmäßigkeiten und Brüche in der Aura auch auf den Körper durchschlagen.

Gegenstände können den Äther in einem Raum ebenfalls beeinflussen. Bücher, Zeitschriften, Bilder – sie alle haben ihre eigenen Schwingungen und beeinflussen die Qualität des Äthers in einem Zimmer. Machen wir uns Sorgen, dann schwirren die Schwingungen dieser Sorgen frei in unserem Haus herum. Deswegen sollten Sie sich eine Kummerecke reservieren, in die Sie sich für eine Stunde zurückziehen können, wenn Sie sich sorgenvollen Gedanken hingeben wollen. Damit halten Sie indirekt die Atmosphäre im übrigen Haus rein. Eine Schmutzecke läßt sich zudem leichter säubern als ein ganzes Haus.

Die Form der Aura wird durch das Volumen und den Druck von Energien bestimmt, die wie Kaskaden um uns herum aus der Erde aufsteigen und aus dem Kosmos herabströmen, um dann schließlich von der Erde absorbiert zu werden. Unter unseren Füßen pulsieren kraftvolle Energien. Aber auch die Energien, die durch unsere Füße selbst abgestrahlt werden, sind wichtig. Eine Unterbrechung des Energieflusses aus den Füßen kann unter anderem auf einen bevorstehenden Schlaganfall hindeuten. Außerdem ist die Tatsache aufschlußreich, daß bei Epileptikern die Energieabstrahlung aus den Füßen vor einem Anfall gewöhnlich gestört ist. Die Aufzeichnung der Energiestrahlung der Füße könnte also eine nützliche Informationsquelle für die vorbeugende Medizin sein.

Menschen, die bereits eine höhere Stufe der Entwicklung erklommen haben, strahlen – für Sensible sichtbar – Energie durch das Scheitelzentrum ab. Wir sehen also, wie wichtig das Gleichgewicht ist. Stimmt die Intensität der Energien der rechten Körperhälfte nicht mit der der linken Körperhälfte überein (ein Fall, der häufig eintritt, da bei den meisten Menschen eine Körperhälfte stärker entwickelt ist als die andere), befindet sich die Energiestrahlung der Füße nicht mit der des Kopfes in Gleichklang, oder leitet ein Fuß eine größere Strahlungsintensität ab als der andere, dann verliert unsere Aura ihre grundlegende Eiform, in die wir eingebettet sein sollten wie in einen Kokon. Wir sind dann nicht mehr »in Form«.

Die Aura ist ständig in Bewegung. So verändert sich zum Beispiel die Aura einer Frau während des Eisprungs, weshalb sie in dieser Zeit anziehender auf Männer wirkt. Im Laufe dieses Prozesses gelangen wir jedoch einmal an einen Punkt, von dem aus wir uns zu einer anderen Seinsebene aufschwingen können. Dann ist es uns möglich, Wandlung und Veränderung in einem ganz neuen Licht zu sehen. Je weiter wir in unserer geistigen Entwicklung fortgeschritten sind, je mehr wir mit uns selbst in Einklang leben, je mehr wir zu geben und zu lieben vermögen, desto weniger wird unsere Aura durch Wandel und Veränderungen angegriffen. Ist die Aura einmal entwickelt genug, dann unterliegt sie keinen Schwankungen und Veränderungen mehr. Wenn wir dann einen Raum betreten, so verändert sich die Atmosphäre des Raumes, nicht unsere Aura.

Es gibt Menschen, die können mit ihrer Aura einen ganzen Raum ausfüllen. Ebenso gibt es Menschen, deren Aura neben anderen schrumpft und verblaßt. Bei einigen Menschen verändert sich die Aura kaum; sie üben jedoch auf die Aura anderer einen großen Einfluß aus. Diese Einwirkung kann sowohl positiver als auch negativer Art sein. Treffen zwei Menschen zusammen, dann besteht die Möglichkeit, daß der stärkere den schwächeren beherrscht – er wird dem Schwächeren seine Farben aufzwingen. Fühlen wir uns in einer Partnerschaft häufig deprimiert, dann wahrscheinlich deswegen, weil wir in dieser negativen Weise dominiert werden. Eine spirituell entwickelte Person jedoch wird die Aura ihrer Mitmenschen stärken und ausgleichen, anstatt ihnen ihre eigenen Farben aufzuzwingen.

Im Grunde verfügen wir alle über das Potential, sehr viel mehr zu sehen, als wir uns gemeinhin wahrzunehmen erlauben. Wir können erstaunlich viel lernen, wenn wir unsere Beobachtungskraft wirklich zur Entfaltung kommen lassen. So mögen wir zum Beispiel einem Freund begegnen, ihn anschauen und unverbindlich fragen: »Wie geht's dir denn so?« Es kann aber auch sein, daß wir sagen: »Mein Lieber, du siehst aber gar nicht gut aus. Du solltest etwas für dich tun.« Im zweiten Fall haben wir eben genauer hingesehen. Leider tun wir das viel zu selten. Wir fühlen nicht, welche Schwingungen in einem Raum in der Luft liegen, wir haben kein sicheres Gespür für die Atmosphäre. Ja, wir schauen eigentlich gar nichts wirklich richtig an.

Um mehr zu sehen, müssen wir tiefer blicken; das heißt, wir müssen wirklich Anteil nehmen. Die Dinge kommen in Fluß, wenn wir gelernt haben, Anteil zu nehmen. Ganz gleich, ob es sich um einen Edelstein, einen Gebrauchsgegenstand oder eine Person handelt: Alles schwingt, und wir vermögen in Antwort auf seine Schönheit einfach mitzuschwingen.

Doch wir haben verlernt, Fragen zu stellen und für Antworten offen zu sein. Wir sind aus dem Alter heraus, in dem man noch Fragen stellt. Für ein Kind, das noch viele Fragen hat, ist Farbe ganz selbstverständlich eine allesdurchdringende Energie. Es versteht Farben, weil sie Teil seiner Welt sind. Aber man versäumt nicht nur, ihm ein tieferes Verständnis dieser Gabe zu vermitteln, sondern redet sie ihm sogar rundweg aus. Je älter das Kind dann wird, desto weniger Fragen stellt es auch.

Wir sind uns heute einfach nicht mehr bewußt, welchen Einfluß Farben auf uns ausüben, wie sie unsere Stimmungen verändern. Wenn selbst Blinde Farben spüren und darauf reagieren können, muß die Sperre also in uns selbst liegen. Wenn wir einmal unvoreingenommen darüber nachsinnen, wie Farben auf uns wirken, dann finden wir vielleicht heraus, wie viel sie mit unserem Leben zu tun haben. Betrachten Sie einmal für längere Zeit ein warmes, kräftiges Rot. Welche(r) Ihrer Freunde/Freundinnen und Bekannten ist von einer ähnlich leuchtenden und warmen Erscheinung? Schauen Sie sich ein kühles Blau an. Welche(r) Ihrer Freunde/Freundinnen und Bekannten ist kühl, ruhig, gesammelt – und blau? Die Menschen schwingen alle auf verschiedenen Ebenen. In einem Theater, in einer Diskothek, überall wo viele Menschen zusammentreffen, ist jede Situation durch eine andere Farbe charakterisiert. Würden wir uns nur die Zeit nehmen, richtig hinzuschauen und zu lieben – die Augen würden uns geöffnet! Unser Bewußtsein würde sich dann allmählich und beständig weiterentwickeln. Schon jetzt sehen mehr und mehr Menschen, was für außergewöhnliche und schöne Wesen wir eigentlich sind und daß es an uns selbst liegt, uns darum zu bemühen, bewußter zu leben.

5. Rot: Das Feuer im Keller

Die roten Schwingungen haben zwar die größte Wellenlänge und damit die geringste Energie, aber von ihnen geht trotzdem die stärkste Reizwirkung aus. Überraschenderweise sind gerade die der roten Farbe zugehörigen Körperregionen in unserem Zeitalter sogenannter Promiskuität zumeist relativ inaktiv.

Der Ärger, so scheint es, beginnt also schon im Keller, und die Geschlechtsregion ist durch zu geringe Auslastung oder durch Mißbrauch und Überbeanspruchung in weitaus mehr Fällen gestört als ausgeglichen. Was ist also Sex? Warum haben wir von Zeit zu Zeit Gefühle, die sich verselbständigen und unserer Beherrschung entziehen?

Wie alle Energiezentren im Körper ist auch das Sexualzentrum einfach nur eine bestimmte Art von Energie. Energie kann man in Bewegung setzen. Kommen die Energien in Schwung, so gewinnen sie an Intensität. Eben dies geschieht beim Geschlechtsakt. Die Chakra-Räder drehen sich normalerweise mit konstanter Geschwindigkeit. Beim Geschlechtsakt beschleunigen wir jedoch die Schwingungen im untersten Zentrum. Dies ist der natürlichste und effektivste Weg, die Energien soweit zu verstärken, daß die höheren Zentren davon Gebrauch machen können. Haben die Schwingungen einmal eine bestimmte Stärke erreicht, so steigen sie im Körper auf und kommen mit dem nächsten Chakra in Berührung, das sich dann ebenfalls schneller zu drehen beginnt.

Wie an einem Wagen setzt ein Rad das andere in Bewegung. Aus diesem Grunde sind unsere Gefühle beim Liebesakt zuerst im Unterleib geballt und scheinen dann im Körper aufzusteigen. Oft fühlen wir, wie die Gefühle bis zum Herzen vordringen. Erreichen sie die Kehle, so stoßen wir Laute des Entzückens aus. Die Gefühle des Höhepunktes können sich ganz verschieden manifestieren, doch werden wir uns wahrscheinlich benommen fühlen, wenn die Energien bis in das Scheitel-Zentrum strömen. Tatsächlich können die Energien sogar noch über den Kopf hinausfließen, so daß wir uns wie aus dieser Welt herausgehoben fühlen.

Diese Energiebewegung kann auch erklären, warum es die Lust einiger Menschen verstärkt, wenn sie beim Geschlechtsakt geschlagen werden. Die Energien werden in diesem Fall nicht langsam in Schwung gebracht, sondern geradezu aufgepeitscht. Die Energien steigen explosionsartig durch alle Chakras auf, wenn sie »im Keller« aufgepeitscht werden. Dann schießen die Gefühle hoch und erreichen schließlich eine ekstatische Wucht. Dabei wird jedoch übersehen, wie sehr solche Praktiken die Chakras schädigen. Überdies erreicht die sexuelle Erfüllung eine viel größere Tiefe, wenn sich die Chakras ganz natürlich »öffnen«.

Öffnen sich die Chakras auf natürliche Weise, dann erfahren wir unsere Sexualität auf einer spirituelleren Ebene. Ist zum Beispiel das unterste Chakra durchlässig, dann wirbeln die Energien, wenn sie in Schwung gebracht werden, nicht mehr in gleicher Weise wild herum. Indem wir kosmische Energien in uns einströmen lassen, erfahren wir eine tiefere Art der Vereinigung. Dann kommen auch die Energien von hoher Schwingungsgeschwindigkeit über unserem Kopf ins Spiel. Steigt diese Energie durch den Körper herab und öffnet ihrerseits die Chakras, so strömt im Körper gleichzeitig noch mehr Energie nach oben, weshalb wir wiederum mehr Energie aus dem Kosmos absorbieren können. Das führt zu einem seltenen und beglückenden Höhepunktserlebnis, welches eher spirituelle als physische Gefühle in uns weckt.

Der in einem Chakra dominierende Farbton ist ein sicherer Indikator für unsere momentane Erfahrung. Er zeigt an, ob wir unsere Energien in der rechten Weise verwenden oder nicht. Die Fortpflanzungsenergie eines Menschen, der sexuell nicht aktiv ist und auch nicht regelmäßig irgendeine körperliche Disziplin übt, ist braun und undurchsichtig. Zuviel Sex (der Maßstab dafür ist von Individuum zu Individuum verschieden) gibt der Fortpflanzungsenergie eine metallische Farbe. Wie schnell sie metallisch wird, hängt vom Gesundheitszustand des einzelnen ab. Schon eine geringe sexuelle Aktivität mag sich in Zeiten der Überlastung und Überarbeitung als ebenso schädlich erweisen wie zuviel Sex zu anderen Zeiten. Kommt in irgendeinem unserer Chakras die Farbe Schwarz vor (ein Zeichen für körperliche und emotionale Unausgeglichenheit), so kann die Energie nicht genügend Schubkraft erreichen, um bis zum Scheitelzentrum aufsteigen zu können. Sie bleibt stecken, und der Höhepunkt wird nicht erreicht.

Heutzutage sitzen wir zuviel: im Auto, vor dem Fernseher, im Büro. Infolgedessen ist bei vielen Menschen das »Feuer im Keller« erloschen. Bloßes Gehen, Stehen und Sitzen kann die Sexualenergien erschöpfen, weil der Körper dabei einfach nicht genügend gefordert wird. Wenn wir uns nicht körperlich betätigen, wird sich dies mit zunehmendem Alter noch verschlimmern. So sind denn auch Operationen an der Prostata heutzutage viel früher nötig als noch vor einigen Jahrzehnten. Das Durchschnittsalter für einen solchen Eingriff liegt heute bei knapp über vierzig. Eine sehr einfache Yoga-Übung zur Stärkung der Prostata besteht darin, mit gestreckten Beinen auf dem Boden zu sitzen und den Kopf bis zu den Knien zu führen. Die meisten Männer sind jedoch schon längst zu unbeweglich dazu.

Der Sinn des Lebens ist, zur Evolution des individuellen Bewußtseins beizutragen, bis es eins werden kann mit dem Licht, von dem es erschaffen wurde. »Am Anfang war das Licht.« Um dies zu erreichen, müssen wir zu einem perfekten Regenbogen werden, der alle Farben des weißen ursprünglichen Lichtes enthält. Einstweilen enthalten die verschiedenen Zentren unseres Körpers jedoch Farbschwingungen, die eigentlich gar nicht dort hingehören. Diese Farbschwingungen zeigen an, welche Grundtendenz in unserem Dasein gerade vorherrscht. Sie sind Augenblickserscheinungen und deshalb wandelbar.

Rot gehört in die Sexualregion und sollte in den anderen Regionen des Körpers so wenig wie möglich vorkommen. Erscheint Rot jedoch trotzdem in einem anderen Zentrum, so verursacht es die eine oder andere Form von Ungleichgewicht. Erscheint Rot an einem Ort, wo es eigentlich nicht hingehört, so ist das zumeist ein Zeichen für Aggressivität und Gereiztheit.

Bildet sich im orangefarbenen Verdauungszentrum Rot, dann staut sich die Energie dort, anstatt an der Wirbelsäule entlang aufzusteigen. Dies führt zu verschiedenen Magenbeschwerden. Dieser Fall tritt entweder durch einen Mißbrauch der Sexualregion ein, bei dem das rote Zentrum übermäßig aufgeladen wird, so daß die rote Energie ins Verdauungszentrum überschwappt, oder durch Nichtauslastung des Sexualzentrums. Ohne einen kräftigen Energieschub aus dem Sexualzentrum muß der Magen allein für sich und für die Sexualregion genügend Energie bereitstellen. Ohne Hilfe von unten verlangt er dann übermäßig viel Aufmerksamkeit. Je weniger wir sexuell aktiv sind, desto wichtiger wird für uns der Magen, desto mehr verlangen wir nach Nahrungsmitteln, die schnell umsetzbare Energie bereitstellen – wahrscheinlich Süßigkeiten.

Es ist nebenbei bemerkt gar nicht so einfach, die rote Energie in angemessenem Gleichgewicht zu erhalten. Ohne ausreichende sexuelle Aktivität kann ein Anhäufen dieser Energie zu Problemen führen. Ein Mensch, der Sport treibt, kann diese Energie zum Beispiel beim Joggen verbrennen, andere werden mit ihrer Hilfe geistig arbeiten oder sich dem Dienst am Mitmenschen widmen. Wer mehr rote Energie braucht und das Zentrum auf keine andere Art aktivieren kann, wird sich Tagträumen hingeben. Er wird die Energie dadurch zu stimulieren versuchen, daß er schönen Mädchen nachschaut (eine Frau wird sich einen gutaussehenden Mann vorstellen), oder durch den Konsum von Pornographie.

Es ist durchaus möglich, die Sexualenergie zum Lernen und Studieren in die oberen Zentren zu ziehen. Oft bedeutet Rot im gelben Verstandeszentrum jedoch, daß man die Energie nur für sexuelle Phantasien benutzt. Sexuelle Phantasien werden den Geist jedoch schließlich überreizen und das Geistzentrum in Mitleidenschaft ziehen. Das Rot der Gereiztheit erscheint außerdem dann im gelben Zentrum, wenn uns etwas gegen den Strich geht, wenn eine Beziehung zerbrochen ist und sich das Schicksal gegen uns gekehrt zu haben scheint. Steigt das Rot gar bis zum Gehirn auf, dann »sehen wir rot«.

Rot im grünen Herzzentrum kann zweierlei bedeuten. Zum einen mag es ein ungeheuer leidenschaftliches Liebesfeuer anzeigen. Eine solchen Leidenschaft ist im Herzzentrum jedoch fehl am Platz. Zum anderen kann Rot im Herzen bedeuten, daß wir tief verletzt worden sind. Das Rot sieht dann wie Blut aus, das aus dem Herzen hervorquillt. Uns blutet manchmal im wahrsten Sinne des Wortes das Herz.

Rot im Hellblau des Kehlzentrums ist der Fluch aller, die gerne in der Öffentlichkeit Reden schwingen. Gewöhnlich bedeutet es angeschwollene Drüsen und Gereiztheit.

Rot im indigofarbenen Stirnzentrum deutet auf eine Verbindung mit dem Übersinnlichen. Natürlich gibt es zahllose und in ihrer Bedeutung sehr unterschiedliche Rotschattierungen. So zeigt zum Beispiel ein kräftiges Nelkenrosa an, daß die betreffende Person die gesamte Menschheit mit ihrer Liebe umfangen möchte. Tiefrot wird hingegen nur grobe Sinnlichkeit zur Folge haben; Leidenschaften und Emotionen reißen dann alle Herrschaft an sich. Man ist in einer solchen Situation gewöhnlich völlig unfähig, die Fassung zu bewahren und seine Gefühle in der Gewalt zu haben. Oft zeigt Rot im Stirnzentrum eine Geisteskrankheit an. Es ist erwähnenswert, daß das Rot bei Drogenabhängigen und Schizophrenen in fast allen Zentren auftaucht.

6. Orange: Der Schritt zur Tat

Wenn irgendeine Energie wichtiger ist als die Sexualenergie, dann die Verdauungsenergie. Sie hält uns am Leben. Werden wir jedoch darauf aufmerksam, welch ein Wunder das Leben eigentlich darstellt, und ist schließlich jede Region von den richtigen Farben durchtränkt, dann ist – für einen derart sensibilisierten Menschen – der Magen nicht mehr nur der Ort, an dem Nahrung verdaut wird.

Je kräftiger wir diese Region machen können, und je mehr wir die entsprechenden Muskelpartien beherrschen, desto weniger müssen wir das Auftreten anderer Farben im Verdauungszentrum fürchten. Ist das Verdauungszentrum gesund und kräftig, dann können andere Farben in diesem Zentrum sogar sehr nützlich sein.

Das Ziel des Yoga ist es, die Energien nach oben in die höheren Chakras zu leiten. Die warmen Basisenergien nehmen bei ihrem Aufstieg eine immer höhere Schwingungsfrequenz an und dienen dem Körper damit als Brennstoff. Auch geben sie schließlich den Anstoß dazu, die schlummernden Bereiche des Gehirns zu erwecken.

Die Mahlzeiten sind für uns zumeist Anlaß zu geselligem Beisammensein. Jedoch wird dabei alles, was uns geistig beschäftigt oder eine körperliche Reaktion hervorruft und unsere Zentren tönt, auf den Magen durchschlagen. Obwohl eine angenehme Beschäftigung, kann Essen mit anderen für einen empfindsamen Menschen deshalb zu einer recht großen Belastung werden.

Wir vermögen jedoch nicht nur andere Farben in das Verdauungszentrum aufzunehmen, es kann auch eine Art Wahrnehmungsorgan sein. Diese Körperregion ist nämlich für Vorausahnungen empfindlich. Das Verdauungszentrum ist eine Art übersinnliche Antenne. Vor einem wichtigen Ereignis oder Zusammentreffen spüren wir vielleicht ein Kribbeln in der Magengrube oder haben dort das Gefühl, als würden wir ins Bodenlose fallen.

Die Eingeweihten alter Zeiten widmeten dem Verdauungszentrum viel Aufmerksamkeit. Sie wußten, daß seine Reinheit für jede Art von Fortschritt wesentlich ist. Ist es in seiner Funktion behindert, zieht das gestörte Verdauungszentrum das gelbe Zentrum darüber in Mitleidenschaft. Die Eingeweihten wußten sehr wohl, daß eine verschmutzte Darmregion den Geist beeinträchtigt. Eine der wichtigsten Aufgaben des Yoga besteht also darin, für Gesundheit und einwandfreie Funktion der Darmregion zu sorgen. Gelingt es uns, der Verdauungsregion eine spirituellere Tönung zu geben, dann werden wir auch für den spirituellen Aspekt unserer gesamten Natur empfänglicher. In der Verdauungsregion füttern wir die Gesamtheit unseres Seins. Solange wir uns dessen nicht bewußt sind, können wir keine dauerhaften und sinnvollen Veränderungen herbeiführen.

Ein empfindlicher Magen bedeutet oft Furcht und Verspannung, was zu Magengeschwüren führen mag. Auf Infektionen reagieren wir in den meisten Fällen zuerst mit dem Magen. Wenn der Magen den Angriff von Bakterien bemerkt oder spürt, daß wir ihn verschmutzen, läßt er sofort alle anderen Aufgaben fallen und geht die neuen Probleme energisch an. Er ist äußerst erfinderisch und vermag zudem alle Mängel viel länger zu kompensieren als die anderen Zentren. Er wird schlechter Lebensqualität und großer Achtlosigkeit zum Trotz funktionieren, bis einmal der Punkt erreicht ist, von dem es kein Zurück mehr gibt. Dann tritt er in den Generalstreik und weigert sich, weiterhin zu funktionieren.

Wir sollten nicht nur bestrebt sein, die Magengegend zu festigen, so daß sie die Basis unserer Kraft sein kann. Wir sollten auch versuchen, jeden emotionalen Schlag mit dem Magen aufzufangen. Wenn ein Auto uns um Haaresbreite verfehlt, reagieren wir wohl alle zuerst mit rasendem Herzklopfen. Statt dessen sollten wir jedoch mit einer Kontraktion unserer Magenmuskeln reagieren. Der Herzschlag und der Puls werden dann normal sein, wenn wir die Magenmuskeln nach ein paar Sekunden wieder entspannen, und wir können unserer Wege gehen, als wäre nichts geschehen. Mit dieser Fähigkeit sind wir in der Lage, so manchen Druck von unserem Herzen zu nehmen. Wir mögen mit noch so viel Herz bei einer Sache sein, fehlt uns dazu Energie und Durchhaltevermögen, so werden wir kaum etwas ausrichten.

Eine erschöpfte Körperregion zieht automatisch die benachbarten Zentren in Mitleidenschaft. Eine Erschöpfung der Geschlechtsregion hemmt die Verdauung. Ist dann zusätzlich noch das Zentrum über der Verdauungsregion übermäßig angeregt, so hängt das Verdauungszentrum dazwischen gewissermaßen in der Luft und weiß nicht mehr, wie es sich verhalten soll.

Verfügen wir hingegen über eine gesunde, von Emotionen unbelastete Magengegend, dann leuchtet sie in einem kräftigen, lebendigen Orange. Bei Vegetariern ist das Verdauungszentrum von einem helleren Orange. Eine helle Tönung kann ein Anzeichen für Anämie sein. Yogis tragen deswegen häufig kräftig orangefarbene Roben, um den fehlenden Fleischgenuß wettzumachen.

Orange ist jedoch nicht einfach nur die Farbe der Verdauung. Es symbolisiert vielmehr die Energie des Aktivseins. Unter orangefarbenem Licht kommt jeder Gegenstand zum Leben. Tritt das Gelbrot in den anderen Zentren auf, so bedeutet das eine Steigerung ihrer Aktivität.

Tatsächlich erscheint Orange jedoch nur selten in anderen Chakras, vielleicht mit Ausnahme des roten Sexualzentrums. Diese Kombination läßt auf ein eher »athletisches« Sexualleben schließen. Eine sexuelle Beziehung ist für eine solche Person nicht mehr als nur eine freundliche Übereinkunft, eine Möglichkeit, Verspannungen auf eine gesunde und natürliche Weise loszuwerden. Dem Sexualleben muß jede Tiefe fehlen, wenn das rote Zentrum ganz von Orange in Beschlag genommen wird. Sex ist dann nicht erfüllender als jeder andere Sport auch.

Orange erscheint selten im gelben Verstandeszentrum. In den wenigen Fällen, in denen es dort vorkommt, haben wir es mit einem Geist zu tun, der gern knifflige Aufgaben löst. Eine Person mit Magenenergien im Geistzentrum verfügt über ein äußerst aktives Gehirn. Sie hat eine Schwäche für Rätselaufgaben, löst gern Kreuzworträtsel und Puzzles und spielt gern Schach. Wenn andere auf einer langen Bahnfahrt schlafen, wird sie sich mit etwas beschäftigen, das ihren Verstand fordert.

Im grünen Herzzentrum ist Orange ebenfalls nur selten zu sehen. Zwischen dem Herzen und körperlicher Fitness besteht normalerweise keine Verbindung – höchstens, wenn jemand sich mit Herz und Seele dem »Bodybuilding« verschreibt. In diesem Fall ist jedoch darauf zu achten, daß kein Rot ins Herz-Chakra gesogen wird. Sind durch übertriebene Beanspruchung die Energien des Verdauungszentrums aufgebraucht, so daß man auf die Fortpflanzungsenergien zurückgreifen muß, wird durch das Hochpumpen dieser Energien eine Art Höhepunkterfahrung ausgelöst. Wir erliegen dann möglicherweise der Versuchung, diese Erfahrung zu wiederholen. Nach einiger Zeit würde sich das Rot dann im Herzzentrum festsetzen, und dies könnte einen Herzschlag zur Folge haben.

Auch das hellblaue Kehlzentrum weist selten Orange auf. Nur Menschen, die gleichzeitig mit körperlicher Anstrengung auch ihre Stimme anstrengen müssen, können die Energien des Verdauungszentrums in die Kehlregion ziehen. Dies ist zum Beispiel bei Schiedsrichtern im Fußball, die im Umherlaufen ihre Anordnungen rufen, oder bei Unteroffizieren, die beim Marschieren ihren Männern Befehle geben, zu beobachten.

Orange im indigofarbenen Stirnzentrum ist die Ausnahme. Es tritt dort höchstens bei Menschen auf, die ihre spirituellen Ziele durch harte Arbeit anstatt über den Weg der Meditation zu erreichen suchen. Es sind dies Menschen, denen nicht sonderlich daran liegt, ein einsames meditatives Leben zu führen, sondern die es vorziehen, die Magenenergien aktiv einzusetzen, um zum Wohle anderer in der Welt ihren Mann zu stehen.

7. Gelb: Ein wacher Verstand

Der primitive Mensch lebte mit den Elementen. Er war für mystische Erfahrungen offen, sah Naturgeister und Engel. Der gelbe Aspekt, der Intellekt, war in ihm noch nicht ausgebildet. Es war ihm deswegen versagt, die Dinge mit seinem Intellekt zu beherrschen. Er schützte sich mit rituellen Zeichen und Amuletten, nicht mit logischen Überlegungen. Die Menschen jener Zeit waren für Flüche und Verwünschungen angreifbar, weil die intuitive Seite ihrer Natur ungeschützt offenlag. Erst der Mensch, der über das Licht des Verstandes verfügt, kann durch Magie nicht mehr zerstört werden. Diese Verwünschungen waren nur wirksam, weil die Mechanismen der magischen Macht nicht mit Hilfe des Verstandes durchschaut werden konnten.

Die Primitiven wandten ihr Herz der Natur zu. Sie liebten die Natur, waren für sie offen und konnten deswegen mit ihr in Harmonie leben. Dadurch waren sie jedoch auch verwundbar. Da die Magengegend die Empfangsstation für übersinnliche Botschaften ist, waren sie dort auch sehr verletzlich. Die Weisen der Vorzeit, die Azteken und die Bewohner von Atlantis, verwirklichten dann ein schlummerndes Potential, indem sie dem »Sonnengeflecht« Energie zuführten und sich damit Zugang zum Intellekt erschlossen. Die Sonne war für sie das Zentrum des Universums. Ein vollentwickeltes gelbes Zentrum wird – insbesondere, wenn es das Gold der Weisheit zeigt – durch seine Strahlung Negativität in der anderen Gehirnhälfte aufheben.

So entwickelte sich zwischen dem orangefarbenen und dem grünen Zentrum langsam ein zusätzliches Energiefeld, dessen Aufgabe es war, jene beiden in Balance zu halten und daran zu hindern, durch eine zu niedrige oder zu hohe Schwingungsgeschwindigkeit einen negativen Einfluß auszuüben. Dieses zentrale Rad wurde mit der Zeit lebenswichtig, denn es garantierte die harmonische Funktion der Zentren unmittelbar darüber und darunter. Je mehr wir über diese Zentren wissen, desto leichter fällt es uns, zwischen ihnen ein harmonisches Gleichgewicht herzustellen.

Der Mensch erzeugte die gelbe Energie ursprünglich dazu, die Emotionen im Verdauungs- und im Herzzentrum verstehen zu lernen. Intellekt, Emotionen und Ernährung hängen eng miteinander zusammen. Als der Mensch fähig wurde, den Zusammenhang zwischen den Zentren zu sehen, erschloß er sich eine neue Form der Einsicht. Der Intellekt hatte die Wirksamkeit der »übersinnlichen« Machtausübung zunichte gemacht. Rituale waren überflüssig geworden. Die linke und die rechte Gehirnhälfte konnten sich miteinander verbinden.

Leider müssen wir heute jedoch feststellen, daß das Pendel zum anderen Extrem ausgeschlagen und die Ratio allmächtig geworden ist. Alles wird analysiert und seziert. Die Erziehung wird immer komplexer, so daß die Solarplexus-Region immer mehr dominieren muß. In einigen Menschen hat das Gelb alle anderen Farben verdrängt. Ihnen fehlt deswegen jegliches Gespür für alles Spirituelle. Diese Menschen sind dermaßen ichbewußt geworden, daß sie von den anderen Aspekten ihres Seins völlig abgeschnitten sind.

Ein kräftig strahlendes gelbes Zentrum ist besonders für jene von Vorteil, die aufgrund ihrer Stellung möglichst unvoreingenommen sein müssen. Das gelbe Zentrum ist eine gute Empfangsstation. Man kann Fakten leichter erlernen und im Gedächtnis behalten. Solche Menschen sollten jedoch auch über ein kräftig leuchtendes Herzzentrum verfügen, damit die gelbe Energie nicht überwiegt. Überstrahlt das gelbe Zentrum alle anderen Zentren, dann haben wir es mit einem Egozentriker zu tun, dessen ganzer Ehrgeiz darin besteht, ein brillianter Gelehrter und Wissenschaftler zu werden.

Das gelbe Zentrum ist von allen anderen Zentren abhängig. Wenn die anderen Zentren mißbraucht werden, schädigt das automatisch das gelbe Zentrum und zieht damit das Gehirn in Mitleidenschaft. Drogen können das Gehirn zwar eine Weile stimulieren, im Endeffekt schwärzen sie jedoch alle Zentren und zerstören damit auch das gelbe Zentrum.

Gelb in den anderen Chakras bedeutet, daß wir die Energie des Intellekts in alle übrigen Energien hineinbringen. Gelb ist analytisch. Es betrachtet alles aus dem Blickwinkel des Verstandes. Es ist nützlich, in allen Zentren ein wenig Gelb zu haben, weil wir in allen Bereichen unseres Lebens bis zu einem gewissen Maße klaren Verstand walten lassen sollten.

Ein Mensch, in dessen rotem Zentrum Gelb auftritt, sieht Sex eher mit nüchternen Augen. Ist er nicht mit dem Menschen zusammen, den er liebt, dann liebt er eben den, mit dem er gerade zusammen ist. Häufig hat ein solcher Mensch aufgrund einer schlechten Erfahrung in der Vergangenheit seine Gefühle soweit zu beherrschen gelernt, daß er gar nicht mehr lieben kann. Er besitzt wenig menschliche Wärme. Aus diesem Grund braucht er in seinem Sexualleben viel Abwechslung. Da er sich nicht wirklich hingeben kann, schenkt ihm nur Abwechslung Erfüllung. Geist und Körper fühlen schnell Überdruß und verlangen nach neuen Reizen. Aber kein Reiz ist von dauerhafter Wirkung.

Gelb im orangefarbenen Verdauungszentrum zeigt eine vollkommene Beherrschtheit der Magengegend an, die es solchen Menschen nicht mehr gestattet, dort viele Gefühle wahrzunehmen. Damit ist ihnen jedoch auch der Zugang zu einer größeren psychischen Sensibilität verwehrt. Außerdem haben sie für Krankheit keine Zeit. Sie ärgern sich über ihre Magenbeschwerden, denn sie wissen nicht, wie sie damit umgehen sollen. Sie sind der festen Überzeugung, die höchste Pflicht des Menschen sei, sein Leben »vernünftig« zu meistern. Für Jammern und Wehklagen ist da kein Platz. Menschen dieses Schlages werden nicht einmal für ein krankes Kind irgendwelche Sympathien haben. Sie müssen vor allem lernen, geduldiger und toleranter zu werden. Frauen, in deren orangefarbenem Zentrum Gelb vorkommt, werden sich aufgrund ihrer Ichbezogenheit mehrheitlich dazu entscheiden, keine Kinder zu bekommen. Auch wenn sie Kinder haben sollten, sind ihnen ihr eigenes Leben und ihre Arbeit wichtiger als ihre Kinder.

Gelb im grünen Herzzentrum charakterisiert eine Person, die die Gefühle ihres Herzens mit dem Verstand unter Kontrolle zu halten versucht. Sie schreckt davor zurück, ihr Herz wirklich zu verschenken, denn vielleicht hat sie schon einmal den Schmerz erfahren, von einem geliebten Menschen abgelehnt und zurückgewiesen zu werden. Zwar mag sie ihre Partner ganz gern, zu wirklicher Liebe ist sie jedoch unfähig. Da für die Energie des Verstandes die Verschiedenartigkeit verschiedener Beziehungen den größten Reiz darstellt, braucht ein solcher Mensch häufige Partnerwechsel, damit er mit den oberflächlichen Elementen der Liebe sein Spiel treiben kann. Mit Gelb wird Angst in Verbindung gebracht; Gelb im Herzen ist demnach die Farbe des Feiglings – ein Feigling, der nicht zulassen kann, daß sein Herz gefangen wird.

Gelb im Indigo des Stirnzentrums ist insofern positiv, als Geistheiler besser ein wenig kühl und analytisch sind, sonst werden sie nämlich in die Probleme ihrer Patienten hineingezogen und durchleben deren Tragödien. Zum Heilen gehört Ausgeglichenheit. Ein wenig Gelb in der Stirn deutet auf eine ausgeglichene Persönlichkeit. Ein Heiler mit Gelb im Stirnzentrum wird nicht nur seine seltene Gabe zum Wohl anderer einsetzen können, sondern überdies wissen, was er tut. Beim Geistheilen benötigen wir ein tiefes Verständnis der Energien, die wir durch unseren Körper strömen und in den anderen Körper überfließen lassen.

Gelb im Hellblau des Kehlzentrums charakterisiert eine »mit allen Wassern gewaschene« Person, deren Tragödie darin besteht, daß sie sich selbst und anderen fortwährend beweisen muß, wie schlau sie ist. Bei Gelb im Kehlzentrum ist für Freundlichkeit nur wenig Platz. Es führt zu einem rechthaberischen Charakter. Ein Schriftsteller mit dieser Farbe im Kehlzentrum ist wahrscheinlich ein Intellektueller, der seine Ausführungen für bindend und autoritativ hält. Er möchte, daß seine Arbeit wissenschaftlichen Ansprüchen gerecht wird. Ist es mit seiner Wissenschaftlichkeit nicht soweit her, dann wird er diesen Mangel durch Formulierungskünste wettzumachen versuchen, damit die Ausführungen zumindest stichhaltig klingen und man ihnen mehr Beachtung schenkt, als sie eigentlich wert sind. Versteht er eine Sache nicht, dann wird er lernen, zumindest mit geschickten oberflächlichen Argumenten darauf reagieren zu können.

8. Grün: Das Herz der Dinge

Zu Beginn der Evolution begriff der Mensch das Leben durch die instinktive Seite seines Daseins. Solange die niederen Aspekte seines Seins vorherrschend waren, drehte sich das Leben hauptsächlich um Nahrungsaufnahme und Fortpflanzung. Seine Energien waren ganz an der Körperbasis konzentriert, wie bei den Dinosauriern, die zwar Riesenkörper, im Verhältnis dazu jedoch nur winzige Köpfe hatten. Dies ist zwangsläufig, wenn alle Energien darauf abgestellt sind, das Überleben zu sichern. Eine Hauskatze jedoch, die weiß, wo sie ihre Mahlzeiten erhält, ist in die Lage versetzt, ihre höheren Chakras zu entwickeln. Sie ist wahrscheinlich weniger angriffslustig als eine Wildkatze, deren Energie ganz auf Beutefang ausgerichtet ist. Sie hat einen Teil ihrer instinktbedingten Angriffslust verloren.

Als die Bedürfnisse des Menschen noch hauptsächlich auf den Magen konzentriert waren, wurde auch der Sexualregion kräftig Energie zugeführt, denn zwischen diesen beiden Zentren besteht eine starke Wechselwirkung. Mit zunehmender Seßhaftigkeit und der Einführung des Ackerbaus wußte der Mensch mit immer größerer Sicherheit, wo er seine nächste Mahlzeit herbekommen würde. Die Magengegend blieb deswegen nicht länger der Brennpunkt seines Interesses. Diese Entwicklung brachte auch eine Verfeinerung der Sexualinstinkte mit sich. Da diese beiden Zentren so kräftig entwickelt waren und die Grundbedürfnisse regulierten, glaubte man in jener Zeit, sie hätten die gleiche Farbe.

Das Herz ist der Sitz der Seele. Es macht uns zu Menschen. Die Liebe ist das Leitprinzip des Lebens. Bis zu unserer heutigen Entwicklungsstufe sind wir jedoch unfähig gewesen, diese höhere Ebene in unserem täglichen Leben zu verwirklichen. Wir haben uns vielmehr mit den Gefühlen in der Magengegend zufriedengegeben. Wir fallen nur zu schnell in unser primitiveres Selbst zurück und spüren die Dinge mit dem Magen, wenn wir verletzt werden und meinen, unser Herz schützen zu müssen. Übersinnliche Fähigkeiten erschließen sich häufig in Zeiten großer Belastung und gefühlsbedingter Wirren.

Als der Mensch sich den Intellekt erschloß und das Gelbspektrum in sich erzeugte, ging er dazu über, die Götter mit Hilfe des Verstandes friedlich stimmen zu wollen, wo er es zuvor mit Liebe und wirklicher Anstrengung versucht hatte. Natürlich mußte er verschiedene Stadien der Reinigung und Läuterung durchlaufen, bevor er die richtige Art von Gelb erzeugen konnte. Inzwischen ist der Verstand jedoch zur Allmacht aufgestiegen, so daß wir zu den reineren Qualitäten des Herzens zurückfinden müssen.

Die Menschheit bewegt sich auf der Stufenleiter ihrer Entwicklung jetzt in das Herzzentrum hinein. Für die Erde ist dies eine Zeit der Gefahr, da wir entweder sanft in dieses neue Energiefeld eintreten können, indem wir uns auf die Ganzheit der Natur einstimmen, oder aber ungeheuren Aufruhr verursachen werden. Wir beeinflussen die Natur nicht nur durch Umweltverschmutzung, sondern auch durch das grüne Chakra unserer Emotionen.

Um in einer sicheren und schönen Welt leben zu können, müssen wir uns intensiv der Erde widmen. Wir müssen die Verantwortung auf uns nehmen, unsere natürliche Umwelt zu heilen. Nur dann verstehen wir auch, uns selbst zu heilen. Mehr als jemals zuvor müssen wir in dem Wissen leben, daß die Natur die Quelle unserer Gesundheit und Ernährung ist. Wir müssen mit der Seele der Natur Verbindung aufnehmen, die uns am Leben hält und nicht nur mit den Elementarkräften, sondern auch mit den höheren Mächten verknüpft ist – eine Kollektivseele, die aus dem grünen Zentrum lebt und atmet, wie auch wir aus unserem eigenen individuellen grünen Zentrum leben.

In der Mehrheit haben wir diese Region mit Schwingungen überlagert, die als eine Art Schutzschild wirken. Angst erzeugt fremde Farben in unseren Zentren. Werden wir verletzt, so schützen wir uns. Wir haben nur eine Möglichkeit, unser Herzzentrum zu läutern: Wir müssen uns von der Angst befreien, allein dazustehen. Wir müssen den Mythos der Sicherheit durchschauen. Nur dann werden wir unsere Beziehungen zu den anderen wahrhaft verstehen. Dann wird das Herz bereit sein, mit dem höheren Bewußtsein zu verschmelzen, offen genug, wahrer Liebe den Weg zu bereiten.

Natürlich gibt es im Herzzentrum viele verschiedene Farbschattierungen. Allzuoft ist im grünen Zentrum jedoch nur sehr wenig Grün zu finden. Das Herz reagiert auf jede Emotion, jedes Gefühl. Die Menschen, denen Grün fehlt, sind oft »gebrannte Kinder«, die künftigen Schmerz vermeiden wollen. Wir alle haben schon erfahren, was es heißt, von einem Menschen, den wir lieben, abgelehnt oder verlassen zu werden. Ein dunkles Grün deutet auf Besitzstreben und Eifersucht. Braun oder Schwarz im Herzzentrum zeigt, daß unser Herz in einem bedauernswerten Zustand ist. Es vermag dann nicht, jenen Teil von uns durchscheinen zu lassen, der uns wirklich liebenswert macht. Das Gleichgewicht des Zentrums ist vollkommen gestört.

Es gibt Menschen, die die Fähigkeit besitzen, ihr Herz aus eigener Kraft zu kurieren. Die Natur besitzt starke Heilkraft. Stimmen wir uns auf sie ein, dann kann sie ihre heilende Wirkung in uns entfalten. Sie kann uns von unserem Schmerz befreien und das Herzzentrum mit den richtigen Farben erfüllen. Grün in den anderen Zentren bedeutet, daß die Energie empfänglich und anpassungsfähig ist.

Im roten Fortpflanzungszentrum ist Grün ein Anzeichen dafür, daß wir uns mit ganzem Herzen in eine sexuelle Beziehung hineingeben. Promiskuität ist uns dann nicht möglich. Wenn wir in einer sexuellen Beziehung Schiffbruch erleiden, brauchen wir besonders viel liebevolles Verständnis. Abwechslung und Verschiedenartigkeit ist für uns nicht von Belang. Für uns ist nur wichtig, wieviel Liebe in das Zusammensein mit dem einen Partner einfließt. Eine sexuelle Beziehung ist dann nur möglich, wenn sie von tiefer Liebe getragen wird.

Sensible Menschen konzentrieren oft sehr viel Grün im

orangefarbenen Verdauungszentrum. Ihr »übersinnlicher« Magen wird infolgedessen fast wie ein Herz schlagen. Sie lassen sich nicht nur von ihren eigenen Emotionen beeinflussen, sie sind auch für die Gefühlsschwankungen anderer sehr empfänglich. Alles, was ihnen im Leben begegnet, selbst Erinnerungen aus der entfernten Vergangenheit, hinterläßt eine tiefe Wirkung in ihnen. Bevorstehende Ereignisse fühlen sie deutlich in der Magengrube. Wer seinen Magen mit Grün überschwemmt hat, muß besonders auf seine Ernährung achten, denn er neigt zu Verdauungsproblemen. Versteht er es, etwas Gelb in das Verdauungszentrum zu bringen, kann er die Magengegend ein wenig stabilisieren.

Fehlt in unserem gelben Zentrum ganz das Grün, dann gehen wir das Leben sehr einseitig an. Wir steuern unser Ziel an, ohne auf die Stimme des Herzens zu hören. Die Intensität des Grün im intellektuellen Zentrum zeigt an, wie warmherzig und großzügig wir sind, wieviel wir unseren Freunden zu geben vermögen.

Bei einem Kehlzentrum ohne eine Spur von Grün fehlt uns jegliche Wärme. Ein wenig Grün im hellblauen Zentrum macht uns gutmütig und liebenswürdig. Ein Mensch, der zuviel Grün im Kehlzentrum hat, ist jedoch in Gefahr, von anderen ausgenutzt zu werden. Er bringt nicht die Kraft auf, sich anderen zu versagen und Grenzen zu setzen. Es ist allzu leicht, sich gegen ihn durchzusetzen. Ein starker Grünanteil im Kehlzentrum kann allerdings auch einen Menschen charakterisieren, der mit Kräutern heilt.

Zuviel Grün im indigofarbenen Stirnzentrum ist ein deutliches Zeichen für zuviel Entgegenkommen – für einen Heiler eine denkbar schlechte Voraussetzung. Er ist in Gefahr, sich in dem Wahn, ihnen helfen zu wollen, auf die anderen zu stürzen, obwohl er dafür gar nicht ausreichend qualifiziert sein mag. Zuwenig Grün in diesem Zentrum zeichnet all jene aus, die zwar helfen, aber nicht, weil die Liebe sie dazu treibt. Für einen Heiler ist dies wahrscheinlich wünschenswerter, denn er läßt sich dann nicht zu sehr mit seinen Patienten ein.

9. Blau: Worte der Weisheit

Der primitive Mensch verfügte über so viele andere differenzierte Sinne, daß die Kehle, das Organ der Rede, für ihn nicht sonderlich wichtig war. Er kommunizierte auf einer anderen, stillen, inneren Ebene. Nur die Grundbedürfnisse wurden mit Hilfe von Lauten kundgetan. Laute Äußerungen waren vornehmlich mit sexueller Erregung, Hunger oder Gefahr assoziiert. Er schlug Lärm, wenn Raubtiere sich anschlichen und grunzte erregt, wenn er seiner Beute sicher war.

Sprachliche Artikulation und die Farben der Rede sind erst später hinzugekommen. Der Primitive »wußte« instinktiv alles über die Elemente, aber er hatte sie nicht in seiner Gewalt. Heute sind wir jedoch in der Lage, die Umwelt durch den Einsatz des Verstandes bis zu einem gewissen Grad zu beherrschen. Als wir diese Fertigkeit erlernten, mußten wir die Sprache entwickeln, um sie zu artikulieren. Das Chakra der Sprache wurde damit immer wichtiger. Wir benötigten die Sprache dazu, die Kinder zu lehren, die nicht mehr nur auf der instinktiven Ebene lernen konnten.

Das Zentrum der Sprache hat sich im Laufe der Evolution immer weiter ausgedehnt. Wir haben uns in unserer Entwicklung von den niederen Zentren fortbewegt, und dabei ist eine gewisse Kühle in das menschliche Wesen eingeflossen. Heute ist es deshalb an der Zeit, stiller und meditativer zu leben, so daß wir wieder für die höheren Bedürfnisse der Natur empfänglich werden wie die Yogis alter Zeiten, die sich langen Schweigeperioden unterzogen, um der Negativität des Sprachzentrums Herr zu werden.

Jeder Bereich des Lebens kann bis zur Kunst verfeinert werden. Wir haben aus der Energie der Kehlregion eine Kunst gemacht. Während die Propheten alter Zeiten ihre Kraft aus dem roten Zentrum bezogen, haben wir es heute mehr mit kühl berechnenden wortgewandten Rhetorikern zu tun.

Christus heilte viele Menschen, indem er zu ihnen sprach, indem er von den Schwingungen seiner Stimme Gebrauch machte. In der Heilkunst der Zukunft werden Töne und Klänge wieder eine große Bedeutung haben. Der Körper kann durch den Einsatz von Klängen zu vollkommener Harmonie gebracht werden. Die Musik spielt dabei eine wichtige Rolle. Leider ist ein Großteil unserer modernen Musik eher schädlich als heilsam. Rockmusik kann die Harmonie und das Gleichgewicht des Körpers zerstören.

Auch der Klang der Stimme ist wichtig. Die menschliche Stimme kann auf Krankheiten einen großen Einfluß ausüben. Denken Sie nur daran, wieviel der Klang seiner Stimme über einen Menschen verrät. Wir sollten mehr über die Schwingungen lernen, die wir in unser Sprechen einfließen lassen. Wenn wir immer wieder dasselbe reden, verhärten sich die Farben dieser Region. Immerwährendes Klagen und Jammern macht die Farben stumpf und greift die Schilddrüse an. Schweigen wir viel, dann findet sich viel Weiß in unserem Kehlzentrum.

Unsere schwankenden Stimmungen und die Art, in der wir uns auszudrücken pflegen, beeinflussen die Kehlgegend stark. Wollen wir unsere Seele richtig aufschließen, dann dürfen wir jedoch auch die Augen, die Ohren, die Nackenpartie und den Hinterkopf nicht außer acht lassen. Solange die Energie dort nicht frei fließen kann, wird dies einer spirituellen Öffnung im Wege stehen. Menschen, die in ihrer spirituellen Entwicklung bereits ein wenig fortgeschritten sind, sehen häufig jünger aus als sie sind, weil ihre größere Bewußtheit unter anderem mit sich bringt, daß die Muskeln der Augen, Ohren, des Hinterkopfes und Nackens besser funktionieren. Die Farben im Kehlzentrum tragen dazu bei. Bei einem herzlichen Lächeln leuchtet das Kehlzentrum geradezu auf. Überhaupt reagieren die meisten Zentren auf ein Lächeln äußerst positiv.

In den anderen Zentren bedeutet Hellblau Kühle.

Es muß nicht unbedingt schädlich sein, ein wenig Hellblau

im roten Fortpflanzungszentrum zu haben. Allerdings läßt es auf eine etwas kühlere, berechnendere Einstellung zur Sexualität schließen. Eisblau weist darauf hin, daß die Lust an einer sexuellen Verbindung durch Enttäuschung und Verbitterung merklich abgekühlt ist.

Im orangefarbenen Verdauungszentrum ist Hellblau kein Zeichen von Gesundheit. Unsere Beziehung zum Essen ist dann durch einen Mangel an Phantasie gekennzeichnet. Dies ist nicht günstig, denn wir können nicht leben, ohne zu essen.

Je nach seiner Tönung kann Hellblau im gelben Geistzentrum andeuten, daß die betreffende Person beim Lehren oder freien Vortrag einen kühlen, klaren Kopf behält. Sie ist in der Lage, Kenntnisse zu vermitteln, ohne dabei ihre Emotionen mit ins Spiel zu bringen. Eisblau deutet auf einen verhärteten und erkalteten Verstand.

Im grünen Herzzentrum ist Hellblau nicht günstig. Eisblau wirkt wie die Eisdecke auf einem See. Wir wissen dann nicht, wie wir Liebesbezeugungen begegnen sollen, und vermeiden es, neue Beziehungen einzugehen. Vielleicht sind wir absichtlich kühl, legen uns sozusagen selbst auf Eis, weil wir eine alte Wunde im Herzen heilen wollen. Dadurch werden wir jedoch unterkühlt und reserviert.

Je heller das Blau im indigofarbenen Stirnzentrum ist, desto größer ist die Wahrscheinlichkeit, daß wir mehr mit unserer Stimme und nicht durch Handauflegen heilen.

10. Indigo: Eine andere Art des Sehens

Im Stirnzentrum ist das Dritte Auge, das Auge der Psyche, lokalisiert. Wir können es mit dem Senderwahl-Knopf eines Radios vergleichen, mit dem wir uns auf die verschiedensten Zeiten und Welten einstimmen können. Ist die Empfänglichkeit des Stirnzentrums gesund, so können wir unsere hellseherischen Fähigkeiten in durchaus positiver Weise einsetzen. Wir beherrschen dann unseren »sechsten Sinn«. Das Dritte Auge ist für die Gedanken und Empfindungen anderer Menschen empfänglich; außerdem zeigt es die verschiedenen Leben an, die wir in der Vergangenheit geführt haben, ja sogar die zukünftigen, umfängt es doch den gesamten Kreis des Seins. Die Qualität unseres gegenwärtigen Lebens ist durch viele vorangegangene Inkarnationen beeinflußt.

Wie im gewöhnlichen Auge gibt es auch im Dritten Auge winzige Segmente, die für die Erfahrung verschiedener Leben stehen. Die Gesamtsumme unserer Erfahrungen aus diesem und aus vorangegangenen Leben ist dort gespeichert – das, was uns zu dem gemacht hat, was wir heute sind. Die Akten, die es über uns gibt, sind durchaus nicht abgeschlossen. Wir können mit ihnen arbeiten. Sollten wir gar wie die großen Seher aller Zeiten Zugang zum Zentrum unseres eigenen oder des Dritten Auges eines anderen haben, dann können wir nach Wunsch in jede Akte Einsicht nehmen. Wir können unser Drittes Auge dann einstellen, wie wir im Radio einen bestimmten Sender einstellen. Die zunehmende Bewußtheit im Dritten Auge versetzt uns in die Lage, uns auf jede Zeit einzustimmen und uns ganz an jenen Augenblick in der Zeit anzupassen. Im Dritten Auge sind so viele verschiedene Schichten des Bewußtseins präsent, daß wir die gesamte Evolution des

Kosmos darin erfahren können. Wir können ungehindert in andere Räume und Zeiten reisen und sie ebenso ungehindert wieder verlassen.

Das Dritte Auge ist ein überaus sensibles Organ. Wie in der Iris des gewöhnlichen Auges, die der Augendiagnose dient, sind im Dritten Auge unsere physischen Leiden sichtbar. Die gröbere Form des ätherischen Auges (die dichteste der feinstofflichen Ebenen) zeigt den Gesundheitszustand in unseren früheren Verkörperungen und die Fehler, die wir in vergangenen Leben gemacht haben, und auch, wie sich die Chemie unseres Körpers im Verlaufe unseres Wachsens und Werdens gewandelt hat. Sind wir zum Beispiel in einem Leben durch einen Stich ins Herz zu Tode gekommen, dann machen sich im nächsten Leben in dieser Region starke emotionale Nachwirkungen bemerkbar. Solche Nachwirkungen klingen dann im Verlaufe dieses neuen Lebens ab, doch haben wir uns nun möglicherweise ein neues Leiden zugezogen. Stellen Sie sich einfach eine Schallplatte mit Kratzern vor. Ein Trauma, das wir uns im Verlaufe eines bestimmten Lebens zuziehen, hinterläßt in dem davon betroffenen Zentrum eine Delle oder Farbveränderung.

Die falschen oder richtigen Schwingungen, die in das Dritte Auge eingehen und eingegangen sind, beeinflussen die Verfassung unseres Bewußtseins. Etwas, das vor Hunderten von Jahren schiefgegangen ist, mag sich erst jetzt wieder richtig einrenken. Sind in unserem Dritten Auge zu viele Farben vertreten, dann fühlen wir uns mit zahlreichen vergangenen Leben verbunden und in unserem jetzigen Leben zu vielen verschiedenen Arten von Menschen hingezogen. Wir sollten besser dafür sorgen, daß das Dritte Auge seine natürliche dunkelblaue Tönung beibehält oder gar weiß ist, was allerdings nur selten vorkommt. Besonders verwirrte Menschen, die viele Persönlichkeiten gleichzeitig haben können, mögen in diesem Leben immer noch von verschiedenen Persönlichkeiten aus ihren vergangenen Leben eingenommen sein.

Der obere Teil des Dritten Auges zeigt den Weg an, mit dessen Hilfe wir unser Ziel ansteuern, der untere Teil unsere lange zurückliegenden verschiedenen Vergangenheiten. Die Erfahrung des Dritten Auges vollzieht sich in einer spiralförmigen Entwicklung. Jedesmal, wenn wir in die Tiefe unserer Vergangenheit eintauchen, sind wir von ihr tief angerührt. Aber bei jedem neuen Durchgang sind wir uns auch der Veränderungen bewußt, die in uns stattgefunden haben, seit wir jenen tiefen Aspekt unseres Seins zum letzten Mal sahen.

Schauspieler verfügen, meist unbewußt, über die Fähigkeit, alle Farben aus ihrer Stirn zu ziehen und danach die Farbe einströmen zu lassen, die sie für die jeweilig erwünschte Wirkung benötigen. Ein abrupter Übergang vom Lachen zum Weinen, ein schneller Wechsel von einer »schwarzen« zu einer »grünen« Laune erfordert, daß wir in der Lage sind, jede gerade notwendige Farbe auszustrahlen. Dies ist nicht ungefährlich, denn jede Farbe wirkt ja auf den ganzen Körper. Wer sich so total auf eine andere Farbe einstimmen kann, daß sie alle anderen Farben verdrängt, mag entdecken, daß er plötzlich zu einer anderen Person geworden ist. Ein Mensch, der unter starken Depressionen leidet und dunkle Farben in seinem Dritten Auge vorherrschen läßt, wird negative Phänomene aller Art anziehen – sein ganzes Leben wird von Schwermut und Niedergeschlagenheit geprägt sein. Wir müssen deswegen vorsichtig sein und lernen, uns nicht die Kontrolle entgleiten zu lassen.

Das Dritte Auge ist also ein Instrument der inneren und äußeren Bewußtheit. Auf seinen subtileren feinstofflichen Ebenen gelangen wir zu wahrem Erkennen. Wir überlagern es jedoch wie jedes andere Chakra mit den Farben, durch die wir uns in unserem gegenwärtigen Leben hindurcharbeiten müssen. Die Farben im Dritten Auge sind besonders bedeutsam und vielsagend. Im gröberen ätherischen Auge manifestiert sich innere Aggressivität als eine Krankheit des Dritten Auges im roten Bereich. Gier manifestiert sich im orangefarbenen Bereich, Neid im grünen Bereich. Eine solche Krankheit im Dritten Auge muß später in Form eines organischen Leidens nach außen treten. Christus sagte, wir sollten zuerst den Balken aus unserem eigenen Auge entfernen. Damit wollte er uns wohl darauf hinweisen, daß unsere Chancen, unseren ganzen Körper zu heilen, größer sind, wenn wir erst einmal das Dritte Auge geheilt haben. Das Gleichgewicht des Dritten Auges wiederherzustellen ist jedoch eine Aufgabe, die nur schwer zu bewältigen ist. Wir werden uns später noch näher damit auseinandersetzen.

Indigo in anderen Zentren als dem Stirnzentrum weist auf Unvoreingenommenheit hin.

Indigo kommt nur selten im roten Fortpflanzungszentrum vor. Es bedeutet, daß wir versuchen, die Sexualregion für eine Art von Wahrnehmung einzusetzen.

Nur wenn der Magen übermäßig mit Energie aufgeladen wurde, ist ein Vorkommen von Indigo im orangefarbenen Verdauungszentrum möglich.

Indigo im gelben Geistzentrum ist das Zeichen eines kühlen, unvoreingenommenen Menschen, eines Arztes zum Beispiel, der seinen Patienten »übersinnliche« Heilkräfte zufließen läßt, ohne sich dessen auch nur bewußt zu sein, ohne das geringste Interesse für »übersinnliche« Phänomene zu haben.

Indigo, die Farbe unvoreingenommenen Heilens, erscheint nur selten im grünen Herzzentrum; eine Ausnahme bilden jene Menschen, die die natürliche Fähigkeit besitzen, andere mit ihren Händen zu heilen. Sie sind ruhige und ausgeglichene Persönlichkeiten, denn sie haben die Stufe erreicht, auf der ihre Fähigkeiten ganz natürlich durch sie hindurchfließen.

Indigo tritt kaum im hellblauen Kehlzentrum auf. Es mag eine Person charakterisieren, die mit ihrer Stimme heilt, einen Hypnotiseur vielleicht oder eine Mutter, die ihrem Kind ein Wiegenlied singt.

11. Violett: Der Sinn für das Gute und Schöne

Wir alle müssen Violett in uns haben, denn diese Farbe ist Teil des Spektrums. Strahlen wir von unserem Scheitelzentrum her Violett aus, so ist dies ein Zeichen für die künstlerischen Anlagen in unserer Persönlichkeit, für unseren Sinn für das Gute und Schöne im Leben.

Auch in den anderen Chakras weist Violett auf einen Sinn für Kunst und Schönheit hin.

Haben wir Violett im roten Sexualzentrum, so haben wir nur an kultivierter Geschlechtlichkeit Freude. Grobheit und Obszönität sind uns zuwider.

Violett im orangefarbenen Verdauungszentrum bedeutet, daß unsere Augen beim Essen stark beteiligt sind. Die Speisen müssen möglichst schön angerichtet serviert werden. Wir gehören dann vielleicht auch zu den Menschen, die ihre Speisen segnen, bevor sie sie zu sich nehmen. Menschen mit Violett im Verdauungszentrum, in die zudem viel kosmische Energie einströmt, können sogar in der Lage sein, die Nahrungsaufnahme weitgehend durch Atemübungen zu ersetzen.

Violett im gelben Geistzentrum schenkt uns die Gabe, Schönheit auch mit unserem Verstand zu genießen. Es zeichnet den Künstler aus, der ein Auge für Proportionen und Farbkombinationen hat, einen Menschen, der genau weiß, warum er etwas mag oder verabscheut.

Violett im grünen Herzzentrum deutet das Bedürfnis nach einer spirituellen Beziehung an. Das Herzzentrum vermag eine Art von Schönheit zu würdigen, die durch Analyse nur zerstört werden würde.

Im hellblauen Kehlzentrum deutet Violett auf eine besondere Sprachbegabung hin. Eine Kombination von Gelb und

Violett in diesem Zentrum läßt auf einen guten Kunstkritiker schließen, eine Person, die Kunst mit Sachverstand zu würdigen versteht.

Violett im indigofarbenen Stirnzentrum ist ein Zeichen dafür, daß die betreffende Person die Mittel der Kunst zum Heilen einsetzt. Sie wird mit Tanz-, Musik- oder Maltherapie arbeiten.

12. Farben im Scheitelzentrum – das Erbe vergangener Leben

Über die bisher beschriebenen Farben hinaus gibt es noch weitere Farben, die nicht nur mit dieser ersten ätherischen Ebene zu tun haben. Ihre Bedeutung ist noch viel weiterreichend. Hier gehen wir über das Körperbewußtsein hinaus. Die Farben, die vom Scheitelzentrum ausstrahlen, verzeichnen den Gesamtzustand unseres Seins. Sie verändern sich nicht von Augenblick zu Augenblick und fließen auch nicht in schneller Folge in die anderen Zentren ein und heraus. Sie werden zwar bis zu einem gewissen Grad von den anderen Zentren beeinflußt, doch sie sind noch von anderen sichtbaren und unsichtbaren Wirkkräften abhängig. In ihnen ist unsere Seelenerfahrung verzeichnet, die Grundverfassung unseres Bewußtseins. Damit stehen sie zumeist für Eigenschaften, die wir im Laufe verschiedener Leben erworben haben. Die sich entwickelnde Seele widmet die einzelnen Wiedergeburten der Aufgabe, bestimmte Farben hervorzubringen. Sie fügt diese Farben dann ihrer Palette hinzu und stößt sie nicht wieder ab.

Die Weisen vergangener Zeiten bezeichneten diese Farben als den »vielblättrigen Lotos«. Man könnte in ihnen auch einen riesigen Diamanten mit vielen feingeschliffenen Facetten erkennen. Dieser Diamant kommt durch die sich überlagernden und überkreuzenden Energien zustande. Die Punkte, an denen sich die Energien überschneiden, blitzen auf wie ein Spiegel, der gleißendes Licht reflektiert. Ist der Diamant eines Menschen rein und klar, so können wir uns darin selbst sehen, wie die anderen uns sehen. Sie reflektieren uns, wie wir wirklich sind. Je mehr der Diamant strahlt und blitzt, desto höher ist das Bewußtsein entwickelt.

Der Diamant selbst hat drei verschiedene Aspekte. Der

erste Aspekt besteht in einer Kristallschicht, in der der Fortschritt aufgezeichnet ist, den wir bisher auf der ätherischen Ebene erzielt haben. Sie stellt eine Art Datenspeicher über den Zustand unserer Chakras dar; alles, was uns in diesem gegenwärtigen Leben beschäftigt, ist dort ablesbar.

Die zweite Schicht repräsentiert einen weiteren Schritt in der Entwicklung und verzeichnet noch feinere Schwingungen. Sie kommt ins Spiel, sobald der Intellekt die Herrschaft der Emotionen ablöst, sobald wir das Leben nicht mehr nur in seinen einzelnen Fragmenten, sondern als eine alles umfassende Schöpfung begreifen. Diese neue Bewußtheit führt zu einer tiefgreifenden Veränderung in den Basis-Chakras, ein Zeichen dafür, daß wir viele Hindernisse, die der Ebene des Individuell-Persönlichen angehören, weggeräumt haben. Nur die Hindernisse, die auf einer höheren Ebene anzugehen sind, bleiben noch zu bewältigen.

Darüber befindet sich eine weitere, dritte Schicht, so daß der Eindruck einer dreifachen Krone entsteht. Hier sind die letzten, zur Ganzheit der Seele erforderlichen Farben zu finden. Sie zeigen die Grundrichtung an, die wir über viele Leben eingeschlagen haben. Auch sind die Farben hier kräftiger und hervorstechender als in den anderen beiden Schichten. Daraus ergibt sich auch die symbolische Bedeutung des Kopfschmucks der Indianer. Die Indianer trugen an den verschiedenen Stellen ihres Kopfbandes Federn von verschiedenen Farben, um damit bisherige Erfolge und die Höhepunkte ihrer Entwicklung anzudeuten. Diese Federn repräsentieren jene Strahlungen in fester Gestalt.

Darüber befindet sich, wie ein riesiger Leuchtturm, der in die Nacht hinausstrahlt, eine Strahlung von reinem weißen Licht. Aus den Energien des Kosmos gewirkt, verbreitet sie ihren Lichtregen, einem brillanten Feuerwerk gleich. Sie ist die veräußerlichte Christuserfahrung, der goldene Heiligenschein, den wir auf so vielen religiösen Gemälden sehen. Er ist allerdings nicht platt wie ein Pfannkuchen, sondern eher einer dreidimensionalen Kuppel ähnlich. Wir alle haben einen solchen Heiligenschein, denn es liegt in der Natur dieser Energien zu strahlen. Doch kann dieser Heiligenschein bei verschiedenen Menschen von sehr unterschiedlicher Größe und Helligkeit sein.

Wenn wir uns in einem oder mehreren vergangenen Leben darum bemüht haben, tief in eine bestimmte Art von Wissen einzudringen, dann erscheint die entsprechende Farbe deutlich und dauerhaft in der »Krone« unseres Scheitelzentrums. Aufgrund ihrer Intensität überstrahlt diese Energie die anderen Farben. Gewinnt sie dann über mehrere aufeinanderfolgende Leben an Festigkeit, so zeigt sie die Richtung der Reise durch unsere verschiedenen Leben an.

In den anderen Zentren reflektieren die Farben unsere Persönlichkeit und ein mögliches Ungleichgewicht, welches es auszugleichen gilt. Im Scheitelzentrum hingegen deuten sie eine Fähigkeit an, die wir unser eigen nennen dürfen. Die Farben, die hier vorkommen, haben wir bereits gemeistert. Sie stellen eine Fertigkeit dar, der wir uns jederzeit bedienen können, während die Farben in den anderen Zentren die Herausforderungen widerspiegeln, mit denen wir im gegenwärtigen Leben konfrontiert sind und die wir nach der Bewältigung dieser Aufgaben zum Scheitelzentrum »hinaufsenden« werden.

Wir spüren im allgemeinen genau, was unser Platz auf der Erde ist, wo wir hingehören: in ein Krankenhaus, in eine Universität, in ein Büro. Wir treffen unsere Wahl entsprechend unseren Farbschwingungen. Auch zwischen den einzelnen Inkarnationen bewohnen wir einen Schwingungsraum, und ein Teil von uns ist mit diesen Dimensionen beständig in Kontakt. Wir kehren zwischen den Leben in diesen Raum zurück, der sich ebenfalls weiterentwickelt. Im Verlauf von aufeinanderfolgenden Inkarnationen fügen wir neue Leistungen hinzu und spezialisieren uns mehr und mehr, je näher wir der Weisheit kommen. Bei jeder Rückkehr haben wir unsere Schwingungen verfeinert oder eine neue Schwingung hinzugefügt. Auf diese Art und Weise vergrößern wir die oftmals langen Abstände zwischen den einzelnen Inkarnationen.

Je mehr Farben sich durch unsere verschiedenen Inkarnationen an unserer Kopfspitze versammeln, desto fesselndere und entwickeltere Persönlichkeiten stellen wir dar. Wie wir sehen, sind unsere Möglichkeiten viel größer, als wir bisher glaubten. Wir alle senden vom Scheitelchakra hauptsächlich Strahlen von drei oder vier verschiedenen Farben aus, deren Kombination uns das Gefühl unserer Identität vermittelt.

Gold in der Krone des Scheitelchakra ist das Zeichen der höchsten Weisheit – ein Zeichen für eine Vergangenheit, in der wir ein bedeutendes meditatives Leben geführt haben. Hier ist die Essenz aller Religionen verwirklicht; gelingt es uns, bis zu dieser Dimension vorzudringen, dann haben wir alle Religionen in uns vereint. Gold bedeutet, daß wir in den vergangenen Leben zu Weisheit gekommen sind und nun über einen Energievorrat verfügen, den wir je nach Bedarf in unseren Zentren zum Einsatz bringen können. Gold im Scheitelchakra ist äußerst selten. Es ist das Merkmal jener besonderen Menschen, die ihr weltliches Dasein völlig transformiert haben und nun über den Schlüssel zum kosmischen Bewußtsein verfügen.

Weiß zeigt an, daß wir auf Brüderschaft unter den Menschen hinarbeiten. Es versinnbildlicht die Verbundenheit zwischen den Seelen. Sind wir einmal zu Weiß gekommen (was nur durch ein voraufgegangenes meditatives Leben möglich ist), können wir auch unter großen Belastungen und in größter Einsamkeit überleben. Wir werden nicht Selbstmord begehen, und wir verfügen über enorme regenerative Kräfte. Wir sind fähig, uns still zu halten und zu schweigen.

Pfirsich zeigt an, daß unsere letzten acht bis zwölf Leben dem Dienen gewidmet waren; Leben, während derer wir auf eine Vergeistigung hingearbeitet haben. Mit jedem dieser Leben wollten wir lernen, Meisterschaft zu erlangen, zum Beispiel unsere Angst bezwingen, die Einsamkeit meistern und so weiter. Die Pfirsichfarbe zeigt an, daß wir diese Meisterschaft nun verwirklicht haben.

Individuen, die diese Pfirsichfarbe ausgebildet haben, mögen danach in den Bereich des **Perlrosa** überwechseln, in dem sie andere Menschen leiten und schulen.

Tiefrosa im Scheitelchakra kennzeichnet Individuen, die sich darin geübt haben, zwischen Menschen und Ideen zu vermitteln. Sie sind ein Bindeglied zwischen dieser Welt und der nächsten. Tiefrosa ist die Farbe spiritueller Liebe, die verbindet und mischt.

Silber ist das Erkennungszeichen für Menschen, die die Dinge in einem weitgefaßten Rahmen sehen und aufgrund ihrer Bewußtheit durch schwierige und sehr unterschiedliche Situationen geführt werden. Menschen mit dieser Mentalität sind insofern von besonderem Wert, als sie verstehen, daß jeder einzelne das Recht auf seinen eigenen Glauben, seine eigene Lebensanschauung hat. Sie sind universelle Geister und haben oft eine besondere Aufgabe in der Welt.

Stahlgrau ist eine Mischung von Weiß und Schwarz, die auf Urteilskraft hindeutet. Zuviel Schwarz läßt auf Pessimismus schließen, zuviel Weiß auf Optimismus. Ein ausgeglichenes Verhältnis von Schwarz und Weiß bringt die Urteilsfähigkeit hervor, die einen guten Richter auszeichnet. Auf unserer Reise durch Raum und Zeit müssen wir lernen, mit klarem Unterscheidungsvermögen zu urteilen.

Cremeweiß im Scheitelchakra steht für Forschergeist. Es verweist auf zurückliegende Leben, in denen wir unserer Erkenntnis kleine Mosaiksteinchen hinzugefügt haben, ohne damit jedoch zu einem wirklich befriedigenden Ergebnis gekommen zu sein. Die Massenmedien sind ein typisches Arbeitsfeld für Personen mit viel Cremeweiß, die viel herumkommen und viele Menschen treffen wollen.

Wir haben alle ein wenig **Magentarot** im Scheitelchakra. Ist es sehr deutlich, so zeigt es, daß wir in einem vergangenen Leben im Bereich der Verwaltung gearbeitet haben und daß auch in diesem Leben unsere Aufgabe wieder in der Verwaltung liegt, vielleicht indem wir Gruppen organisieren.

Violett deutet auf die diversen Möglichkeiten des künstlerischen Ausdrucks: als Maler, als Schauspieler, als Schriftsteller und so weiter. Ein mehr ins Rosa gehendes Violett deutet auf eine Person, die in ihrer künstlerischen Arbeit sehr viel mit Organisationsaufgaben zu tun hat, wie zum Beispiel ein Regisseur.

Indigo zeigt ein vergangenes Leben als Heiler an. Erscheint es in der dreifachen Krone, dann sind wir wahrscheinlich auch in diesem Leben in einem ärztlichen Beruf tätig.

Türkis im Scheitelchakra deutet auf eine Person, für die der freie Vortrag keine Schwierigkeit darstellt.

Blau kennzeichnet einen guten Lehrer, der für den freien Vortrag jedoch nicht unbedingt begabt sein muß. Ein solcher Lehrer kann gut mit Schülern umgehen. Das Blau zeigt jene Hingabe an, ohne die bei der Arbeit mit anderen Menschen kein Fortschritt möglich ist.

In den anderen Zentren bedeutet zuviel **Grün,** daß wir zu gutherzig und großzügig sind. Im Scheitelchakra jedoch ist es ein positives Zeichen und verweist auf ein vergangenes Leben, in dem wir mit der Natur besonders verbunden waren. Wenn wir auf die Natur lauschen, entwickeln wir ein sicheres Gespür dafür, welche Art der Nahrung wir benötigen.

Gelb bedeutet, daß wir uns einem bestimmten Lebensstil widmen. Wir sind in einem vergangenen Leben zu akademischen Ehren gekommen und setzen diesen Weg nun fort, indem wir uns unserem Beruf oder Studiengebiet mit ganzem Eifer widmen.

Orange ist nur selten im Scheitelchakra zu sehen. Da Orange etwas mit physischer Aktivität zu tun hat, hat sich eine solche Seele vielleicht durch irgendeine Form der Körperdisziplin entwickelt. Auch ein Bauer mag orangefarbene Schwingungen über dem Kopf aufweisen, da diese Farbe sehr viel mit Nahrung und der Verarbeitung von Nahrung zu tun hat.

Rot, die Farbe der Evolution, zeigt uns eine Person, die sehr am Vorgang der Geburt interessiert ist oder konstruktiv dazu beiträgt, den Wachstumsprozeß besser verständlich zu machen.

Unsere Anschauungsweise ist natürlich auch durch die Art der Initiationen getönt, die wir in der Vergangenheit empfangen haben. Sie zeigen sich als Weinrot an der Spitze des Kopfes. Bei den Indianern waren die Initiationen fast durchweg schmerzhaft. Wer dazu bereit war, war auch darauf vorbereitet, eine andere Ebene der Bewußtheit zu betreten. Vielleicht sind auch Sie in einem vergangenen Leben durch die Pforte einer solchen Einweihung geschritten und haben deswegen jetzt keine Geduld, wenn andere Ihnen ihre Schmerzen klagen. Andererseits kann die Einweihung natürlich auch mißlungen sein, so daß wir jetzt schreckliche Angst vor Schmerzen haben.

Es ist unmöglich, alle Farben genau zu klassifizieren. Jede Farbe hat Hunderte von Schattierungen und kann zudem rein oder getrübt sein. Darüber hinaus kann dieselbe Farbe je nach ihrer Lichtintensität eine andere spirituelle Wertigkeit besitzen. Farben richtig zu lesen ist eine schwierige Kunst, denn die Farben durchdringen und beeinflussen einander, ohne daß ihr Fluß jemals völlig stillsteht.

Die meisten von uns sind nur für die gewöhnliche Farbskala empfänglich. Medial begabte Menschen sehen jedoch viele Farb- und Energieskalen, die ähnlich den Tonleitern in der Musik mit mehr und mehr Licht erfüllt sind, je höher die Schwingungsfrequenz hinaufreicht. Über dem Kopf gibt es Farben und Strahlenreiche »reinen Lichts«, die nicht einmal der beste Seher in irdischen Begriffen zu verstehen vermag.

13. Farben und die Evolution des Individuums

Die Geschichte der Menschheit und die Geschichte des Individuums folgen demselben Grundmuster. Ein jeder von uns bildet sowohl den Mikro- als auch den Makrokosmos der Erfahrung ab. Wie der primitive Mensch der Vorzeit, ist auch der Primitive in uns durch Wachstum und Veränderung auf dem Weg zu Vergeistigung und Veredelung. So wie die Menschheit durch schrittweise Evolution zu Wachstum und Veredelung gekommen ist, so ist jedes Individuum durch die Reihe seiner Inkarnationen gewachsen und gereift. Die Menschheit ist das Produkt ihrer Evolution, der einzelne die Gesamtsumme seiner vergangenen Leben.

Ein Kind trägt bei seiner Geburt alle die Anlagen in sich, die es aus seiner Vergangenheit ererbt hat. Wächst es dann heran, reflektieren seine Chakras schließlich den Zeitraum, den es nach irdischen Begriffen bereits auf dem Pfad inneren Wachstums verbracht hat. Mit jeder Inkarnation reichern wir unsere Zentren, die Bausteine unseres Lebens, mit neuen Aspekten an. Dabei halten wir uns an die Aufgabe, die zu erfüllen wir uns vor der jeweiligen Wiedergeburt entschlossen haben. Die Zentren beginnen zu funktionieren, wenn wir im Laufe unseres Lebens mit den Menschen zusammentreffen, mit denen wir in der Vergangenheit über verschiedenen Zentren verbunden waren.

Das siebente Lebensjahr ist eine wichtige Periode im Leben eines Kindes. Bis zu dieser Zeit ist das Kind zwar für übersinnliche Einflüsse empfänglich, gleichzeitig jedoch weitgehend von den Erfahrungen vergangener Leben unbehelligt. Der Schutz der Mutter ist ein sicherer Mantel, unter dem es mit seiner Feinfühligkeit leben kann. Laufen unsere Farben aus, wenn wir noch zart und verwundbar sind, dann ist die Mutter da, unsere Energien wieder aufzufüllen. Wir entziehen ihr Energie, um unser eigenes Gleichgewicht aufrechtzuerhalten – manchmal zu ihrem Schaden.

Eine schwangere Frau hat häufig eine tiefblaue Ausstrahlung, die sie auch an ihr ungeborenes Kind weitergeben kann. Die Jungfrau Maria erscheint auf bildlichen Darstellungen deswegen in einem blauen Umhang. Eine Frau, die nach der Geburt nicht mehr ausreichend Indigo produzieren kann, vermag ihr Kind nicht genügend zu schützen. Das Kind wird dann aufgrund dieser Erschöpfung der Mutter in seinen ersten Lebensjahren oft erkranken. Eine Schwangere nimmt instinktiv die Nahrung zu sich, die sie braucht. Nach der Geburt sind ihre Instinkte jedoch nicht mehr so wach, so daß sie vielleicht nicht mehr in der Lage ist, ihre Energien richtig aufzufrischen. Für diesen Instinktverlust ist wohl hauptsächlich die unnatürliche Umgebung und Geburtstechnik in den modernen Krankenhäusern verantwortlich. Mutter und Kind wird zuwenig intime Nähe gestattet. Die Konsequenzen hat vor allem die Mutter zu tragen, denn das Kind wird dazu gezwungen, sein inneres Gleichgewicht auf anderem Wege herzustellen.

Natürlich gehören beide Elternteile dazu, für das Gleichgewicht der Energien zu sorgen, das unsere Chakras zum Leuchten bringt. Kleine Kinder sind sehr verletzlich. Ein Säugling, dem die Liebe fehlt, wird sterben. Mit den Jahren füllen wir unsere Energiereserven jedoch immer weniger mit Hilfe von Vater und Mutter auf. Wir beziehen sie statt dessen von der Sonne. Haben wir einmal damit begonnen, unsere Energie von anderen Menschen und aus der natürlichen Umwelt zu beziehen, werden wir allerdings zunehmend für Krankheiten empfänglich. Ungefähr mit dem siebenten Lebensjahr übernehmen wir selbst die Verantwortung für unsere Chakras und müssen sie während dieser Übergangsperiode aufeinander abstimmen. Je unausgeglichener die Chakra-Energien eines Kindes sind, desto mehr wird es seiner Mutter am Rockzipfel hängen. Ein extrovertiertes Kind schafft sich seine eigene Stabilität, sein eigenes Gleichgewicht. Ein Kind, das sich mehr absondert, fürchtet hingegen seine eigenen Instinkte und lebt in einem Gefühl der Unsicherheit. Tief in seinem Inneren weiß es, daß ihm etwas fehlt, was es dringend nötig hat.

Ein Kind hat eine rosa Ausstrahlung. Es strahlt die spirituelle Farbe der Unschuld aus. Der Einfluß aus den vergangenen Leben bleibt bis zur Pubertät gering. In der Zeit der geschlechtlichen Reifung verdichten sich jedoch die Schwingungen unserer Farben. Mit Erlangen der Geschlechtsreife erhält die Geschlechtsgegend ein kräftiges Rot. Während der Pubertät werden wir auch für parapsychologische Phänomene empfänglich. Ein Jugendlicher mag dann plötzlich Poltergeister erfahren oder telekinetische Kräfte besitzen, ein Zeichen dafür, daß Erfahrungen aus vergangenen Leben in sein Oberflächenbewußtsein einbrechen. Es ist das schmerzenreiche und gefährliche Alter, in dem ein Kind manchmal ohne offensichtlichen Grund völlig aus der Bahn geworfen wird. Wenn dies geschieht, wird das Kind zumeist von den Einflüssen aus einem vergangenen – in den meisten Fällen negativen – Leben überrollt, die sich in den Vordergrund drängen und alle übrigen Einflüsse beiseite schieben.

Während dieser durch seelische Instabilität gekennzeichneten Teenagerjahre beginnt auch das Dritte Auge aktiver zu werden. Dies führt in einigen Fällen zu psychischer Verwirrung. Im allgemeinen machen Kinder dieses Alters jedoch vor allem von der rationalen Hälfte ihres Gehirns Gebrauch. Sie verdrängen alles, was ihnen seltsam vorkommt, oder versuchen, es rational zu erklären. Je offener ein Kind für übersinnliche Fähigkeiten und Einflüsse ist, desto mehr wird es auf die analytische Seite seiner Natur bauen. Da es tief in seinem Innern sehr wohl um seine mediale Begabung weiß, wird es um jeden Preis zu verhindern suchen, daß diese in das Oberflächenbewußtsein eindringt.

Bei den meisten Menschen ist das Dritte Auge von sieben Schleiern, den Chakras, geschützt. Dieses Wissen ist der Ursprung des Tanzes der sieben Schleier. Solange diese Schleier nicht gelüftet sind, können wir nicht wirklich »sehen«. Sobald ein Zentrum entwickelt genug ist, daß es mit der ihm entsprechenden Erfahrung umgehen kann, hebt sich der Schleier wie ein Morgendunst. Dabei gibt es keine festgelegte Reihenfolge; die Entwicklung geht vielmehr so vor sich, wie es für jeden einzelnen gerade richtig ist. Bevor nicht alle unsere Zentren geöffnet und die Schleier gelüftet sind, haben wir weder zu unseren eigenen noch zu den vergangenen Leben anderer Zugang. Ist dies jedoch geschehen, dann eröffnet sich uns eine tiefere Kammer des Wissens.

Die Auflösung jedes einzelnen Schleiers vollzieht sich über sieben Stufen. Wird die Entwicklung dabei gehemmt, kommt die Auflösung der Schleier womöglich ganz ins Stocken. Dann müssen wir innerlich an uns arbeiten, um diese Stockung zu überwinden. Ein bisher nicht sichtbares Drittes Auge tritt in Erscheinung, wenn schließlich alle Schleier gefallen sind – von den gröberen ätherischen Ebenen befreit, strahlt es wunderbar durchscheinend. Es ist, als sei die Tür zur Schatzkammer des Dritten Auges versiegelt; der richtige Schlüssel wird sie uns jedoch aufschließen. Wir können den Schatz dann heben und praktisch nutzen.

Mit diesem Schatz ist uns alles Wissen, ja sogar kosmisches Bewußtsein verfügbar. Haben wir Zutritt zu diesem tiefsten Aspekt des Bewußtseins, so zweifeln wir nicht mehr an der Existenz eines Schöpfers. Unser Dasein wäre ohne diese Verbindung gar nicht möglich.

Das Dritte Auge sollte ein Blau ausstrahlen, welches auf unsere von den Tieren ererbte Befähigung hinweist, Geschehnisse, die an anderen Orten und in anderen Wirklichkeiten stattfinden, zu spüren. Zusätzliche Silberstrahlen zeigen dann an, inwieweit wir diese Region weiterentwickelt haben. Das Dritte Auge sollte jedoch auch Gelb enthalten – ein Gelb, das bei besonders hochentwickelten Menschen in Gold übergeht –, womit dann offensichtlich wird, daß wir diese Gabe auch praktisch einsetzen können. Das Dritte Auge hält die rationale und die nichtrationale Seite unseres Wesens in der Waage.

Haben wir erst einmal unsere erste unglückliche Liebe hinter uns – und die meisten Menschen machen diese Erfahrung –, so haben wir damit begonnen, uns einen Weg in die tieferen

Schichten der Psyche zu bahnen. Das Dritte Auge bekommt dann die Gelegenheit, sich zu öffnen, denn es ist unsere Empfänglichkeit für unsere Mitmenschen, die das Dritte Auge aktiviert. Unsere Offenheit für die Einflüsse aus vergangenen Leben nimmt zu, wenn wir in diesem Leben ordentlich durchgeschüttelt werden. Wir verstehen dann mehr und mehr, was es mit dem Gesetz des Karma auf sich hat.

Das Gesetz des Karma besagt, daß das Leben uns auszahlt, was wir eingezahlt haben. »Wie ihr säet, so werdet ihr ernten.« Unsere unbewältigte Vergangenheit und unsere unerledigten Beziehungen werden uns einholen. Wir müssen sie aufarbeiten. Dabei werden wir uns im Laufe unserer Entwicklung vielleicht bewußt, daß wir im gegenwärtigen Leben bestimmten Menschen begegnen, weil uns etwas aus vergangenen Leben mit ihnen verbindet. Wir müssen unsere Schulden begleichen und unseren Lohn in Empfang nehmen. Haben wir uns einmal mit der Vorstellung angefreundet, daß jeder von uns über viele Leben auf ein Ziel zusteuert, dann begreifen wir auch, daß Momente des Unglücks zum Lernprozeß gehören, daß sie eine Bereicherung darstellen. Damit lernen wir auch, unsere wahren Bedürfnisse – physische, psychische, emotionale und spirituelle – zu verstehen.

Es gehört zu der »Abmachung« zwischen unseren Seelen, daß wir manchmal von anderen Menschen abgelehnt oder verletzt werden. Eine Beziehung beginnt und endet, wenn die Zeit dafür gekommen ist, denn Fremde können uns nicht wirklich verletzen. Zu wachsen ist das Ziel unseres Erdendaseins. Es sind unsere Freunde aus vergangenen Leben – auch wenn wir sie nicht als solche erkennen –, die uns zu dieser Entwicklung verhelfen. Sie sind von Geburt an mit uns verbunden.

Da alle unsere Erfahrungen aus vergangenen Leben zu einer fortschreitenden Entwicklung der von uns ausgestrahlten Farben geführt haben, hat sich auch die Menschheit als Ganzes entwickelt. Der Primitive war in den niederen Chakras zentriert. Er war von seinen Lebensumständen dazu gezwungen, die potentielle Aggressivität und die Stoßkraft jener dichteren Schwingungen aufrechtzuerhalten, um immer kampfbereit zu sein. Die rote Energie war zur Fortpflanzung notwendig, der Hunger des orangefarbenen Zentrums ein Anstoß zu ständiger Aktivität. Der primitive Mensch verfügte zwar über viele übersinnliche Fähigkeiten, aber sein Gehirn war noch nicht voll ausgereift.

Als sich das gelbe Zentrum zu entwickeln begann, wurde der Mensch in die Lage versetzt, seine Gaben richtig einzuschätzen und einzusetzen. Mit jedem folgenden Wachstumsschritt ist er einer höheren Ebene nähergekommen. Die Menschheit insgesamt wie auch jeder einzelne strebt nach der Bewußtheit eines »höheren Selbst«, nach größerer Weisheit. Damit diese Entwicklung in Gang kommt und fortschreitet, müssen die niederen Energien aufsteigen, um den schlafenden Teil des Gehirns mit Energie aufzuladen.

Weiß ist schon immer das Zeichen des zölibatären Lebens gewesen. Es ist die Farbe des Hohen Priesters. In der Vergangenheit lebten die Yogis im Zölibat, weil sie vermittels ihrer geschlechtlichen Enthaltsamkeit die weißen Schwingungen in das Fortpflanzungszentrum eintreten lassen konnten. Die Sexualregion verlor dadurch ihre negativen Eigenschaften – die Energien behielten zwar ihre Wärme, verloren jedoch ihre Leidenschaftlichkeit. Die Mischung von Rot und Weiß brachte das spirituelle Rosa hervor, das sichtbare Zeichen für eine Beherrschung der roten Energie, die diese höheren Zwecken nutzbar machte. Die grundlegende Sexualenergie ist zur Arterhaltung notwendig. Ist die Seele aber einmal in ihrer Entwicklung fortgeschritten, dann können wir diese Energien verwandeln, so daß sie die Form verfeinerter Schwingungen annehmen.

Die Menschen, die bereits ein vergangenes Leben als Mönch oder Nonne hinter sich haben, besitzen damit automatisch die Fähigkeit, Weiß in das Basiszentrum einfließen zu lassen. Die Seele mag unbewußt ein solches Leben anstreben, um ohne die geringste Angst vor Einsamkeit in Abgeschiedenheit an ihrer Vervollkommnung zu arbeiten. Eine einschneidende Veränderung in unseren Schwingungen verlangt von uns immer, daß wir uns für eine gewisse Zeit zurückziehen. Gewisse Dinge können nur im Stillen und im Verborgenen geschehen. Es gibt nichts Einsameres als ein Samenkorn unter der Erde.

Die Yogis führten diese Verwandlung jedoch mit Hilfe besonderer Atem- und Meditationsübungen während eines Lebens der Enthaltsamkeit ganz bewußt herbei. Es ist allerdings nicht ungefährlich, die rote Energie entlang der Wirbelsäule aufsteigen zu lassen. Wer mit Übungen zur Erweckung der Kundalini-Kraft, wie diese Energie von den Indern genannt wird, herumexperimentiert, sollte wissen, daß er sich damit auf ein gefährliches Unternehmen einläßt. Die Gefahr ist groß, daß man die Sexualenergie falsch handhabt, wenn sie noch nicht von Rot in Rosa umgewandelt wurde. Sollten wir die Erfahrung des Aufsteigens der Kundalini erzwingen, bevor das Stadium erreicht ist, in dem sie sich ganz spontan einstellen kann, dann erfahren wir wahrscheinlich mehr als uns lieb ist.

Aber ob nun ein natürlicher Schritt in der Evolution oder eine bewußte Bemühung, wir sollten in jedem Fall danach streben, dem Sexualzentrum ein wenig von seiner Hitze zu nehmen. Rosa ist die Farbe der Vermittlung, die Farbe übersinnlicher Fähigkeiten. Wer Rosa ausstrahlt, der stellt sich schützend vor die Natur und bewahrt sie vor jenen, die unser Erbe zerstören wollen. Er oder sie ist Mittler zwischen Mensch und Gott, zwischen Himmel und Erde, dem Höchsten und dem Niedrigsten. Sind wir erst einmal wirklich fähig, Gott und unseren Nächsten zu lieben, wie es das erste Gebot von uns verlangt, dann ergibt sich alles übrige von selbst.

Im Laufe verschiedener Leben lernen wir dann ganz allmählich, wie wir unsere Instinkte bezwingen und in die Bewußtheit intuitiver Erkenntnis hineinwachsen können – ein Werkzeug für einen hellen, klaren und wachen Geist. Im Licht dieser Bewußtheit sind uns dann auch die alten Mysterien verständlich.

Dies ist natürlich nur eine stark vereinfachte Darstellung eines außerordentlich komplizierten Musters, nach dem sich das Wachstum sowohl auf der kollektiven Ebene der Menschheitsgeschichte als auch auf der Ebene des Individuums vollzieht. Dieses Muster zieht sich nicht nur durch die Gesamtheit aller vergangenen Leben, sondern kommt auch in jedem einzelnen Leben zum Tragen. Je mehr wir die Gesetze unserer eigenen persönlichen Entwicklung verstehen, desto leichter fällt es uns, die Evolution der Menschheit zu begreifen. Wir können diesen Prozeß mit Hilfe von Farben veranschaulichen.

Die Welt von heute zeichnet sich durch ein grobes Ungleichgewicht aus. Auf der einen Seite leben sehr viele Menschen nur mit ihrem Verstand und analysieren alles mit einer geradezu fanatischen Besessenheit, so daß für das Übersinnliche kein Platz mehr ist. Ihr Intellektualismus verstellt ihnen den Zugang zu den intuitiven Fähigkeiten, die wir alle einmal besaßen. Auf der anderen Seite gibt es aber auch viele Menschen, die den Intellekt leidenschaftlich ablehnen. Sie leben in dem Irrglauben, daß sie ihre »übersinnlichen Fähigkeiten« und ihre Gefühle verraten würden, wenn sie sich um logisches und systematisches Denken bemühten. Sie verlassen sich auf ihre Intuition und die durch übersinnliche »Kanäle« geoffenbarte »Weisheit«. Sie sehen nicht, daß sie mit ihrem Haften an der Weisheit und dem Erbe aus den Leben der Vergangenheit das wertvollste Werkzeug ungenutzt vergeuden, das wir als Menschen besitzen – den Geist.

Ruhen wir schließlich jedoch zwischen diesen beiden Extremen im Grün des Herzzentrums – einer Mischung aus dem Blau der übersinnlichen Wahrnehmung und dem Gelb des Verstandes –, versetzt uns das dadurch gewonnene Gleichgewicht in die Lage, uns mit dem Herzen in das übersinnliche Wissen einzufühlen und gleichzeitig von unserem Verstand Gebrauch zu machen, so daß wir nicht von unseren Gefühlen genarrt werden. Es gehört zum Erbe des Menschen, daß er an der Natur und an jedem anderen Menschen Anteil hat. Vereinigen wir das gelbe und das blaue Zentrum miteinander, so gelingt uns damit der »Sprung« zu einem höheren Prinzip – zum Prinzip des Lichts oder kosmischen Geistes.

Im Verlauf des Prozesses, durch den sowohl die Menschheit

als ganzes als auch jedes einzelne Individuum von Rot zu Grün aufsteigt, verändert sich die Qualität unserer energetischen Schwingungen. Wir läutern und verfeinern unsere Energien, angefangen von der Ebene grober Stofflichkeit hin zu zunehmender Spiritualität. Damit werden unsere Farben automatisch heller und ätherischer. Als eine Folgeerscheinung muß sich notwendigerweise auch unsere Lebenseinstellung verändern. Wir finden uns immer sicherer im grünen Herzzentrum verankert, und damit wird auch das Grün immer lichter und sanfter. Schließlich wird es von seiner Komplementärfarbe, dem spirituellen Rosa, durchtränkt. Das Dritte Auge verzeichnet solche Veränderungen. Es zeigt nun ebenfalls eine Spur von Rosa, die bei einem Eingeweihten auf den höheren Stufen sogar ins Violette übergehen mag.

14. Die sieben »Körper« des Menschen

Mit dem Auftauchen des »höheren Geistes« findet auch im Dritten Auge selbst eine grundlegende Veränderung statt. Auf den niederen Ebenen des Seins tragen wir das Erbe des Karma aus all unseren vergangenen Leben mit uns herum. Wir müssen es integrieren und tranformieren. Sind wir jedoch einmal bis zur Ebene des »höheren Geistes« vorgestoßen, dann verzeichnet unser Drittes Augen nur noch jene Aspekte eines vergangenen Lebens, die der Erlangung unserer Ziele dienlich sind. Wir bekommen ein Gespür dafür, was richtig und angemessen und was schädlich und falsch ist. Unser Wissen kommt aus größeren Tiefen. Wir haben alle die unangemessenen Emotionen und »Kinderkrankheiten«, die uns an die Tretmühle der Alltäglichkeit fesseln, abgestoßen und beschränken uns auf die Qualitäten, die wir für unsere weitere Entwicklung benötigen.

Jeder Mensch hat sieben Körper. Neben dem physischen und ätherischen gibt es also noch fünf weitere Körper. Diese Körper sind nur für Hellsichtige wahrnehmbar, denn sie kommen den spirituelleren Aspekten unseres Seins immer näher und haben deswegen eine immer höhere Schwingungsfrequenz. Sie beziehen ihre »Nahrung« aus der kosmischen Strahlung und haben ein eigenes Dasein. Spüren wir zum Beispiel, daß sich die Atmosphäre eines Raumes verändert, dann heißt dies, daß unser Bewußtsein die Präsenz einer anderen ätherischen Ebene wahrnimmt. Einer der anderen Körper, deren Wahrnehmungen gewöhnlich durch unsere Fixierung auf den physischen überdeckt werden, macht sich bemerkbar.

Zu jedem dieser Körper gehört eine Dimension, in der eine für den Körper dieser Ebene »faßbare« Welt existiert. »In meines Vaters Haus gibt es viele Wohnungen.« Jeder dieser Körper gehört nicht nur einem »Haus« an, das er mit allen anderen Körpern teilt; er bewohnt auch eine »Wohnung« in diesem Haus, die seiner spezifischen Schwingungsfrequenz entspricht. Wir können uns das so vorstellen, als lebten Teile von uns in anderen, das heißt für uns normalerweise nicht wahrnehmbaren Welten. In diesen Welten wird unsere Entwicklung auf sehr subtilen Ebenen vorangetrieben. Die Geschehnisse in diesen höheren Welten werden über die verschiedenen ätherischen Körper »nach unten« vermittelt und treten damit in die grobstoffliche »Wirklichkeit« ein. Trotzdem mag es vorkommen, daß das grobstoffliche Körperbewußtsein die Wünsche unserer Seele ignoriert. Solange wir unseren physischen Körper nicht von seinen gewohnheitsmäßigen Wünschen und Strebungen abbringen können, vermögen die anderen Körper nicht durchzudringen.

Mit den höchsten drei Körpern haben wir an einer Ebene des Geistes Anteil, für den Farben charakteristisch sind, die in irdischen Begriffen nur mit dem Wort »ätherisch« umschrieben werden können. Wir tragen Farben in uns, die nicht der grobstofflichen Welt angehören; ihr Glanz ist nicht von dieser Erde. Die Menschheit hat sich im Laufe ihrer Evolution allmählich bewußten Zugang zu diesen drei höheren Körpern verschafft. Je mehr unser Bewußtsein zu diesen höheren Geistesebenen zurückkehrt, desto mehr werden wir von den höheren Körpern Gebrauch machen können.

Jeder Körper reagiert auf dic Körper, die ihn unmittelbar umgeben. Zwischen ihnen findet also ein dauernder Informationsaustausch statt. Herrscht in einem von ihnen ein Ungleichgewicht, dann sind sofort auch die anderen betroffen. Drogengenuß wird sich zum Beispiel nicht nur im physischen Körper, sondern auch im Ätherleib niederschlagen. Es kommt jedoch noch komplizierter, denn jeder einzelne Körper mag durch unterschiedliche karmische Einflüsse geprägt sein. Eine Person zum Beispiel, deren Ätherleib durch Mißbrauch in einem vergangenen Leben stark angegriffen ist, mag sich in diesem Leben durch Rauchen leicht Lungenkrebs zuziehen. Ohne einen beschädigten Ätherleib könnten wir wahrscheinlich rauchen so viel wir wollen, ohne automatisch krank zu werden. Allerdings würden wir damit den Ätherleib einer zukünftigen Inkarnation schädigen.

Wir haben die Struktur unserer verschiedenen Körper im Verlauf unserer vergangenen Leben aufgebaut. Wir haben genau die sieben Körper, die wir verdienen. Eine Person mit einem leicht verunreinigten Ätherleib, die instinktiv ein gesundes und reines Leben führt, um den Ätherleib zu reinigen, wird damit erreichen, daß die Unreinheiten in den physischen Körper durchsickern, um damit endgültig freigesetzt zu werden. Karmisches Leid und Tod durch Krankheiten wie etwa den Krebs manifestiert sich, wenn die anderen Körper noch nicht von allen Unreinheiten befreit waren. Im Verlaufe des Prozesses innerer Läuterung schlagen die Reste dieser Unreinheiten dann auf die Ebene des grobstofflichen Körpers durch. Sie müssen noch aufgearbeitet und weggeräumt werden. Wird der physische Körper durch diese Aufgabe überfordert, so folgen daraus Krankheit und Tod. Dies erklärt auch, warum so viele »gute« Menschen offensichtlich schlimmes Leid erfahren. Schließlich sollten wir noch erwähnen, daß sich einige Menschen dazu »entschieden« haben, als Schwerbehinderte auf die Welt zu kommen, um damit anderen eine Möglichkeit zu geben, sich seelisch zu entwickeln und durch selbstloses Dienen zu wachsen.

Yoga und vergleichbare Übungssysteme werden den Körper von Funktionsstörungen befreien. Ist dies geschehen, dann bleibt noch viel Raum dafür, andere Probleme anzugehen. Yoga öffnet uns den Zugang zu den übrigen sechs Körperhüllen, so daß wir auch an der Umwandlung der Negativität arbeiten können, die noch in ihnen gebunden ist. Eine geistige Schulung kann ungesunde Strukturen auch auf der emotionalen und geistigen Ebene beseitigen. Das macht unseren Geist frei für seine eigentliche Aufgabe: die Projektion »positiver« Gedanken, die über die verschiedenen ätherischen Ebenen schließlich materielle Manifestation finden.

Es ist jedoch unsere Pflicht, unseren physischen Körper so

zu würdigen, wie er es verdient, denn der beeinflußt alle übrigen Körperhüllen. Aus diesem Grunde streben wir auch eine irdische Verkörperung an: Die »Giftstoffe« in den übrigen Körpern können nur in Form von Krankheiten und Leiden auf der physischen Ebene aus dem Gesamtsystem ausgeschieden werden. Nur mit Hilfe eines physischen Körpers können wir die Schuld abtragen, die wir in vergangenen Leben angehäuft haben. Erst nachdem sich die Unreinheiten auf der Ebene der Materie kristallisiert haben, können sie den Körper verlassen – kein Wunder also, daß die Yogis so darauf bedacht waren, es nicht zu Verstopfung kommen zu lassen. Die Tatsache, daß wir diese Giftstoffe an die Erde weitergeben können, sollte uns lehren, wie wichtig sie für uns ist. Die Erde wird uns eine nährende »Mutter« sein, wenn wir ihr wirklich nahestehen. Ihre magnetische Kraft fördert und nährt unsere Verwandlung und Entwicklung.

15. Die Bedeutung des richtigen Atmens

Je positiver und reiner unser physischer Körper ist, desto klarer leuchten auch unsere übrigen Körperhüllen auf. Wenn die vorderste Linie einer Schlachtordnung ins Wanken gerät, dann sind auch die übrigen Truppen in Gefahr. Eine Anfälligkeit des physischen Körpers macht auch die übrigen Körper verwundbar. Wir können nicht den einen Körper verwunden, ohne damit gleichzeitig die anderen in Mitleidenschaft zu ziehen. Dies ist eine Frage des Gleichgewichts.

Wir sollten den grobstofflichen Körper also mit der gebührenden Achtung behandeln. Wir begehen einen großen Irrtum, wenn wir seinen Wert unterschätzen oder ihn gar für häßlich und abstoßend halten. Wir müssen ihn als das Gefährt sehen, mit dem wir unsere irdische Reise unternehmen. Nur ein Auto, da das gut in Schuß ist, wird einwandfrei laufen. Nur ein Körper, in dem alle voneinander abhängigen Systeme funktionstüchtig sind, kann Vollkommenheit erreichen. Wir müssen für ein harmonisches Gleichgewicht zwischen unseren Körperzentren sorgen, und zwar durch unseren Atemfluß. Der Atem hält unseren Körper zusammen. Wir können für eine Weile ohne Wasser leben und noch länger ohne Nahrung – nicht jedoch, ohne zu atmen.

Der Atem hat jedoch noch eine viel weiterreichende Bedeutung, als wir gemeinhin annehmen. Gott machte einen Atemzug, als er die Welt erschuf, und er hat seitdem nicht zu atmen aufgehört. Alles im Universum atmet – auf seine eigene Art und mit seinem eigenen Atemgefährt. Die Menschen atmen, die Tiere atmen, die Pflanzen atmen. Selbst die Chakras und das Dritte Auge atmen. Die Erde atmet mit einem fast »kosmisch« zu nennenden Atem. Sie reagiert auf die anderen

Planeten im Universum. Diese magnetische Anziehung ist eine Art Atem.

Alle unsere Körperhüllen atmen, der physische Körper mit den Lungen, die anderen Körper mit ihren jeweiligen Atmungsorganen. Bei der Übung von *Kumbhaka,* dem Anhalten des Atems oder dem »Nicht-Atmen«, unterbrechen die Yogis die Lungenfunktion und konzentrieren sich auf den Atem, der in die übrigen Körper einströmt. Die Yoga-Atmung kräftigt nicht nur den Körper, sie verhilft dem Yogi auch zu einem Zustand der Erleuchtung, indem sie die Bereiche kosmischen Wissens anzapft.

Die Weisen alter Zeit strebten nach kosmischer Harmonie und bemühten sich darum, in Übereinstimmung mit der Wirkkraft der Sterne zu leben. In der Meditation richteten sie ihre Ausatmung auf einen Stern aus und stellten sich vor, daß der Stern ihnen ihren Atem zurückgibt. Dadurch erwarben sie ein Gespür für das innere und äußere Zum-Leben-Kommen – das Ein und Aus, die Einatmung und die Ausatmung. Wir sind ein Teil des Kosmos und von der Nahrung abhängig, die uns aus dem Kosmos zufließt. Die Wirklichkeit Gottes ist ein- und ausströmender Atem.

Der individuelle Rhythmus unseres Atems ist von unserer Farbzusammensetzung abhängig. »An ihrem Atem sollt ihr sie erkennen!« Violette Menschen sind wahrscheinlich flachatmig, denn sie sind sehr emotional und künstlerisch veranlagt. Eine mehr rote (extrovertierte) oder orangefarbene (sportliche) Person wird hingegen tiefere Atemzüge machen, um die unteren Chakras anzufeuern. Die Atmung der Menschen vom gelben Typus ist wohl die untauglichste von allen. Über ihre Bücher oder den Schreibtisch gebeugt, können sie gar nicht anders als flach atmen. Sie sind deswegen nicht gerade vital, sondern vielmehr schnell erschöpft. Eine anhaltende Behinderung des Atemflusses hat verheerende Wirkungen auf die Chakras, die sich dann nicht mehr selbst reinigen können.

Da die Äther farbig sind, weist auch der Atem eine Farbtönung auf. So atmen wir ununterbrochen die Farben der Menschen, Orte und Objekte ein, die uns umgeben. Ein Mensch, der in niedergedrückter Stimmung ist oder gerade geraucht hat, atmet Grau oder Braun aus. Sein Schmutz lagert sich auch in unseren Zentren ab, wenn wir uns in seiner Nähe befinden. Schlechte Gedanken und Handlungen sind eine zusätzliche Ursache dafür, daß unsere Zentren zu einem Sammelbecken negativer Energien werden. Atmen wir also voll und kräftig ein, ohne mit der gleichen Intensität auszuatmen, dann sammelt sich in uns Negativität, die der Körper ausscheiden muß. Wir sollten uns darum bemühen, die Farben einzuatmen, die wir brauchen, und alle unnötigen Farben – vornehmlich alle dunklen und schmutzigen Farben – mit der Ausatmung abzustoßen. Dies Einatmen und Ausatmen von Farben geschieht einfach dadurch, daß wir uns unseres Atemflusses bewußt werden und die Bewußtheit des Atems mit der Vorstellung der jeweiligen Farben verschmelzen lassen.

Die Verfassung unserer Zentren ist also durch die Qualität unseres Atems bedingt. Schon von alters her hielt man die Lungen für das Tor in das Reich der Spiritualität. Es ist außerdem viel leichter, den Atem willentlich zu beeinflussen als zum Beispiel den Kreislauf.

Wir können ein Gefühl für unseren Atem bekommen. Auch wenn wir vielleicht nicht wissen, welche Farben wir benötigen, können wir jedoch mit Sicherheit davon ausgehen, daß unsere Atmung verbesserungsbedürftig ist. Heutzutage fühlen wir alle uns nicht voller Energie. Machen wir uns jedoch bewußt und gezielt an die Aufgabe, unseren Atem soweit zu kräftigen, daß er wieder die frische Rosatönung aufweist, die bei einem Säugling vorherrscht, dann bekommen wir wirklich ein Gefühl für unser Dasein. Wir werden dann an einen Punkt gelangen, an dem sich der Atem plötzlich von selbst verwandelt. In dem Augenblick, in dem wir uns plötzlich »wie neu geboren« fühlen, werden wir wissen, daß es nützlich ist, verschiedene Farben einzuatmen.

Wir fühlen oft instinktiv, wann bestimmte Farben in uns fehlen. Fühlen wir uns dumpf, niedergeschlagen und schwer, dann wissen wir, daß wir helle, lebensfrohe und aufmunternde Farben brauchen. Sind wir aufgeregt, wütend und hitzig, dann

brauchen wir zu unserer Kühlung schöne, kühle Blaus. Im Büro eingesperrt und nach einer freien, offenen Landschaft lechzend, sollten wir versuchen, Grün einzuatmen. Wer dies tut, verändert damit tatsächlich die Farben, die aus seinem Mund herauskommen. Er verwandelt die Farbzusammensetzung der Atmosphäre des Raumes, in dem er sich aufhält.

Wir sollten uns darum bemühen, ganz natürlich tief einzuatmen und lang und fließend auszuatmen. Die meisten von uns atmen jedoch falsch und sind deswegen erschöpft. Haben wir einmal gelernt, richtig zu atmen, dann können wir uns selbst heilen. Wir können eine Körperpartie beeinflussen, wenn wir den Atem bewußt in sie hineinlenken. Wir haben das Potential zu vollkommener Funktionstüchtigkeit. Außerdem werden wir mit der richtigen Atmung nicht nur unseren physischen, sondern auch die restlichen Körper veredeln. Je tiefer und fließender unser Atem ein- und ausströmt, desto reiner und kräftiger werden auch unsere Chakras sein. Wollen wir die Atmung, insbesondere die Tiefenatmung, wirklich ernstnehmen, dann sollten wir uns ein paar Gedanken über den Atem machen, denn schließlich gibt es sehr viele Arten der Atmung. Da unsere Umwelt ziemlich verschmutzt ist, sollten wir insbesondere frühmorgens tief einatmen, denn dann ist die Luft noch relativ sauberer und wir können uns durch die Ausatmung wirklich reinigen.

Wir dürfen auch nicht vergessen, daß unsere Gedanken Schwingungen sind, die wir in die Welt hinaussenden. Unsere Vorstellungen führen zu einer Bewegung in dem uns umgebenden und durchdringenden Äther. So können wir zum Beispiel die verschiedenen Regionen des Körpers mit unserem Geist »berühren«. Stellen wir uns etwa unsere Nieren vor, dann erzeugen wir eine Schwingung, die die Nieren wie eine unsichtbare Hand tatsächlich berührt. Wir müssen einfallsreich und erfinderisch sein, um gesund zu bleiben. Zu diesem Einfallsreichtum gehört jedoch eine gesunde Lebensanschauung, denn nur dann ist die Kraft der Imagination auf ein positives Ziel gerichtet.

Denken wir zum Beispiel wiederholt: »Mit meinen Nieren

stimmt irgend etwas nicht«, dann manifestiert sich diese Angst als ein kränkliches Gelb, das seine Schwingungen durch den ganzen Körper sendet. Dauernd zu jammern und zu klagen, um bei anderen damit Sympathie und Zuwendung zu heischen, heißt, sich selbst zu töten. Je mehr wir über eine Krankheit reden, desto mehr Energie füttern wir in sie ein.

Indem wir uns auf eine Körperregion konzentrieren, verändern wir sie. Wir können den Körper mit Hilfe des Atems heilen, wenn wir den Atem mit den richtigen Vorstellungsbildern kombinieren. Dabei ist jedoch zu bedenken, daß die Region, in der sich die Krankheit manifestiert, nicht unbedingt den Urpsrungsport der Erkrankung darstellt. Ein Herzanfall kann zum Beispiel auf verunreinigtes Blut oder auf die Nieren zurückzuführen sein, die dem Ansturm der Giftstoffe (vielleicht durch Tabak- und Alkoholkonsum erzeugt) nicht mehr gewachsen sind. Beruht unsere Krankheit auf einem ungesunden Lebensstil, so nützt es nichts, nur an den Symptomen herumzukurieren.

Wir sollten nie versuchen, unseren natürlichen Atemfluß gewaltsam zu verändern. Haben wir von unseren Lungen schon seit Jahren nicht richtig Gebrauch gemacht, dann sollten wir den Atem nicht in einer Weise ausdehnen oder anhalten, die uns schwerfällt. Lassen Sie einfach den Atem ganz sanft fließen. Sie wollen die schlechten Angewohnehiten eines ganzen Lebens loswerden, und dies kann nur langsam und mit Bedacht geschehen.

16. Grundlegende Atemübungen

Nach einer feststehenden Regel erhöht eine heftige, pumpende Atmung die Umdrehungsgeschwindigkeit der Chakras, wohingegen eine langsame Atmung sie abbremst. Es hängt von der Verfassung unserer Energien ab, welche Art der Atmung wir praktizieren sollten, also davon, ob wir zuviel Energie haben oder zuwenig, ob unsere Energien geläutert sind oder verschmutzt. Zu Anfang müssen wir in der Mehrheit jedoch vor allem einige schlechte Angewohnheiten aufgeben: Rauchen, Trinken, übermäßiges Essen, Drogengenuß, zu viel Kaffee und starken Tee, negative Emotionen, zerstörerische Gedanken oder einfach nur einen unreinen Ausatem.

Fangen Sie mit einer einfachen Übung an, die den Atem reinigt: Sie können sich dazu mit verschränkten Beinen niedersetzen, knien oder aufrecht und gerade stehen. Beugen Sie den Körper aus dieser Position nach vorn und atmen Sie dabei so vollständig wie möglich aus.

Die grundlegende Yoga-Atmung ist eine andere einfache Übung. Ein hervorstehender Magen mag bedeuten, daß Sie nicht richtig atmen. Die Magen- und Rippenmuskulatur erschlafft bei ungenügender Ausatmung. Deswegen sollten wir versuchen, unseren Ausatem doppelt so lang zu machen, bevor wir an diese Übung herangehen.

Beginnen Sie niemals mit einer Atemübung, bevor Sie sich nicht ausgiebig gestreckt haben. Ziehen Sie Ihren Oberkörper aus der Hüfte nach oben, und lassen Sie ihn nicht in die gewöhnliche Position zurückfallen, damit sich der Magen bei der Einatmung nicht nach außen dehnt. Der Atem sollte die Wirbelsäule verlängern. Sie können sich beim Einatmen also vorstellen, mit dem Kopf die Zimmerdecke zu berühren. Achten

Sie darauf, dabei nicht die Schultern mit hochzuziehen. (Allerdings ist es unabhängig von dieser Übung hilfreich, wenn Sie jeden Tag einige Male tief einatmen und dabei die Schultern mit hochziehen. Diese Übung sorgt dafür, daß die Atemluft bis in die Lungenspitzen vordringt.) Sie sollten den Rükken möglichst aufrecht halten. Wenn es Ihnen schwerfällt, aufrecht zu sitzen, können Sie eine Stuhllehne oder eine Wand als Stüzte nehmen.

Atmen Sie langsam durch die Nase ein und füllen Sie zuerst die untere Lungenspartie, indem Sie das Zwerchfell nach unten drücken, ohne die Rippen zu bewegen. Das Zwerchfell wird die Bauchdecke leicht nach vorn drücken und die Organe sanft massieren, während es nach unten sinkt. Der Nabel sollte feststehen oder sich nur wenig heben. Füllen Sie nun den mittleren Teil der Lungen, indem Sie die Rippen heben und den Brustkorb ausweiten. Dann füllen Sie die obere Lungenpartie, indem Sie den oberen Teil der Brust anheben. Bei dieser letzten Bewegung senkt sich die Bauchdecke wieder ein wenig nach innen, um die Lungen zu stützen, so daß sich auch die Lungenspitzen mit Atemluft füllen können. Versuchen Sie, den Atem gleichmäßig und kontinuierlich zu machen.

Beim Ausatmen kehren Sie den Prozeß um. Halten Sie die Brust fest in ihrer Position und ziehen Sie den Bauch ein wenig ein, während die Luft die Lungen verläßt.

Die beiden Nasenlöcher senden verschiedene Farben aus. Das rechte Nasenloch wird mit der Sonne, das linke mit dem Mond assoziiert. Das eine sendet wärmende Rot- und Orangetöne aus, das andere kühle Blau- und Violettöne. Auch in den Lungen herrscht also ein natürliches Farbgleichgewicht. Wir sollten uns davor hüten, sie zu verschmutzen.

Abwechselnde Nasenatmung: Diese Atmung reinigt die Nasengänge und kräftigt die Nerven, denn sie wiegt die Chakras hin und her und beruhigt sie damit. Setzen Sie sich mit aufrechtem Rücken und geschlossenen Augen hin. Führen Sie die rechte Hand zur Nase, legen Sie die Daumenspitze gegen den Nasenflügel und schließen Sie das rechte Nasenloch durch sanften Druck des Daumens. Atmen Sie durch das linke Nasenloch langsam so tief ein, wie es Ihnen angenehm ist. Schließen Sie beide Nasenlöcher für einen Augenblick, indem Sie mit dem kleinen und dem Ringfinger der rechten Hand auf den linken Nasenflügel drücken. Heben Sie den Daumen und atmen Sie langsam durch das rechte Nasenloch aus. Atmen Sie danach nun langsam durch das rechte Nasenloch wieder ein, drücken Sie die Nasenlöcher für einen Augenblick zu, und atmen Sie durch das linke Nasenloch aus. Üben Sie in dieser Weise, solange es Ihnen angemessen erscheint. Sind wir in unserer Praxis ein wenig fortgeschritten, dann wissen wir intuitiv, was uns guttut.

Eine Warnung zum Anhalten des Atems. Dies bremst die Chakras ab und erhöht den Kohlendioxydspiegel, was zu einer leichten Erweiterung der Blutgefäße führt und die Zirkulation im Gehirn anregt. Obwohl wir dadurch ruhiger und bewußter werden, kann Schaden entstehen, wenn wir gleichzeitig einen Schulterstand machen oder den Kopf nach unten hängen lassen, denn damit heben wir die Sicherung auf, die verhindert, daß zu viel Blut ins Gehirn fließt. Wer ein schwaches Herz oder einen schwachen Blutdruck hat, sollte den Atem deswegen nicht anhalten.

Schließlich können wir eine Atemübung üben, die unsere Energien auffrischt. Wir verschänken dazu die Beine und legen die Hände zusammen und atmen tief und langsam ein und aus. Lassen Sie den Atem im Geist beim Einatmen an der rechten Körperseite herauf- und an der linken Körperseite wieder herabwandern. Atmen Sie dann die linke Seite entlang nach oben ein und die rechte Seite entlang nach unten aus, um das Gleichgewicht wiederherzustellen. Atmen Sie entlang der Vorderseite des Köpers nach oben ein, und lassen Sie den Atem bei der Ausatmung den Rücken herabfließen. Schließlich atmen Sie am Rücken aufwärts und an der Vorderseite hinab. Wiederholen Sie diesen Zyklus, bis sich der ganze Körper vom Atemfluß eingehüllt fühlt. Fahren Sie mit dieser Übung fort, bis Sie ein Prickeln in den Händen spüren.

17. Gold: Die Weisheit der Götter

Die meisten von uns wissen tief in ihrem Innern, wo mit ihrem Leben etwas nicht stimmt. Wir spüren genau, welche Zentren nicht so recht funktionieren. Umgekehrt spüren wir gewöhnlich ebenfalls, wann unsere Energien kraftvoll sind, wann wir unserer Intuition trauen dürfen, weil wir geistig frisch und klar sind. Wir wissen dann, daß unsere Kehle in diesem Zustand nicht so schnell von Bakterien angegriffen wird und daß wir uns Erkältungen vom Leibe halten können. Es ist uns auch klar, daß wir uns verlieben können, ohne sogleich zerstört zu werden, sollte die Beziehung in die Brüche gehen. Wir haben es einfach im Gefühl, wenn unser Verdauungsapparat gut funktioniert und die Sexualregion in natürlicher Weise lebendig ist. Kommen alle diese Faktoren zusammen und schenken uns das Gefühl vollkommener Spannkraft und Gesundheit, dann sind wir bereit für einen tiefergehenden Lernprozeß.

Ein Stein, den wir in einen Teich werfen, sendet kleine Wellen über die Wasseroberfläche aus. Werfen wir weitere Steinchen in den Teich, so werden diese jeweils ihre eigenen Wellenkreise aussenden. Die verschiedenen Wellen überlagern sich und bilden ein komplexes Wellenmuster. In einem Chakra, welches schnell genug rotiert, schießen winzige, kaum sichtbare Punkte wie ein Sternregen auf – eine Energie, die hochsprudelt, sich überschlägt und wie tausend kleine Springbrunnen herabstürzt. Dort, wo diese Energiefontänen sich überschneiden und überlagern, leuchten sie auf wie große farbige Juwelen. Wenn dies der Fall ist, sind die Zentren wirklich darauf vorbereitet, sich zu öffnen.

Ein Chakra zu öffnen bedeutet, daß wir mit der Energie jenes Zentrums völlig eins werden. Insbesondere die Öffnung des Herzzentrums vermittelt ein Gefühl des Überall- und In-allem-Seins, des Fließens: Es ist, als würden wir freudig unsere Arme öffnen und zum ersten Schöpfungsmoment zurückkehren. Die Zentren sind die Pforten, durch die wir zur Ewigkeit, zur Auferstehung eintreten. Jede Art freudiger Erregung, jede kleine Freude vermag ein Chakra in geringem Maße zu öffnen: wenn wir Kinder beim Spiel beobachten, wenn wir uns mit Tieren und der Natur verbunden fühlen. Die Liebe besitzt die Macht, ein Chakra zu öffnen, ebenso unsere Vorstellungskraft, doch wird sich das Chakra wieder schließen. Yoga kann uns dazu verhelfen, unsere Chakras weit und dauerhaft zu öffnen. Je mehr wir den Prozeß des Öffnens der Chakras bewußt regulieren können, desto leichter fällt es uns auch, unsere Zentren wieder zu schließen – und dies ist ebenfalls wichtig. Je kräftiger und beweglicher die Zentren werden, desto weiter können sie sich gefahrlos öffnen.

Die Öffnung geschieht, sobald kräftige Energiefontänen aus dem Zentrum ausstrahlen und in eine Art »schwarzes Loch« wieder zurückfallen. Je weiter sich die Chakras zu öffnen vermögen, desto aufnahmefähiger sind sie auch für die einströmende kosmische Energie, welche eine Veränderung der Schwingungsfrequenz und einen bewußten qualitativen Sprung in unserem Bewußtsein mit sich bringt. Haben sich die Chakras voll geöffnet, können nun die Farben der anderen Körper durchscheinen. Sie strömen in den Raum hinaus. Wenn sich alle Chakras geöffnet haben, sind wir fähig zu heilen.

Beim Öffnen erfahren wir, wie die »äußere« Energie des Kosmos durch uns hindurchpulsiert. Zuvor konnten wir nur die Energien spüren, die vom Basis-Chakra zur Schädelkrone aufsteigen. Kommen die »äußeren« kosmischen Energien kräftig zur Geltung, dann nähern wir uns der Erfahrung des Dritten Auges und der Möglichkeit übersinnlicher Bewußtheit, denn damit wird das Stirnzentrum automatisch gestärkt. Man sagt oft, daß Gott in uns ist und daß wir uns um Innenschau bemühen sollten. Das Dritte Auge atmet jedoch ein und aus. Ist es geöffnet, dann werden wir Gottes in der äußeren Welt gewahr. Tatsächlich sollten wir beide Erfahrungen wertschätzen, denn alles Leben ist eine Frage des Gleichgewichts.

Gelangen wir zu der Einsicht, daß wir nicht nur ein kurzes Leben haben, sondern daß eine ganze Ewigkeit vor uns liegt, öffnen wir uns einer kosmischen Perspektive. Wir wissen dann, daß wir alle eine Bahn haben, daß jeder einzelne eine Aufgabe erfüllen muß, die für den Kosmos bedeutsam ist. Beginnt dann endlich der Körper des »höheren Geistes« durchzuscheinen, so daß wir in aller Ruhe auch an seinen Chakras arbeiten können, strahlen jene Zentren mehr und mehr eine goldene Qualität aus. Wir arbeiten auf das gleiche Ziel hin wie die Alchemisten. Auch wir wollen Gold gewinnen. Mit zunehmendem Fortschritt werden wir fähig, unser Leben durch goldene Augenblicke zu bereichern. Von uns strahlt ein goldenes Leuchten aus, und für die Menschen, mit denen wir im Laufe unseres Lebens zusammentreffen, ist dies eine kostbare Erfahrung.

Der höhere Geist gleicht einer goldenen Blüte. Goldene Menschen haben am kosmischen Bewußtsein Anteil, das nichts anderes ist als das Christusbewußtsein. Dieses Bewußtsein kennt nur eine Möglichkeit, Gott, dem alles gehört, für seine Gnade zu danken: etwas von diesem Reichtum an andere weiterzugeben. Auf diese Weise vergelten wir Gott, daß er uns das Leben geschenkt hat. Dann gehört uns in unserem erwachten Bewußtsein ebenfalls alles, denn der höhere Körper läßt uns der spirituelleren Aspekte unserer Natur gewahr werden. Durch die Öffnung der Chakras öffnen wir uns der Weisheit der tiefsten Schichten unseres Seins, die es uns ermöglicht, anderen Wesen sinnvoll zu dienen. Heilen heißt, den Menschen zu geben, was sie brauchen, und zwar in der Form, die für ihre Situation angemessen ist.

Gold zeigt eine Freiheit an, die nur wenige Menschen begreifen. Das Gesetz des Karma ist hier außer Kraft gesetzt, denn eine Person, in der Gold dominiert, hat keinerlei persönliche Bedürfnisse mehr. Sie kann ihr Schicksal nicht mehr mit dem Schicksal anderer verflechten. Man kann sich nicht an sie klammern. Es gibt keine Projektionen und kein Anhaften. Ein solcher Mensch ist mit sich selbst völlig glücklich. Er liebt, ohne etwas dafür zu erwarten oder zu fordern.

Das Ideal ist natürlich, alle Chakras zu öffnen, zu heilen und wirklich mit dem Kosmos eins zu werden. Dieses Ideal wird jedoch nur selten Wirklichkeit. Kein Mensch ist vollkommen. Wir alle sind durch unsere Lebensgewohnheiten und unsere vergangenen Leben konditioniert, und im allgemeinen sind wir weit von der Vollkommenheit entfernt.

Der Weg der Öffnung der Chakras sollte auch eine fortschreitende Entwicklung des Intellekts einschließen. Praktizieren wir Yoga, ohne den damit in Gang gesetzten Prozeß im mindesten zu verstehen, dann mag es leicht geschehen, daß wir ein Zentrum, welches ohnehin schon zu weit geöffnet ist, noch weiter öffnen, während wir ein anderes, noch fest verschlossenes, völlig übersehen. Yoga ist eine mächtige Gewalt, mächtiger sogar als viele Yogalehrer annehmen, und man sollte mit Bedacht damit umgehen.

Die Chakras der weniger komplizierten Menschen des Altertums waren wesentlich kleiner und gingen nicht unmittelbar ineinander über. Ein Schüler näherte sich seinem Meister damals mit noch relativ unverschmutzten Chakras. Fern von seiner Familie und an keinen anderen Menschen gebunden, begab er sich auf die spirituelle Reise, um den Schlüssel zu seiner eigenen Weisheit zu finden. Mit der Ausschaltung aller geschlechtlichen Aktivität transformierte er seine Zentren. Zu den weiteren zu diesem Ziel eingesetzten Methoden gehörten Konzentrationsübungen, Schweigen, Eindämmung des Gedankenflusses, Distanzierung von emotionalen Verstrickungen, Naturnähe, Beschränkung der Rede auf spirituelle Themen, Hingabe an den Meister und eine Sammlung auf das Dritte Auge.

Man lud die Zentren mit Energie auf, indem man möglichst lange in den Stellungen der verschiedenen Yoga-Übungen ausharrte. Wer dann seine Chakras völlig in der Gewalt hatte, vermochte schließlich, die Sexualregion unter erhöhten Druck zu setzen, so daß die Energie von dort bis zum Kopf aufsteigen und alle Chakras öffnen konnte. Das kosmische Licht konnte durchdringen, sobald alle Zentren geöffnet waren. Damit hatte die Initiation ihren Höhepunkt und Abschluß erreicht. Man konnte von nun an auf eine lange Einhaltung der einzelnen Stellungen verzichten, es sei denn, man beabsichtigte, ein Zentrum besonders zu pflegen, um es intakt zu halten.

»Initiation« ist ein Teil unseres menschlichen Erbes und steht allen offen. Indem wir vermittels der Prüfungen, denen wir alle in unserem Leben begegnen, unsere Schwächen überwinden, können wir zu einem höheren Bewußtsein gelangen. Dazu gehört natürlich Disziplin, doch rituelle Praktiken sind heute nicht mehr unbedingt nötig. Wir mögen zwar auch heute noch zuweilen rituelle Gesänge anstimmen oder die Bewegungen eines alten Ritualtanzes nachvollziehen, wir mögen von Weihrauch und Kerzen Gebrauch machen und für eine religiöse Zeremonie ein bestimmtes Gewand anlegen, aber solche Hilfsmittel sind für die geistige Entwicklung nicht unbedingt nötig. Wir können auch erfahren, daß alle diese Dinge in uns sind. In der Zukunft werden Rituale wohl nur noch eine untergeordnete Rolle spielen. Wir bewegen uns auf ein neues Zeitalter zu, in dem wir die notwendige Bewußtseinsveränderung ohne solche Hilfsmittel in einem kurzen Augenblick herbeiführen können. Im Verlauf unserer Bewußtseinsevolution sind wir den Ritualen mehr und mehr entwöhnt worden.

Menschen, die für einige Zeit an sich gearbeitet oder Yoga praktiziert haben, werden vielleicht herausfinden, daß sie zu heilen vermögen – und viele tun das dann auch, des Prestiges und der Anerkennung wegen. Heutzutage gibt es eine ganze Reihe solcher Individuen. Sie leben in dem Irrglauben, daß sie eine Gabe besitzen, die die Erfahrungsmöglichkeiten anderer weit übersteigt, und sie versuchen, diese Kraft zur Anwendung zu bringen, um in einer Art von Machtgefühl zu schwelgen. Auf der anderen Seite tut eine ganze Anzahl von Menschen aber auch das genaue Gegenteil. Sie fliehen vor ihrer Verantwortung und unterschätzen sich fortwährend selbst. Eine Person, die über ein Potential verfügt, welches sie über mehrere Leben »angesammelt« hat, ist vor die Wahl gestellt, davon Gebrauch zu machen oder es zu mißachten. So mancher besitzt einen »goldenen Topf«, ohne jemals einzusehen, daß dieser wirklich existiert.

Wer sich jedoch überstürzt als Heiler betätigt, mag plötzlich krank werden, ohne zu wissen warum. Wir möchten also nochmals betonen, daß bei jedem, der wirkungsvoll an anderen arbeiten will, alle Zentren und Kanäle, welche dazu gebraucht werden, die kosmische Energie weiterzuleiten, geöffnet sein müssen. Zu heilen, bevor Sie darauf vorbereitet sind, bevor Sie über das notwendige Verständnis verfügen, mag Ihnen einen Herzanfall oder sogar eine Krebskrankheit einbringen. Mit Sicherheit werden Sie jedoch jenen Chakras Schaden zufügen, die sich noch nicht vollständig geöffnet haben.

Ohne eine genaue Kenntnis des Geschehens auf der Ebene der feinstofflichen Energien kann Heilen eine recht gefährliche Angelegenheit sein, nicht zuletzt, weil es unter Umständen falsch sein kann, eine bestimmte Person zu heilen. Es gibt Krankheiten, die karmisch bedingt sind und durch die man sich hindurcharbeiten muß, um das Karma abzutragen. Außerdem darf man nur heilen, wenn man darum gebeten wird. Die Menschen suchen Hilfe bei jemandem, der des Heilens mächtig ist; dies ist nur natürlich. Aber es ist in jedem Fall falsch, wenn ein Heiler von sich aus Menschen sucht, um sie zu heilen. Zu heilen, bevor die Chakras richtig geöffnet sind, wird Ihren eigenen Körper in Mitleidenschaft ziehen. Auch können Sie dann nicht sehen, wann ein anderer wirklich Ihrer Hilfe bedarf und wann Sie ihm helfen dürfen.

Im Idealfall sollten wir also, wie wir oben bereits ausgeführt haben, erst mit der Heiltätigkeit beginnen, wenn alle Zentren offen sind. Es lohnt sich jedoch zu betrachten, was geschieht, wenn wir mit dem Heilen beginnen, solange noch das eine oder andere Chakra verschlossen bleibt.

18. Verschlossene Chakras

Ist das Basis-Chakra verschlossen, so werden die beim Heilen verstärkt durch den Scheitel einströmenden kosmischen Energien zum Stillstand gebracht, bevor sie bis in den »Keller« durchdringen. Es prallt dann eine Menge Energie vom roten Zentrum zurück. Wir werden in diesem Fall versuchen, dieser Region Energie zuzuführen, weil die Chakras der anderen Körperhüllen mit dem weißen Licht der kosmischen Energie arbeiten und nur der grobstoffliche nicht dazu in der Lage ist. Menschen in dieser Situation fühlen sich von Büchern über Sex, von Liebesgeschichten oder sogar Pornofilmen angezogen. Geschlechtliche Aktivität wird die Region bis zu einem gewissen Grad wiederbeleben. Fehlt es jedoch daran, dann muß die zum Heilvorgang notwendige Energie aus dem Ätherleib abgezogen werden. Diese Erschöpfung führt zu Erkrankungen in den Geschlechtsorganen.

Die Energien, die vom Scheitel herabströmen, prallen auf den Magen auf, wenn sich das Verdauungszentrum nicht zu öffnen vermag. Ist das Basis-Chakra ebenfalls verschlossen, dann kann dem Verdauungszentrum nicht viel passieren. Der Magen wird allerdings unter dem anhaltenden Energiebombardement leiden. Die Probleme verschlimmern sich jedoch, wenn das darunter liegende Basis-Chakra offen und aufnahmebereit ist. Der kräftige Sog aus dem »Keller« zieht die Energie, die in der Magengegend gestaut wird, mit Gewalt in das Basiszentrum. Dies könnte so gefährliche Krankheiten wie Krebs zur Folge haben.

Ist das Geist-Chakra verschlossen, die Zentren darüber und darunter hingegen geöffnet, dann prallt die Energie von oben mit großer Wucht auf. Sie prallt vom Geistzentrum ab und wird sofort in die geöffneten Zentren darunter gesogen. Die Energie bewegt sich infolgedessen so schnell, daß der Heiler wahrscheinlich spürt, wie sie seinen Geist beeinträchtigt. Er fühlt sich nicht offen und rein, sondern vielmehr benommen, und vielleicht ist sogar sein Erinnerungsvermögen behindert. Für ein verschlossenes Geistzentrum ist es besser, wenn auch die unteren beiden Zentren verschlossen bleiben. In diesem Fall wird der Aufprall der Energie auf das Geistzentrum sanfter ausfallen.

Kosmische Schwingungen können sich nur in einem offenen Zentrum sammeln. So kann zum Beispiel im Falle eines verschlossenen Herzzentrums das kosmische Grün nicht durchdringen. Der Heiler muß statt dessen zu seinem Schaden auf sein eigenes ätherisches Grün zurückgreifen. Das Herz ist in vielen Fällen eine der Regionen, die sich am schwersten öffnen lassen. Aus diesem Grunde sind eine Reihe von Heilern an Herzversagen gestorben. Ein Herz, welches in diesem oder in vergangenen Leben in emotionale Verwirrung gestoßen wurde, wird dazu tendieren, sich so lange wie möglich zusammenzukrampfen. Ein geöffnetes Herzzentrum schenkt tiefes Verstehen und allumfassende Liebe, doch die Öffnung des Herz-Chakra geschieht oft unter großen Schmerzen. Das Herz wird zu einem reinen Gefäß, sobald seine Energien einmal ihre positive Wirkung entfalten. Deswegen wird so mancher erst durch das Unglück und Leid aufgeweckt, denen er in seinem Leben begegnet. Erst dadurch wird das Herz zu einem reinen Gefäß und ist darauf vorbereitet, sich zu öffnen.

Durch das für die kosmischen Schwingungen zum Heilen geöffnete Herz scheint Rosa hindurch – das Zeichen kosmischer Liebe. Treffen die Energien beim Heilen auf ein geschlossenes Herzzentrum, so sind sie dazu gezwungen, im Kreis herumzujagen. Dies wird als ein Schlag in das Herz empfunden und mag sich in Form eines leichteren Herzanfalls manifestieren. Die Sogwirkung wird verstärkt, wenn zudem die drei unteren Chakras bereits geöffnet sein sollten. Was wir in der noch verschlossenen Herzgegend fühlen, hängt also davon ab, welche der darunterliegenden Zentren geöffnet sind und wieviel Energie nach unten gesogen wird.

In der Kehle werden die Energien Kehlerkrankungen und Erkältungen hervorgerufen, wenn das Kehlzentrum geschlossen, die niederen vier Chakras hingegen geöffnet sind. In diesem Fall ist sowieso mehr als zweifelhaft, ob Sie ein kompetenter Heiler sein können. Ein verschlossenes Stirnzentrum macht ohnehin alle Heilkräfte zunichte.

Die Öffnung der Chakras ist eine Reise zu Gott. Solange Sie allerdings nicht über die Liebe verfügen, die spirituellen Aspekte des Herzens für andere offenzuhalten, werden Ihre Chakras nicht offen bleiben.

Einige Chakras lassen sich jedoch nicht nur durch den Geist der Liebe öffnen, und daraus resultiert eine große Gefahr. So können die Chakras zum Beispiel durch die Macht der Sexualität geöffnet werden, indem man das Sexualzentrum durch alle möglichen Formen der Perversion aufpeitscht, welche sich nicht als Liebe für die gesamte Menschheit manifestieren. Auch Arroganz, Hochmut, Wut und Leidenschaft setzen die Chakras in Bewegung und erzeugen mächtige psychische Kräfte. Anfangs mögen sich derartige Praktiken angenehm anfühlen, und die Energien heftig in Wallung bringen. Sie können dabei einige Jahre lang Ihren Spaß haben, bis sich Ihr Tun dann an Ihnen rächt. Die negativen Energien erreichen ihren Sättigungspunkt, und ein Mensch, der mit fünfunddreißig noch jugendliche Schönheit und Frische ausstrahlte, mag sehr schnell verfallen und allen Glanz verlieren. »An ihren Früchten sollt ihr sie erkennen.« Ein Chakra, in dem sich Schmutz ansammelt, wird sich automatisch verschließen.

Mit zunehmender Bewußtheit jedoch strahlen die übrigen Körper mehr und mehr durch uns hindurch, und die Zentren füllen sich mit Licht. Die gröberen ätherischen Farben beginnen sich aufzulösen. Zwar bleiben die einzelnen Farben erhalten, sie wechseln jedoch auf eine höhere Ebene über. Dann kann sich auch der goldene Aspekt manifestieren. Außerdem kann es geschehen, daß die Schwingungen der anderen Körper, verursacht durch einen ähnlichen Lernprozeß, durchzudringen vermögen, ohne daß sich die Chakras bereits geöffnet hätten. Wenn wir uns nicht aktiv irgendeiner Form des Heilens widmen, können wir die zusätzlichen Energien nicht einsetzen. So kann es im Verlauf der Transformation zu Turbulenzen und einer gewissen Unausgeglichenheit kommen, wenn sich die gröberen Energien auflösen und die Chakras der höheren Körper zum Vorschein kommen.

Natürlich ist es unvermeidlich, daß sich dabei die Persönlichkeit und die Lebensperspektive verändern. Der Körper, das Gefährt, mit dem wir uns sichtbar darstellen, ist durch bestimmte Farbschwingungen charakterisiert. Wenn sich diese Farbschwingungen ändern, müssen sich alle unsere Organe anpassen, und von dieser Umstellung ist der gesamte Körper betroffen. An jenem Punkt der Entwicklung werden wir vielleicht sogar krank, weil Verunreinigungen, die sich im Ätherleib angesammelt hatten, in den physischen Körper übergehen, um von dort ausgeschieden zu werden.

Wir mögen uns fragen, warum ein Lüstling und Menschenverächter sich so vieles ungestraft erlauben kann, während ein Mensch, der ein gutes und reines Leben führt, oft nicht aus den Schwierigkeien herauskommt. Der Grund dafür ist, daß Menschen mit gröberen ätherischen Schwingungen mehr »Stauraum« für ihre Negativität haben. Sollten diese Menschen jedoch versuchen, ein spirituelleres Leben zu führen, dann würden sie arg leiden müssen, weil der im Ätherleib angesammelte Schmutz nun zur Ausscheidung in den physischen Körper übergehen müßte. Wer die gröberen Äther bereits von sich abgestreift hat und deshalb die unmittelbare Auswirkung aller karmischen Handlungen erfährt, verfügt einfach nicht über eine Art Abstellkammer für seine Negativität. Infolgedessen fällt das kleinste Vergehen, die kleinste Unachtsamkeit unmittelbar auf ihn zurück. Wenn solch ein Mensch zusätzlich auch noch anderen Menschen hilft, ihre Äther zu läutern, ist die Belastung doppelt groß.

In einigen wenigen Menschen bleiben die Zentren permanent geöffnet, um ununterbrochen Licht auszustrahlen. Wie wir bereits sagten, müssen sie sich auf diesen »neuen« Körper und dieses neue Bewußtsein einstellen. Sie »beflecken« dann nicht mehr »den weißen Glanz der Ewigkeit«. Es ist jedoch wichtig, sich zu vergegenwärtigen, daß auch Menschen mit geöffneten Chakras sich durch ganz verschiedene Qualitäten auszeichnen können. So können wir zum Beispiel durchaus befähigt sein, uns zu öffnen, ohne deswegen automatisch vollkommene Geistheiler zu werden.

Um unser volles Potential als Heiler entfalten zu können, müssen wir dazu in der Lage sein, uns dem innersten Kern zu öffnen, dem Zentrum aller Zentren, in dem wir auf das Doppelloch-Phänomen treffen, das wir auch im äußeren Weltraum beobachten (Schwarzes Loch – Weißes Loch); der Mikrokosmos entspricht tatsächlich dem Makrokosmos. Das »Schwarze Loch«, das sich zu anderen Ebenen der Existenz hin öffnet, nimmt Energie auf und leitet sie in das Chakra weiter, wo sie sich wie durch ein »Weißes Loch« manifestiert. Ein Seher, der Einblick in den Energiefluß bei anderen Personen hat, kann Hindernisse in diesen Energiekanälen, die wir heute zumeist als »Blockaden« bezeichnen, unmittelbar sehen. Mit dem Wachstum eines Kindes wächst auch sein Energiefluß. Ist dieser Fluß von der Empfängnis oder von einem späteren Zeitpunkt an blockiert, so wirken sich diese Blockaden natürlich auf den allgemeinen Gesundheitszustand des betreffenden Individuums aus.

Genetische Besonderheiten und die Krankheiten der Eltern und Großeltern kommen ebenfalls in diesen Energiekanälen zum Tragen. Wir sind vielleicht mit bestimmten Blockaden geboren, und die Seele, die sich erst kurz vor der Geburt an den neuen Körper bindet, muß diese Blockaden akzeptieren, sie bewußt wahrnehmen und in verschiedenen Lebensstadien versuchen, sie auf die eine oder andere Weise zu beseitigen. Der Körper ist nichts anders als ein Gebrauchtwagen. Wenn wir einen Körper als den unseren annehmen, akzeptieren wir damit automatisch die darin gespeicherte Negativität unserer Vorfahren. Wie bei einem Gebrauchtwagen müssen wir uns mit der Mechanik vertraut machen und ihn zumindest so gut in Schuß halten, daß er uns problemlos durchs Leben tragen kann. Ganz gleich ob wir uns, um etwas zu lernen, eine bestimmte Funktionsstörung ausgesucht haben oder nicht, wir müssen sie auf die eine oder andere Weise überwinden. Wir alle verfügen über den Mut und die Fähgikeiten, die dazu notwendig sind.

Die Atmung eines Heilers wird sich beim Heilen automatisch verändern und entspannen. Unter dem Einfluß von Spannungen bleiben die Chakras verschlossen. Sollten wir uns auch nur ein wenig öffnen wollen, müssen wir lernen, uns zu entspannen. Wir müssen den Geist leermachen, wollen wir die uns und andere heilenden kosmischen Schwingungen aufnehmen können.

19. Entspannung

Durch Entspannung bereiten wir den Körper darauf vor, negative Energien auszuscheiden. Wenn wir still liegen und uns entspannen, stimmen wir uns auf die Energiefelder des Körpers und – was noch wichtiger ist – auf jene der Erde und des Kosmos ein. Durch Entspannung kehren wir zur Quelle zurück, zu einer Erfahrung der Harmonie. Wir übergeben unsere negativen Energien der Erde, die sie in sich aufnimmt, und vermögen damit unseren Geist und unsere Farben zu läutern.

Um uns wirklich tief entspannen zu können, müssen wir unsere negativen Energien zuerst durch körperliche Bewegung auflockern. Körperliche Übungen stärken den Kreislauf. Das gesamte psychophysische System wird erfrischt und angeregt. Haben wir die festsitzenden und verhärteten Energien erst einmal »losgerüttelt«, können wir beginnen, sie auszuscheiden.

Legen Sie sich, um sich wirklich tief zu entspannen, in einem abgedunkelten Raum auf den Boden; Störungen durch Zugluft sollten Sie vermeiden. Ein abgedunkelter Raum wird Ihre Bewußtheit schärfen. Bedecken Sie sich mit einem Tuch oder einer leichten Decke. Durch eine falsche Haltung kontrahieren die meisten Menschen Muskeln, die sie überhaupt nicht in Anspruch zu nehmen bräuchten, und verbrennen dafür unnötig Nahrungsenergie. Sich zu entspannen heißt, die Muskelstruktur des Körpers von jeder Notwendigkeit zur Bewegung zu befreien. Indem wir alle unsere gewöhnlichen Bewegungsmuster aussetzen, befreien wir uns von dem Bedürfnis nach äußerem Ausdruck. Wir müssen versuchen, alle Energien im Körper miteinander zu verbinden, und dies kann natürlich nicht geschehen, wenn wir zum Beispiel nur die Zehen oder die Knie entspannen. Unsere Absicht ist nicht, bloß kleine Teiche der Entspannung zu schaffen, wir wollen vielmehr einen ganzen Ozean der Entspannung freisetzen, in den wir uns hineinfallen lassen können, um uns des gesamten Körpers bewußt zu werden.

Wir fangen also mit dem unteren Ende des Körpers an. Wir entspannen die Füße, indem wir mit unserer ganzen Aufmerksamkeit in die Füße hineingehen. Es genügt nicht, nur die Spannung in den Füßen aufzulösen. Vielmehr müssen wir jenes Gefühl im ganzen Körper wahrnehmen. Sind die Füße tatsächlich entspannt, so breitet sich dieses Gefühl über den ganzen Körper aus.

Wir werden spüren, wie sich die Energien des Körpers miteinander verbinden, wenn wir nach diesem Prinzip den gesamten Körper mit unserer Aufmerksamkeit durchwandern. Schließlich wird es nicht mehr nötig sein, durch den ganzen Körper zu gehen. Da kein Körperteil vom restlichen Körper isoliert ist, spüren wir, wenn wir zum Beispiel unsere Hände entspannen, wie das Gefühl der Entspannung automatisch den ganzen Körper durchdringt.

Während der Entspannung werden insbesondere jene Chakras abgebremst, die übermäßig mit Energie aufgeladen waren. Mit zunehmender Ruhe wird es Ihnen leichter fallen, sich dieser Entspannung auch tatsächlich zu erfreuen. Wenn Ihre Chakras nicht genügend Energie enthalten, werden Sie sich wahrscheinlich sogar soweit entspannen, daß Sie einfach einschlafen. Dies mag anzeigen, daß die Zentren noch nicht darauf vorbereitet sind, in Aktion zu treten. Die Natur hat der Möglichkeit einer anderen Art von Bewußtheit vorläufig Einhalt geboten.

Aber vielleicht spüren Sie während dieses Prozesses der Entspannung in der vollkommenen körperlichen Ruhe, wie sich die Zentren leicht drehen, vielleicht sind Sie erfüllt von einer sanften klaren Wachheit. In diesem Fall sind Sie für eine neue Art des Verstehens vereit.

Zwei Menschen, die gleichermaßen verspannt sind, können sich durchaus auf zwei verschiedenen Ebenen der spirituellen

Entwicklung befinden. Während der eine einfach lernt, sich zu entspannen, damit er mehr von der Fülle des gewöhnlichen Lebens erfahren kann, mag der andere mit zunehmender Entspannung entdecken, wie die Farben durch ihn hindurchströmen. Der Atem bekommt automatisch eine andere Qualität, und indigofarbenes, violettes, blaues oder weißes Licht fluten in sein Gesichtsfeld. Der Lebensweg, den er sich erwählt hat, wird nicht leicht sein. Gleichzeitig wird er jedoch in der Gewißheit leben, daß er einige der Gaben, für die er zum Medium geworden ist, auch verwirklichen und einsetzen muß.

Die Meditation öffnet uns für etwas Universaleres, Umfassenderes. Wir sollten uns ihr deswegen mit der entsprechenden Einstellung nähern. Sie stellt eine Öffnung des Tores zu der größeren Bewußtheit des wahren Selbst dar. Sie ist eine sehr wertvolle und positive Erfahrung, keine Lebensflucht. In der Meditation machen wir unseren Geist, unser Bewußtsein leer, und gleichzeitig ist die Meditation eine Zeit der inneren Sammlung. Der Raum, den Sie für Ihre Meditationsübungen wählen, sollte eine positive und angenehme Ausstrahlung haben. Wie wir bereits erwähnten, senden Pflanzen, Bücher, Gegenstände, Gemälde alle ihre eigenen Schwingungen aus. Fühlen Sie sich in einem Raum nicht ganz wohl, so befinden sich vielleicht nicht die richtigen Dinge in Ihrem Meditationsraum. Meditieren Sie mit nüchternem Magen und lassen Sie sich von Emotionen möglichst wenig einnehmen, so daß Sie sich jenen Tiefen öffnen können, nach denen sich Ihre Seele sehnt.

Wir werden im Folgenden einige Tips geben, die Sie als Hinführung zur Meditation betrachten können. Bedenken Sie jedoch immer, daß es keine zwei Menschen gibt, die Meditation als dasselbe erfahren. Meditation ist Ihre ganz individuelle Reise in die Tiefen Ihres Seins. Setzen Sie sich in einer Haltung nieder, die Sie ohne Anstrengung beibehalten können. Die Wirbelsäule sollte aufrecht sein. Tragen Sie möglichst keine engen Kleidungsstücke.

Wir sind darauf konditioniert, Sklaven der Zeit zu sein, und in der Meditation wollen wir uns von eben dieser Konditionierung befreien. Stellen Sie sich eine goldene Uhr vor. Lassen Sie diese Uhr sich nun so geschwind im Kreise drehen, daß sie zu einem leuchtenden Ball wird. Spüren Sie, wie Sie sich aus dem gegenwärtigen Augenblick in einen alles einschließenden, kosmischen Rhythmus hinausbewegen.

Stellen Sie sich vor, Sie seien ein Kind des gesamten Universums. Sie sind nicht länger an die Zeit gebunden. Vielmehr schweben Sie in einem ewig pulsierenden und atmenden Ozean. Sie sind der Pulsschlag des Makrokosmos, zu dem auch der Planet Erde gehört. Blicken Sie von oben auf die Erde herab. Sehen Sie die kosmischen Energien auf die Erde hinabregnen und die Erdstrahlen von der Erde aufsteigen. Stellen Sie sich die Energiefelder um die Erde vor. Sehen Sie, wie sich der gesamte Planet darum bemüht, sich mit Ihnen zu entwickeln.

Lassen Sie hohe Berge vor Ihrem inneren Auge stehen. Ihr Gletscherweiß reflektiert das Licht der Sonne. Versuchen Sie, in sich die Stille und die Pracht dieser Berge zu spüren. Sie sind selbst ein Berg der Stille, majestätisch, von überwältigender Schönheit.

Visualisieren Sie nun Bäume. Sehen Sie ihren leuchtenden Glanz und verwachsen Sie ganz damit. Spüren Sie, wie sich Ihre eigene Ausstrahlung tief in die Erde eingräbt. Auch wir haben Wurzeln wie die Bäume. Die Bäuem entledigen sich ihrer welken Blätter. Nicht weniger sind wir dazu in der Lage, uns von unseren alten Gewohnheiten zu befreien und unsere eigene Erneuerung einzuleiten. Auch wir knospen, erblühen, treiben neue Ideen und Gedanken hervor. Wir können die Frucht der Spiritualität tragen.

Schauen Sie Flüsse und Ströme mit dem inneren Auge, sehen Sie die Wasserenergie. Fühlen Sie die reinigende Taufkraft des Wassers. Fühlen Sie eine tiefe Übereinstimmung und Wesensverwandtschaft mit dem Blau des Wassers.

Betrachten Sie die Menschen, und senden Sie das rosafarbene Licht der Liebe zu ihnen aus. Betrachten Sie Ihren eigenen Körper: was für ein ehrfurchtgebietendes Kunstwerk! Ihre vielen Auras und pulsierenden vielfarbigen Chakras, der sanfte Fluß der Energiekanäle. Wenden Sie Ihre Aufmerksamkeit der goldenen Seite Ihrer Natur zu und werden Sie sich der Sonnenscheibe in Ihnen bewußt, die das Gold sammelt. Empfangen Sie die wärmende Energie der Sonne. Visualisieren Sie dann den Mond in sich, Ihre weibliche Seite – sanft, weich, ins Silbrige übergehend. Erschauen Sie die Sternenpracht des tiefblauen Himmelszelts.

Sehen Sie sich als den Mikrokosmos, lauschen Sie der Bewegung ihrer Atome. Gott gibt uns die orangefarbene Energie, damit wir Nahrung aufnehmen können, aber denken Sie auch an die Nahrung des Geistes. Stimmen Sie sich auf die Welt der Ideen ein, und transformieren Sie sie mit dem Violett der Spiritualität. Denken Sie an die Nahrung der Seele, und fühlen Sie, wie Ihr Körper durchscheinendes Licht empfängt. Lenken Sie dieses durchscheinende Licht durch alle Zentren. Reinigen, läutern und sättigen Sie die Zentren mit dieser Energie.

Bringen Sie schließlich Ihren Dank für all diese Wunder zum Ausdruck. Lassen Sie sich Schwingen der Freude wachsen, und fliegen Sie damit ins Reich der tieferen Bewußtheit. Verschmelzen Sie mit der Allwissenheit des Geistes. Wenn Sie schließlich das Unermeßliche berühren, gibt es keine Worte, keine Gedanken mehr – nur Stille.

Obwohl wir diese Höhen wieder verlassen müssen, ist ihre Freude doch immer in uns. Wir sind weißes Licht.

20. Die »schmutzigen« Farben

Unser Ziel ist, die Energien zum Leuchten zu bringen, denn dieses Leuchten bringt die juwelengleichen Strukturen über den Zentren hervor, welche Ihnen zur rechten Zeit eine gefahrlose Öffnung der Chakras ermöglichen. Sind die Zentren jedoch noch damit beschäftigt, auf ein Gleichgewicht hinzuarbeiten, so strahlen sie keine funkelnden Juwelen, sondern eine Anzahl verschiedener Farben aus. Sind diese Farben negativ getönt, so stellt Yoga eine ideale Methode dar, diese Negativität wieder auszuscheiden.

Braun wird oft als ein Anzeichen für Gier und Selbstsucht gedeutet, als das Zeichen eines unangenehmen Charakters. Wir sollten es jedoch richtiger als einen Entwicklungsschritt verstehen, der eine Phase der Zurückgezogenheit bezeichnet. Sind wir zum Beispiel psychisch verletzt worden oder haben der Welt eine Seite unserer Persönlichkeit offenbart, für die wir uns schämen, dann werden wir vielleicht häßliche und verletzende Dinge sagen oder eine Aggressivität hervorbringen, die sogar die Person zerstören möchte, die wir am meisten lieben. Dies ist jedoch keineswegs unser wirkliches Ich. Durch einen solchen Rückzug flüchten wir einfach vor der Zerstörung oder vor der Einmischung anderer. Eine braune Ausstrahlung gehört zu einer solchen Entwicklungsphase.

In den anderen Zentren deutet Braun, die Farbe des Mönchtums, zumeist auf einen Rückzug der Energien hin.

Im allgemeinen zeigt Braun an, daß die Energien schal geworden sind. Dies trifft insbesondere auf Braun im roten Sexualzentrum zu, eine recht weit verbreitete Erscheinung. Die Energien hier bedürfen der Reaktivierung. Zwar leben wir in einer Zeit lockerer Sitten, doch sind heutzutage nur wenige Menschen in der Lage, wirkliche sexuelle Erfüllung zu erfahren. Die rote Region strebt nach einer unglücklichen Liebesbeziehung häufig nach Zurückgezogenheit. Die Energie zieht sich gewissermaßen in die Einsamkeit zurück.

Im Gegensatz zu heute verbreiteten Anschauungen erzeugt Selbstbefriedigung negative Energien. Zwar regt Masturbation das Basis-Chakra an und wirkt als nützliches Ventil, wenn die Energie dort zu heiß geworden ist, doch könnten wir diese Energie auch konstruktiver nutzen. Wir könnten sie dazu einsetzen, anderen zu helfen oder unser Streben nach Wissen zu befördern. Anstatt uns dann isoliert und schlecht zu fühlen, wenn wir schließlich einem neuen Partner oder einer neuen Partnerin begegnen, sind wir mit der Energie ökonomischer umgegangen.

Bei der Masturbation kommt es zu keinerlei Energieaustausch. Sie werden dabei entweder ungebeten in die Sphäre eines anderen Menschen eindringen, oder Sie werden sich nach innen kehren. Indem Sie sich in Ihrem eigenen Sein verlieren, verlieren Sie Energie, was nicht gerade schöpferisch ist. Drängen Sie sich hingegen in der Phantasie der Sphäre eines anderen auf, so beeinträchtigen Sie damit sein Wohlbefinden. Je größer die Kraft Ihres Geistes ist, desto stärker werden Sie auf die Energiefelder der anderen Person einwirken. Je nachdem, wie wach der Selbstverteidigungsinstinkt dieses Menschen ist, wird dies seine Energiefelder negativ beeinflussen.

Während unseres gesamten Lebens sollten wir Meister aller unserer Energien sein. Yoga zeigt uns, wie wir unser gesamtes Sein in den Griff bekommen können. Es ist nicht nur unsere Pflicht, unsere eigenen Energien zu läutern. Wir sind vielmehr Teil eines Ganzen und müssen deswegen auch die Energien aller anderen Wesen reinigen. Wenn sich jeder einzelne konstruktiv darum bemüht zu »leuchten«, dann wird das Bewußtsein des gesamten Universums dadurch angehoben.

Wir können von negativen Sexualenergien auch einen positiven Gebrauch machen und sie dazu benutzen, uns der mystischen Seite unserer Natur zu öffnen. Eine unglücklich ausgegangene Liebesbeziehung kann uns in jene Zurückgezogenheit stoßen, die wir dazu brauchen, die meditative Seite unseres Lebens zur Entfaltung zu bringen. Dieser Prozeß kann, einmal in Gang gesetzt, zu einer wirklichen Verteifung unserer Bewußtheit führen.

Braun im orangefarbenen Zentrum der Verdauung weist auf eine Krankheit wie zum Beispiel Magengeschwüre oder Verstopfung hin. Aus irgendwelchen Gründen zieht sich der Magen von der Verdauungsfunktion zurück. Braun in diesem Zentrum kann auch auf eine sehr scheue Person deuten, der es schwerfällt, in Gesellschaft zu essen.

Im Gelb des Geistzentrums bedeutet Braun, daß die betreffende Person ein Gebiet betritt, das sie auf sich selbst gestellt untersuchen muß. Sie kann ihre Gedanken nicht mitteilen, solange sie nicht selbst alle Möglichkeiten näher erforscht hat. Braun im gelben Zentrum ist ferner ein Zeichen für ein eher mönchisches Lebensgefühl, in dem man kein Bedürfnis nach Kommunikation mehr verspürt. Eine zu kräftige Braunkonzentration bedeutet Schwermut oder tiefe Niedergeschlagenheit. Man ist in einem Zustand gefangen, in dem man sich am liebsten von allem und allen isolieren möchte.

Im grünen Herzzentrum ist Braun in mehrfacher Hinsicht ein ungünstiges Vorzeichen. Einerseits mag es nur bedeuten, daß die betreffende Person zuviel raucht oder trinkt. Es kann jedoch auch auf einen Grad der Traumatisierung hinweisen, der soweit geht, daß ein Mensch nur noch alleingelassen werden möchte. Dieser Mensch wird sich für kurze Augenblicke mit unerwarteter Intensität den anderen öffnen, nur um sich im nächsten Augenblick wieder vollkommen in sich selbst zurückzuziehen. Er ist zu keiner normalen zwischenmenschlichen Kommunikation fähig.

Nach einer unglücklichen Liebe erscheint in unserem Herzzentrum ein kreuzförmiger Riß. Aus diesem Riß scheint Blut zu strömen, und die grüne Energie verwandelt sich in die ihr entgegengesetzte Farbe: Rot (Liebesleid verursacht Herzbluten!). Das Rot wird in verschiedene Braunschattierungen übergehen, bevor es mit dem Beginn unserer Heilung wieder zu Grün wird.

Der schmerzliche Verlust eines uns nahestehenden Menschen bringt einen großen braunen Fleck hervor. Wenn eine geliebte Person aus unserem Leben scheidet, scheint sich ein Teil von uns mit ihr zurückzuziehen. Der Tod durchtrennt nicht die Bande, die uns mit einem lieben Menschen verbinden. Der Tote mag seinen Körper verlassen haben, auf »anderer Ebene« bleiben wir jedoch weiterhin mit ihm verbunden. Ja, er mag uns sogar von unseren Freunden und aus unserer eigenen Welt fort in ein Niemandsland locken, in dem wir total verloren sind.

Ferner kann Braun im grünen Herzzentrum bedeuten, daß unser Blut unsauber oder unser Herz zu großem Druck ausgesetzt ist. Es mag auf einen bevorstehenden Herzschlag hinweisen, der ja auch durch Leid, Schmerz oder Angst ausgelöst werden kann. Nur Braun und überhaupt kein Grün in der Herzregion mag vielleicht Brustkrebs ankündigen oder uns bedeuten, daß in unserer Brust ein Geistwesen sitzt, das unsere Energie wegsaugt.

Braun im blauen Kehlzentrum ist das Kennzeichen einer gehemmten Persönlichkeit, die sich absondert, weil sie der Meinung ist, sie hätte den Menschen nichts Aufregendes oder Interessantes zu bieten. Es kann jedoch auch auf eine Erkrankung der Kehle deuten.

Im indigofarbenen Zentrum der Stirn ist Braun häufig das Merkmal einer Person, die ihre natürlichen übersinnlichen Gaben unterdrückt, das Zeichen von Verletzlichkeit und Sublimation. Diese Person will sich in diesem Stadium möglichst aus der äußeren Welt zurückziehen.

Schwarz ist das Gegenteil von weißem Licht: die Abwesenheit allen Lichts. Wir alle besitzen die Fähigkeit, sowohl Schwarz als auch Weiß in uns hervorzubringen. Eine Mischung von Weiß (Zurückgezogenheit und Stille) und Schwarz (die negativen Aspekte dieser Zurückgezogenheit) wird als Grau fühlbar. Unter diesen Bedingungen ist man nicht mehr dazu in der

Lage, irgendwelche Energien hervorzubringen, so daß das Drehmoment der Chakras immer schwächer wird. Ein Mensch, bei dem sich dieser Zustand noch verschlimmert, wird zunehmend grauer im Gesicht aussehen und am Ende vielleicht sogar den Wunsch zum Ausdruck bringen, seinen Körper loszuwerden. Vor dem Tod, wenn auch die Aura ihre Farben verliert, bringen die Menschen Schwarz und Grau hervor. Wir sind durchaus in der Lage, uns von innen her zu töten.

Negative Launen machen uns für negative Farben empfänglich. Wenn wir dann schließlich diese negativen Farben ausstrahlen, befinden wir uns mit allen übrigen Menschen, die ebenfalls negative Schwingungen aussenden, auf ein und derselben Schwingungsebene. Wir stimmen in das Konzert der Unglücklichen und Elenden dieser Welt ein. Wir vermehren ihre Schar und tragen dazu bei, daß noch mehr negative gedankliche Muster Wirklichkeit werden. Durch unsere eigenen negativen Energien ziehen wir Stimmungen der Depression und Niedergeschlagenheit förmlich an. Selbst wenn wir unsere persönliche Depression für eine Weile loswerden, wird die allgemeine Niedergeschlagenheit weiterbestehen, denn wir fangen die Negativität anderer auf. Wir ziehen graue und braune Partikel an, die an unserer Aura haften bleiben, und wir ziehen Menschen, die auf dieser Ebene der Existenz leben, in unser Leben.

Umgekehrt werden wir die Schwingungen der Menschen, die einer höheren Ebene des Daseins angehören, in unsere Aura saugen, sobald wir unser Bewußtsein auf eine höhere Ebene zu heben beginnen. (Wir können unseren geistigen Fortschritt daran messen, welcher Art von Menschen wir vorwiegend begegnen.) Sollten wir derart gestärkt den Wnsch haben, den Elenden der Welt zu helfen, so brauchen wir nur frische Energie in das Grau- und Braun-Bewußtsein fließen zu lassen. Wir mögen ihnen damit tatsächlich helfen, vorausgesetzt, wir versuchen uns nicht zu oft an dieser Aufgabe.

Wenn wir uns fortwährend darüber beklagen, was für dummen, uninteressanten und phantasielosen Menschen wir doch ständig begegnen, sollten wir uns einmal vergegenwärtigen, daß niemand anders als wir selbst es sind, die diese Menschen anziehen. Haben wir dann plötzlich interessante und hilfsbereite Freunde, die über ein gutes Maß an Intuition verfügen, so sind wiederum wir es, die sie angezogen haben. Mit der Fähigkeit, diese höheren Schwingungen konstant aufrechtzuerhalten, dürfen wir uns auch den Luxus erlauben, zuweilen unglücklich zu sein.

Wie alles Übermaß im Leben wird auch die übermäßige Aufladung der Zentren negative Energien produzieren. Im Zustand der Auflösung verschmutzen alle Farben eines Zentrums. Die Farben verwischen, wenn sie durch negative Einflüsse ihre Stärke und Vitalität einbüßen. Mit zunehmender Verschlimmerung produziert das betroffene Zentrum dann Grau, Braun oder Schwarz. Trotzdem wird dadurch auf grundlegender Ebene nichts zerstört. Selbst die negativen Energien sind unseren wahren, natürlich-positiven Farben nur überlagert. Sie vermischen sich mit ihnen, ohne sie zu zerstören, und solange die Desintegration noch nicht zu weit fortgeschritten ist, können wir die negativen Farben abstoßen, so daß unser darunter versteckt liegendes, wahres und schönes Wesen zum Vorschein kommen kann.

21. Negative Energien

Negative Energien im roten Zentrum

Ebenso wie übermäßige geschlechtliche Aktivität kann auch ein heftiges Temperament allein genügen, das Basis-Chakra in eine schnelle Drehbewegung zu versetzen, so daß sich die gesamte Region zu stark mit Energie auflädt. Die Geschlechtsgegend wird sich dann metallisch rot färben. Wesentlich schlimmer ist jedoch, durch Pornographie und eine gewalttätige Sexualität das Feuer im Keller zu entfachen. In diesem Falle wird die Energie sauer und schwarz, was schließlich Mord und Grausamkeit hervorrufen kann.

Es ist eine Ironie des Schicksals, daß ein Teil der Persönlichkeit eines Menschen, der sich in einer solchen Lage befindet, das Bedürfnis nach einem Ausgleich hat und er den negativen Energien möglicherweise durch Sex mit Kindern entgegenzuwirken sucht. Er ist auf der Suche nach einem schönen, jungen und attraktiven Wesen mit der richtigen Energie. Er wird sich jedoch nicht bewußt sein, was ihn zu seinem Tun bewegt. So wird er dazu neigen, Gewalt anzuwenden, wenn sein Ansinnen auf Widerstand stößt. Sein Bedürfnis nach Ausgleich ist so heftig, daß ihn jeder Widerstand in Wut versetzt. Von einem solchen grausamen Schicksal kann man sich nur durch eine Läuterung der Energien befreien: durch bewußtes Denken, Meditation, Entspannung und körperliche Übung.

Das Energiepotential der niederen Zentren läßt sich durch die verschiedensten inneren und äußeren Methoden steigern. Diese Energien ohne das tiefe Rosa der spirituellen Liebe – vielleicht auf dem Weg über möglichst viele Orgasmen mit verschiedenen Partnern – fortwährend anzufeuern, bedeutet jedoch, daß wir diese Körperregion aus falschen Motiven mit Energie aufladen.

Indem wir schöne, reine Farben in das Universum hinaussenden, bringen wir einen Regenbogen der Liebe hervor. Die Körperenergien jedoch aus den falschen Farben (zum Beispiel Dunkelrot und Schwarz) zu speisen wie bei der Schwarzen Magie, ist ein sicheres Zeichen dafür, daß wir an der falschen Sorte von Vergnügen haften. Wir werden damit zwar zu einer Art von »erweitertem« Bewußtsein vordringen können, das uns gewisse außerordentliche Einsichten schenkt, gleichzeitig leiten wir damit jedoch den Verfall unserer Chakras ein. Diese Erregung läßt die Energien zwar durch die Chakras aufsteigen, so daß ein normalerweise ungenutzter Teil des Gehirns aufgeschlossen wird, doch sie zerstört auch das Gefährt. Die Mitte der Chakras wird sich schwärzen. Im Scheitel-Chakra setzen sich Unreinheiten ab. Das Stirnzenturm beginnt sich zu spalten. Das Herz-Chakra wird metallisch (womit die Gefahr eines Herzschlags verbunden ist), und es treten ernsthafte Verdauungsstörungen auf.

Wenn diese Zentren zu erlahmen beginnen, benötigen sie zur Aufrechterhaltung ihres Funktionierens immer kräftigere Energieschübe, auch wenn dies bedeutet, anderen Schmerzen zuzufügen. Da nur eine ständige Steigerung der Energieschübe die Zentren noch am Leben erhält, muß die anderen verursachte Qual immer intensiver werden, bis sie schließlich im Mord gipfelt. Die Nieren und die anderen Organe, die zuerst noch einiges Rot abbauen können, werden schließlich versagen, und wenn der Körper nicht mehr richtig funktioniert, kommt uns unser Spaß teuer zu stehen – wenn nicht in diesem, dann im nächsten Leben.

Negative Energien im orangefarbenen Zentrum

Sind die Regionen unter oder über dem Verdauungszentrum in irgendeiner Weise zu stark aufgeladen, dann ist auch das Verdauungszentrum übermäßig mit Energie besetzt. Die Nahrung wird zu schnell verdaut und nicht richtig assimiliert. Wer mehr von seinen Nerven als von seinen Körperenergien zehrt, wird das Verdauungszentrum automatisch zu stark aufladen. Er tut alles unter dem Zwang übertriebener Hektik, zumeist ohne sich dessen auch nur im geringsten bewußt zu sein, denn er kennt kein Halten und ist immer auf Trab.

Es besteht auch die Möglichkeit, diese Körperregion durch körperliche Übungen übermäßig zu aktivieren. Diese Überlastung führt dazu, daß sich der Magen gewissermaßen selbständig »ein- und ausschaltet«. Dies führt zu erhöhter Körperausdünstung. Auch wird uns dann manchmal ohne sichtbaren Grund heiß oder kalt. Überessen und emotionale Abhängigkeit vom Essen werden dieselben Symptome hervorrufen.

Sind die Farben der Verdauungsregion einmal ins Metallische umgekippt, tritt eine schmerzhafte und reizbare Rötung ein, und darauf folgt allmählich Schwarz. Die Peristaltik nimmt zu, möglicherweise bilden sich Magengeschwüre. Die Magensäfte wirken nicht nur auf die dafür bestimmten, sondern auch noch auf andere Regionen. Die verschiedenen Funktionen kommen sich in die Quere, und dies führt zu Aufstoßen, Winden und Übersäuerung. Die Bakterien im Unterleib vermehren sich. Zuviel Essen verursacht ebensoviel Beschwerden wie nicht zu essen. Im schlimmsten Fall kommt es zu einer Krebskrankheit.

Beschwerden im orangefarbenen Zentrum mögen zuerst von den Problemen im Basis-Chakra herstammen. Fehlt es uns im Basis-Chakra an der notwendigen Energie, so beginnen wir uns möglicherweise mehr und mehr für Kochkünste und das Essen zu interessieren. Wenn beide Regionen erschöpft sind, werden wir zu Hypochondern. Wir werden übertrieben selbstbezogen, weil wir eine Kompensation für die mangelnde Energie brauchen. Statt das eigentliche Problem unvoreingenommen und nüchtern zu betrachten, verschwenden wir unsere Zeit damit, über verschiedene Eßgewohnheiten und Diäten, Ärzte und ihre Kuren nachzudenken.

Negative Energien im gelben Zentrum

Das gelbe Zentrum ist am meisten für Überladung anfällig, auch wenn sich diese Überladung gewöhnlich nicht ins Unmäßige steigert. Wir sind nie ganz von Gedanken frei und können jede Situation dadurch, daß wir sie gedanklich ständig wiederkäuen, aufschaukeln. Die Überladung tritt ein, wenn wir unseren Geist nicht ruhen lassen und die leeren Räume zwischen den Gedanken nicht finden können.

Je stärker der Intellekt entwickelt ist, desto zerstörerischer und stärker mit Energie aufgeladen kann er auch sein, insbesondere wenn wir nicht gelernt haben, ihn zum Schweigen zu bringen. Da das gelbe Zentrum bei den meisten Menschen nicht allzu klar und hell ist, entsteht dadurch jedoch keine große Gefahr. Ein überaktiver Geist bedeutet dann – aufgrund der schnelleren Bewegung der Energien – gewöhnlich nur eine erhöhte Alarmbereitschaft.

Die Alten strebten nach Weisheit und hatten zum Ziel, in der ganzen gelben Sonnenscheibenregion Gold zu erzeugen. Eine bewußte Aufladung des gelben Zentrums wird bis zu einem gewissen Grade die Weisheitsaspekte von Gold hervorbringen. Diese durch willentliche Bemühung gewonnenen Einsichten können dann gemeinsam mit der Energie des Stirnzentrums dazu eingesetzt werden, uns auf dem Pfad unserer Entwicklung voranzubringen. Wir müssen mit der Konzentrierung der Energie in dieser Körperregion jedoch aufhören, bevor sich Rot darin zeigt.

Die Energien sind nicht nur bei Überladung negativ, sondern auch, wenn das Gelb schal geworden ist. Menschen mit einem gesunden Vertrauen in das Leben und ihre Mitmenschen haben gewöhnlich ein freundliches, helles Gelb in ihrem Geistzentrum. Ein trüberes Zentrum ist hingegen ein Hinweis auf eine gewisse Unaufrichtigkeit. Die Zwiespältigkeit, in der ein Mensch etwas ganz anderes sagt, als er eigentlich denkt, wird durch ein Senfgelb angezeigt.

Die Gedankenmuster eines Menschen sind um so unerfreulicher, je kränklicher und ungesunder das Gelb seines Geistzentrums ist. Seine Negativität wird zweifellos irgendwann im Leben Folgen haben. Er wird Menschen anziehen, die in ähnlichen Bahnen denken. So ziehen zum Beispiel Kriminelle andere Kriminelle an. Diese Tatsache mag uns auch erklären, warum Polizisten so oft anfällig für Korruption sind. Ein Polizeibeamter muß schon über einen sehr starken Charakter verfügen, damit die Farbschwingungen der Kriminellen, mit denen er ständig zu tun hat, nicht auf ihn »abfärben«.

Krankheit manifestiert sich sowohl in den Emotionen als auch im physischen Körper. Schwarz im Geistzentrum deutet auf negative Energien, die zu tiefer Depression führen können. Schizophrene haben oft Gelb, Rot und Schwarz in diesem Zentrum. Bevor es dazu kommt, zeigt ihr Geistzentrum jedoch meist ein besonders helles Gelb, das Zeichen einer schreckenerregenden Gleichgültigkeit, die totale Egozentrik und Fühllosigkeit mit sich bringt. Niemand kann diesen Panzer durchdringen und einen Menschen, der sich in einem solchen Zustand befindet, in irgendeiner Weise erreichen.

Negative Energien im grünen Zentrum

Wer hauptsächlich am Schreibtisch arbeitet und nur die obere Hälfte des Körpers benutzt, ist in der Herzregion für negative Energien anfällig. Der Druck der Verantwortung, Ärger, kontroverse Diskussionen, geschäftliche Manöver und Manipulationen zwingen den Körper dazu, immerfort Adrenalin auszuschütten. Die hinzukommende Bewegungslosigkeit setzt das Herz unter Druck (der durch Übergewicht infolge der Bewegungslosigkeit noch verstärkt wird). Das Herz ist oft der einzige Ort, wo sich die Negativität manifestieren darf. Dreht sich zudem noch das darunterliegende gelbe Geistzentrum zu schnell, dann werden beide Zentren mit zuviel Energie belastet.

Weiterer Mißbrauch durch Rauchen und Trinken (Alkohol und Kaffee) führt mit zusätzlichen emotionalen Belastungen und einem durch zuviel Sitzen (ohne ausreichende Bewegung sind wir unfähig, mit unserer Wut richtig umzugehen) bedingten schwachen Kreislauf dazu, daß sich mehr und mehr Negativität sammeln kann. Das Herzzentrum zu überlasten ist besonders gefährlich.

Die Farbe dieser Region wird dann metallisch. Doch dies ist noch nicht die eigentliche Gefahr, es sei denn, die Entwicklung geht noch weiter und führt zum Erscheinen von Rot. Wird die Situation zusätzlich durch eine unglückliche Liebesbeziehung verkompliziert, brechen die Energien auf, und es erscheint ein Friedhof mit vielen kleinen schwarzen Kreuzen. Ein Herz, das auch noch vom Geistzentrum her überlastet wird, überzieht sich mit Grau und Eisblau, sehr zerstörerischen Farben. Am Ende wird die Gewalt eines Herzanfalls eine ganz schmutzige Farbe erzeugen, die die gesamte Region überschwemmt.

Die meisten Herzanfälle sind auf emotionale Ursachen zurückzuführen. Würden wir nur lernen, uns zu entspannen, müßte es gar nicht erst soweit kommen. Besonders gefährlich sind jene Anfälle, die dazu führen, daß Energie aus dem Körper entweicht. Unsere Fähigkeit, den Körper und die Bewegungen zu koordinieren, nimmt dann drastisch ab. Der Kreislauf wird schwächer, und die Energien kommen und gehen, als könnte sich der Körper nicht recht entscheiden, ob er nun leben will oder nicht. Einen Augenblick wissen wir nicht, wohin mit unserer Kraft, und im nächsten haben wir für nichts mehr Energie. Wir fühlen uns abwechselnd heiß und kalt. Zuweilen sind wir nicht mehr in der Lage, klar zu denken und haben Schmerzen im Oberkörper. Mit diesen Zeichen will uns der Körper darauf aufmerksam machen, daß er dringend der Ruhe und Entspannung bedarf.

Negative Energien im blauen Zentrum

Die negativen Energien sammeln sich hier, wenn die Funktion der Schilddrüse und das Gleichgewicht der anderen Drüsenabsonderungen gestört sind. Auch bei einem Menschen, der zum Beispiel als Sänger seine Stimmbänder überfordert, kann das blaue Zentrum negativ aufgeladen werden. Die Negativität zeigt sich durch einen Verlust des Stimmvolumens und natürlich dadurch, daß sich die falschen Farben in die Kehlregion einschleichen. Rot oder Schwarz weisen auf Beschwerden in der Kehle oder Erkältungen hin.

Die Farben dieser Region wandeln sich häufig mit den verschiedenen Situationen im Laufe unseres Lebens. So besitzt eine Mutter mit ihrem neugeborenen Kind zum Beispiel sehr viel Blau. Überhaupt kein Grün in der Kehlregion zu haben, mag ein Indiz für Grausamkeit sein. Je weniger Farben in unserer Kehlregion versammelt sind, desto beschränkter ist der Bereich, zu dem wir etwas zu sagen wissen. Eine cremefarbene Kehlregion bedeutet, daß wir uns zwar über eine ganze Reihe von Themen unterhalten können, jedoch an keinem davon wirklich interessiert sind. Je deutlicher die verschiedenen Farben, desto tiefer werden wir in unsere Interessengebiete eingedrungen sein.

Durch den Mund wird vieles offenkundig. Durch den Mund nimmt der Körper mit dem Atem positive Farben auf und scheidet die Farben aus, die er nicht haben will. Wer raucht oder Drogen (dazu zählt auch Kaffee) zu sich nimmt, scheidet durch den Mund konstant negative schwarze, dunkelbraune und graue Farben aus. Es ist für die Reinigung des Systems hilfreich, sich dabei vorzustellen – am besten nach jeder Zigarette –, daß sich die dunklen, schmutzigen Farben in Rosa verwandeln.

Kinder strahlen oft eine herrliche Frische aus, die auf ihren zumeist rosafarbenen und manchmal blauen Ausatem zurückzuführen ist. Kranke und unglückliche Menschen zeigen Grau, verschlossene, verstandesorientierte Personen Gelb in der Kehlregion.

Negative Energien im indigofarbenen Zentrum

Jeder Mißbrauch unseres Potentials zur übersinnlichen Wahrnehmung kann diese Region mit Energie überladen. Es ist gefährlich, das Stirnzentrum zu überladen, denn dies mag uns in Bereiche führen, auf die wir noch nicht genügend vorbereitet sind. Visionen, Paranoia, Verfolgungswahn oder sogar Wahnsinn mögen die Folge sein. Es kann sein, daß sich gegenwärtige mit Erfahrungen aus früheren Leben vermischen und man zwischen ihnen nicht mehr unterscheiden kann. Ein solcher Mensch lebt dann in mehreren Dimensionen gleichzeitig. Eine Überdosis an »übersinnlichen Fähigkeiten« mag Sie also der Kontrolle über Ihr Leben berauben. Arbeitet dann gar der gelbe, intellektuelle Teil Ihrer Persönlichkeit nicht mehr, wie er eigentlich sollte, werden Sie unweigerlich in eine Welt bloßer Einbildung gestoßen. Wir sollten uns unserer Einbildungskraft und Phantasie nur dann öffnen, wenn unser Verstand als stabilisierender Faktor funktionstüchtig ist.

Wer sich häufig und engagiert als Geistheiler einsetzt, ist ständig in Gefahr, negative Energien von anderen in sein Stirnzentrum zu übernehmen. Mit dem Erscheinen von Schwarz wird er zunehmend für Krankheiten anfällig werden. Wir können solche Niedergeschlagenheit leichter mit Hilfe des Gelb im Dritten Augen meistern, denn der Intellekt kann den Depressionen entgegenwirken. Eine tiefe seelische Depression, die die Ebenen des Übersinnlichen berührt, wirkt sich jedoch äußerst zerstörerisch aus. Wir kommen dann zumeist mehr und mehr mit labilen, »spiritistischen« Charakteren zusammen und flüchten uns mit ihrer Unterstützung aus der Wirklichkeit.

Ist das Stirnzentrum noch nicht kräftig genug, sind wir empfänglich für atmosphärische Veränderungen und das Leid anderer Menschen. Wir verlieren dann Energie aus dem Körper. Wir werden vielleicht sogar für die Schwingungen aus einem vergangenen Leben empfänglich, in dem wir uns unter dem Schutz einer anderen Person geborgen fühlten.

Eine extreme Enttäuschung, ganz gleich ob sexueller, emotionaler oder mentaler Natur, ruft eine Spannung hervor, die die normalen Farbschwingungen nicht bewältigen können. Dann kann es geschehen, daß unsere Zentren »aufbrechen« und die Bruchstellen rot und zornig leuchten. Das Zerbrechen eines Zentrums bringt unser gesamtes Energiesystem in Aufruhr. Das Zentrum muß natürlich auf Kosten anderer Regionen des Körpers wieder funktionstüchtig gemacht werden, und diese Reparatur ist niemals nur die Sache eines kurzen Augenblicks.

Eine solche extreme emotionale Belastung hinterläßt in uns oft eine Furcht davor, durch ähnliche Erfahrungen innerlich zu wachsen. Wir haben Angst zu lieben. Das Aufbrechen eines Chakra treibt den Körper in jedem Fall bis an die Grenzen seiner Erfahrungsmöglichkeiten. Oft werden dadurch jedoch auch die Kräfte der Selbstheilung ins Spiel gebracht. In solchen Situationen sind wir zumeist gezwungen, uns in bisher unerforschte Bereiche unseres Seins vorzuwagen, und manchmal führt der Zusammenbruch sogar zu einer neuen Form inneren Wissens.

Im Falle eines totalen Zusammenbruchs besteht sogar die Möglichkeit, daß wir mit dem Urgrund der Schöpfung selbst Kontakt aufnehmen. Wir stürzen in völlige Dunkelheit (die »dunkle Nacht der Seele«), und der einzig mögliche Ausweg besteht darin, dieser Welt des Scheins zu entkommen und ewigen Frieden zu finden. Wir sollten begreifen, daß uns aus jeder augenblicklichen Depression alles erwachsen kann, was wir brauchen. Wir haben die Gelegenheit, ein vollkommen neuer Mensch zu werden. Dieser »Tod« versetzt uns in die Lage, »wiedergeboren« zu werden – bereichert mit tieferem Verstehen und umfassenderer Bewußtheit. Alle negativen Erfahrungen stellen eine derartige Gelegenheit dar, vorausgesetzt natürlich, wir können sie als solche sehen.

Die Gefährlichkeit von Drogen

In alten Zeiten waren die Chakras kleiner. Die Eingeweihten nahmen damals manchmal Drogen ein, um die Zentren zu aktivieren und klarer sehen zu können. Heutzutage sind die Zentren viel größer. Wer trotzdem Drogen zu sich nimmt, macht sich für Farbschwingungen extrem empfindlich und ruiniert die Zentren, die er zu aktivieren wünscht. Alle Drogen, die wir dem Körper zuführen – einschließlich Medikamente –, verursachen im psychophysischen System eine chemische Turbulenz. Der Körper muß dann zusehen, wie er mit den eingedrungenen Substanzen fertig wird. Jedes Individuum ist durch eine bestimmte Farbkombination charakterisiert, und eine fremde Farbkombination (Medikamente sind ebenfalls Farbschwingungen) verursacht Aufruhr. Die hilfreichen Farben werden aufgenommen und assimiliert. Alle Medikamente haben jedoch auch negative Nebenwirkungen. Der Körper muß also ein Ventil für die unerwünschten Farben finden. Die Zentren müssen sich an dieser Reinigungsaktion beteiligen. Bei jüngeren Menschen, die voll bei Kräften sind, ist dies nicht allzu schwer. Werden dem Körper jedoch ununterbrochen derartige verunreinigende Stoffe zugeführt, kommt trotzdem der Moment, wo die Chakras damit nicht mehr fertig werden. Sie bringen dann ein negatives Energiefeld hervor.

Die Chakras können sich nicht mehr selbst reinigen, wenn sie einmal völlig verschmutzt wurden. Gleichzeitig werden sie sich schneller und schneller drehen, um die Schmutzpartikel abzustoßen. Mit Schmutzstoffen gesättigt, rammen sie sich gegenseitig. Die Lage verschlimmert sich immer mehr, bis sich wie in einer Wunde am Körper Rot zeigt. Wie der physische Körper, so produziert auch der Ätherleib aus ausgetrockneten und ausgelaugten Energien einen dunklen Schorf, die einen harten, schwarzen, leblosen Kern bilden. Wenn dies geschieht, haben wir nur noch eine Wahl, nämlich mit dem Drogen- und Medikamentenkonsum aufzuhören und zu versuchen, den ganzen Körper zu reinigen. Andernfalls brechen die dunklen Energien auf und der Körper wird krank, da er die Situation nicht mehr bewältigen kann. Übermäßiger Genuß von Drogen und Medikamenten tötet den Körper langsam aber sicher.

Halluzinogene wirken sich sowohl auf die intuitiven als auch auf die logischen Funktionen des Gehirns aus. Diese Drogen zwingen das gelbe Zentrum, sich schneller und schneller zu drehen, denn nur so lassen sich die ungewöhnlichen Effekte der Halluzinogene erzielen. Sie mögen sich unter dem Einfluß von Drogen von den Konditionierungen Ihrer gewöhnlichen Erfahrung befreit fühlen, tatsächlich öffnen Sie sich aber nur den Konditionierungen aus vergangenen Leben. Sie bilden sich ein, daß Sie das Leben auf dieser anderen Ebene der Wirklichkeit meistern können, doch nach dem Drogen-High finden Sie sich in einer alltäglichen Wirklichkeit wieder, die Ihnen dann nicht mehr biegsam und aufregend genug erscheint. Sie werden deshalb dazu neigen, mehr Drogen zu nehmen, um wieder interessantere Dinge zu erleben.

Auf der intuitiven Ebene mögen Sie unter Drogeneinfluß hellseherische Fähigkeiten haben oder sich mystischen Erfahrungen öffnen. Sie sehen, hören und fühlen verschiedene Aspekte Ihres Seins, die Sie aber noch nicht in Ihr alltägliches Leben – das einzig »wirkliche« Leben – integrieren können. Unter dem Einfluß der Drogen sind Sie nicht in der Lage, die richtigen Fragen zu stellen. Nur ein kräftiges gelbes Zentrum kann dies für Sie tun. Sie bilden sich ein, die Lage vollkommen im Griff zu haben und die richtigen Fragen zu stellen. In Wahrheit ist Ihre gesamte Erfahrung in diesem Zustand jedoch nichts als ein einziger Schwindel, eine einzige Illusion. Eine Abkürzung zur Erleuchtung gibt es nun einmal nicht. Wir müssen die durch verschiedene Farben charakterisierten Erfahrungen durchleben und die Farben in unser System integrieren, ohne daß wir dabei Stufen überspringen können.

Wir unterliegen oft Einflüssen aus anderen Leben. Müssen wir zum Beispiel eine Verwaltungsaufgabe bewältigen, so werden wir herauszufinden versuchen, ob wir die dazu notwendigen Farben nicht schon in unserem Scheitelzentrum gespeichert haben und darauf zurückgreifen können. Dabei kommen wir unwillkürlich mit jenen Leben in Berührung, in denen wir uns diese bestimmte Farbe erworben haben. Solche Erfahrungen mit Hilfe von Drogen direkt zu suchen, ist jedoch gefährlich. Wir könnten Leben aufdecken, die von schreckenerregenden Erfahrungen geprägt waren. Menschen, die ein Verbrechen begangen haben, sagen manchmal, sie seien von einem bösen Geist besessen gewesen. Es gibt solches »Besessensein« tatsächlich. Die größere Gefahr ist jedoch, von einem Teil unseres eigenen Seins besessen zu sein, der sich aus dem Zusammenhang gelöst hat und in die Eigentümlichkeiten einer bestimmten Zeit aus der Vergangenheit zurückgefallen ist.

Die Datenbank unserer Erinnerung beinhaltet ein ungeheures Lernpotential, sie stellt jedoch ebenfalls eine große potentielle Gefahr dar. Indem wir uns tieferen Bewußtseinsschichten öffnen, betreten wir einen Bereich, in dem alles möglich ist. Es gehört allerdings eine ungeheure Disziplin dazu, einen solchen Bereich gefahrlos zu betreten. Die Gefahren lassen sich nur vermeiden, wenn wir gelernt haben, mit dem Inhalt dieser Schatzkammer verantwortungsvoll umzugehen.

Sie mögen sich durch Drogengenuß Zugang zu einem guten oder einem schlechten vergangenen Leben verschaffen. Für den Körper ist dies einerlei. Er kann dieser Belastung auf keinen Fall standhalten. Die Zentren werden sich infolgedessen erst rot und dann schwarz färben, und schließlich müssen sie bersten. Haben Sie einmal derart »den Verstand verloren«, so dauert es viele Jahre, bis das Stirnzentrum wieder heilen kann. Die Energien jener Region welken, und ein symbolisches Skelett tritt in Erscheinung. Sollten dann auch noch die anderen Zentren zerbrechen, ist der Auflösungsprozeß nicht mehr aufzuhalten.

22. Partnerschaft auf dem Weg zum weißen Licht

Die Natur wird uns immer in der angemessensten Weise beistehen. Bei seiner Geburt verfügt ein Kind über alle Farben, die es nötig hat. Die Natur sorgt für sein Gleichgewicht. Nach der Geburt ist das Kind jedoch dazu gezwungen, dieses Gleichgewicht mittels der Energien, die es von seinen Eltern erhält, aufrechtzuerhalten. Von den Eltern kann es die Energien »entleihen«, die es selbst noch nicht hervorzubringen vermag. Die Mutter strahlt, wie wir bereits erwähnt haben, im allgemeinen Blau aus, der Vater Rot, die Farbe der Sexualität, die seinen tiefen Wunsch nach Fortpflanzung anzeigt. Es gehört ein großes Maß an roter Energie dazu, diesen Wunsch zu verwirklichen und die Verantwortung für eine Familie zu übernehmen. Das Rot des Vaters bringt zusammen mit dem Blau der Mutter das spirituelle Violett hervor. Das Kind wird im Leben bestehen, wenn es über beide Eigenschaften, über kühle Gelassenheit und Temperament verfügt. Muß es entdecken, daß es seinen Energiebedarf nicht auf diese Weise decken kann, wird es nach anderen Menschen ausschauen, um sein Gleichgewicht wiederherzustellen.

Die für unser weiteres Leben wichtigsten Umstellungen finden in den frühen Kindesjahren statt, und im allgemeinen kann ein Kind auch von seinen Brüdern, Schwestern und sogar Schulfreunden die Farben erhalten, die es braucht. Ein ruhiges und empfindliches Kind mag allerdings versuchen, durch seine Phantasie seinen Energiebedarf auf einer übersinnlichen Ebene zu decken und gezwungen sein, in der Welt seiner Phantasie zu leben. Ein Kind wird kaum sein Gleichgewicht finden, wenn die Ehe seiner Eltern auseinanderbricht oder der Familienfrieden durch eine Unvereinbarkeit der Energien der Eltern ernsthaft gestört ist.

Wir streben nach Gleichgewicht, wir wollen ganz und stark sein. Können wir eine bestimmte Farbe nicht in uns finden, wenden wir uns im allgemeinen nach außen und einem Partner zu, um den Mangel durch ihn auszugleichen. Die meisten Menschen bauen ihre Beziehungen auf einer Kombination von Farbschwingungen auf, die sie brauchen, um ganz zu werden. Wir ziehen die Dinge und Menschen zu uns hin, die wir benötigen.

An dieser Stelle mag es hilfreich sein, darauf hinzuweisen, daß wir mit den anderen durch eine Art von »Schnüren« verbunden sind. Stellen Sie sich das Energiefeld eines Menschen wie eine Seeanemone vor, mit Schnüren und Strängen, die sich wiegend und pulsierend um ihn bewegen. Zu Beginn des Lebens sind die Schnüre noch inaktive dünne Fäden. Wenn dann die Zeit für uns gekommen ist, mit einer bestimmten Person zusammenzutreffen, beginnen sich die Schnüre zu verdicken und zu pulsieren.

Wir sind mit anderen über verschiedene Leben hinweg verbunden oder weil wir ihnen in diesem Leben helfen sollen. Alle »zufälligen« Zusammentreffen sind vorherbestimmte »Zufälle«; allerdings ist ein Mensch von ungewöhnlich starker Persönlichkeit in der Lage, alle vorherbestimmten Lebensmuster außer Kraft zu setzen. Was eigentlich geschehen *sollte*, wird dann nicht geschehen, denn es ist für eine neue Zukunft gesorgt.

Wir haben alle aneinander Anteil und sind deswegen verwundbar. Wird eine Gruppe von Schnüren gewaltsam abgetrennt, fühlen die Erde und das ganze Universum unseren Schmerz. Etwas muß sie ersetzen. Diese Schnüre, die die Menschen miteinander verflechten, sind sehr wichtig. Für eine gute Ehe muß ein Paar mit allen Schnüren und in allen Zentren miteinander verbunden sein. Eine gescheiterte Ehe beschädigt die Verbindungsschnüre zwischen den Zentren der Partner. Bei großer Nähe der Partner öffnen sich die Schnüre und formen eine ovale Blase. Dieses »Ei« ist ganz von den vibrierenden und umherschwirrenden Energien erfüllt, die die beiden Partner gemeinsam hervorbringen. Aus diesen Energien bildet sich im Zentrum ein ätherischer Same, aus dem sich von selbst ein Kind formt, vorausgesetzt natürlich, dieser Prozeß wird nicht durch äußere Einflüsse zunichte gemacht. Eine möglicherweise darauf folgende tatsächliche Schwangerschaft wird sehr viel tiefer wurzeln, als das gemeinhin der Fall ist. Das Kind verfügt dann bereits über eine Verbindung zum Äther, und dieses subtile Band mag sich später noch als sehr nützlich erweisen.

Im allgemeinen schauen wir nach einem liebevollen, warmherzigen und sexuell aktiven Partner aus, wenn wir selbst mehr zu Blau tendieren und unser rotes Zentrum nicht in guter Verfassung ist. Natürlich müssen die Farben dieses Menschen mit den unseren verträglich sein. So werden wir vielleicht entdecken, daß uns unser Partner oberflächlich sehr ähnelt (gleich und gleich gesellt sich tatsächlich gern). Es ist jedoch unser tieferes Selbst, das eine Ergänzung braucht, und dies ist der entscheidende Faktor.

Die meisten von uns haben ihr Gleichgewicht verloren und benötigen deswegen jemanden, auf den sie sich »stützen« können. Wenn ein Zentrum übermäßig aufgeladen und ein anderes erschöpft ist, suchen wir nach einem Partner, der uns wieder »aufladen« kann. Ein Akademiker, der seine Sexualenergie dem Gehirn zugeführt hat, mag sich zum Beispiel in eine Frau verlieben, die weniger gescheit, dafür aber recht »sexy« ist. Sie muß nicht mit ihrer Intelligenz glänzen, aber ihn vielleicht zum Lachen bringen können. So können sie beide jeweils von den Energien des anderen Gebrauch machen. In der Beziehung von zwei gleichermaßen intellektuell begabten und interessierten Menschen mag ein Heilungsprozeß stattfinden, weil der eine tief verletzt wurde und deswegen den anderen nötig hat. Der andere verfügt wahrscheinlich über ein tieferes Blau in der Stirn und kann deswegen liebevolle Zuwendung und Rücksichtnahme ausstrahlen, oder er ist fähig, über das Grünspektrum die Energie des Herzens weiterzugeben. Dies ist die Vervollständigung, nach der wir alle streben.

Aber die Situation kann sich ändern. Stellen wir uns zum Beispiel ein sensibles, künstlerisch begabtes Mädchen vor, in dem Violett dominiert. Wegen eines zu schwach entwickelten Stirnzentrums verfügt sie nicht über ausreichende Heilkraft. Sie kann sich gut über viele Themen unterhalten, denn ihr Kehlzentrum befindet sich in ausgezeichnetem Zustand. Da sie im Herzen tief verletzt wurde, ist diese Region allerdings mit Braun überdeckt. Ihr gelbes Zentrum ist kräftig genug, ihr einen gesunden, wachen Verstand zu schenken. Im Magen und in der Fortpflanzungsregion mag sie zusätzlich ein wenig Grün haben, so daß sie für die Art von Männern, die ihr begegnen, recht empfänglich ist.

Sie trifft nun einen Mann, der keine sonderliche künstlerische Ader hat, der jedoch das Bedürfnis verspürt, mehr über Kunst, Farben und Malerei zu lernen. Er spürt, daß sie die Frau ist, die sein Interesse an diesen Dingen fördern kann. In seiner tiefblauen Region verfügt er über eine starke natürliche Heilkraft, und dies gibt ihr instinktiv ein Gefühl der Sicherheit. Er ist treu und aufmerksam und schenkt damit ihrer Stirn die heilenden Kräfte, derer sie in dieser Region vordringlich bedarf. Sein etwas lebloses Kehlzentrum hindert ihn daran, sich elegant und treffsicher auszudrücken. Er ist deswegen von ihrer sprachlichen Gewandtheit fasziniert. Er hört ihr interessiert und gern zu, und sie ist vielleicht fähig, sein Kehlzentrum zu öffnen, so daß er von sich aus mehr zu sprechen beginnt. Da sein Herz – durch eine vorangegangene nur oberflächliche Beziehung nicht beschädigt – kräftig und robust ist, kann er ihr das Grün geben, das sie ebenfalls dringend braucht.

Bei ihrer körperlichen Vereinigung mischen sich ihre Energien. Beide erfahren ihre Umarmung als beglückend, und sie fühlt sich geborgen und geliebt. Sie erfrischt sein Kehlzentrum und er ihr Stirn- und Herzzentrum. Da er ebenfalls gebildet und intelligent ist, erfährt das gelbe Zentrum in beiden einen kräftigen Energieschub, denn sie verlieren dort beide keine Energie. Ihr Basiszentrum ist aufgrund der Verletzung aus der Vergangenheit vielleicht ein wenig mit Braun überzogen, aber sie vermag trotzdem, einen Teil seiner kräftigen roten Energien in sich zu absorbieren. Für sie ist diese Beziehung besonders nährend und heilend, doch sind sie beide ein Gewinn füreinander.

Sexuelle Beziehungen sind stark von den Farbkombinationen der beiden Partner abhängig. Indem verschiedene Farben die Wirbelsäule entlang aufsteigen, haben wir mit verschiedenen Partnern ganz verschiedene geschlechtliche Erfahrungen. Alles hängt von der jeweiligen Farbmischung ab. Kein Mensch gleicht dem anderen. Sie können zwar gemeinsam mit Ihrem Partner das ganze Regenbogenspektrum hervorbringen, die Qualität Ihrer eigenen Höhepunktserfahrung wird jedoch von den Farben in jedem einzelnen Ihrer Zentren abhängen. Die Erfahrung ist durch Ihre eigenen Farbschwingungen bedingt und hängt außerdem von Ihrer Fähigkeit ab, diese bis zum Gehirn aufsteigen zu lassen. Sind alle Zentren weit geöffnet, erleben Sie eine spirituellere Form der Höhepunktserfahrung, eine höhere Form der Erfahrung überhaupt.

Unser Paar trifft also die Entscheidung zusammenzuleben, und die Energien der Frau werden gestärkt. Ihr aufgebrochenes Herzzentrum beginnt zu heilen, ebenso das Stirn- und das Basis-Chakra. Allmählich bemerkt sie, daß sie in den gemeinsamen Gesprächen nicht das bekommt, was sie haben will. Die Gespräche gehen ihr nicht tief genug. Zwar hat sie in ihrem Partner einige künstlerische Neigungen geweckt, doch sehnt sie sich nun selbst nach einem Menschen, der ihr auf diesem Gebiet mehr geben kann. Jetzt ist sie selbst stark geworden. Sie braucht keine Heilung und Tröstung mehr, keinen Menschen, auf den sie sich stützen kann. Vielleicht trifft sie sogar auf den Menschen, der die künstlerischen Gaben besitzt, nach denen sie sich sehnt. Auch bringt ihre Stirn jetzt die Art von Energien hervor, die ihr ursprünglicher Partner ihr geben konnte, und sie verspürt jetzt selbst das Bedürfnis, einen anderen zu heilen. Das Mädchen, das des Schutzes und der Sicherheit bedurfte, gibt es nicht mehr.

Die gegenseitige Anziehung basiert auf unseren *momentanen* Bedürfnissen. Wir haben vielleicht eine generelle Vorliebe für Menschen, die große Musikalität besitzen oder wunderschön malen können. Trotzdem mögen wir uns leidenschaftlich in eine andere Person verlieben, die nicht eine Spur von künstlerischem Talent hat oder sexuell gar nicht unseren Wünschen entspricht – und uns selbst am meisten darüber wundern, warum um alles in der Welt dies bloß geschieht. Sie/Er ist nicht unser Typ, wir mögen nicht, was sie/er tut, und können ihre/seine Freunde nicht ausstehen. Trotzdem besteht unzweifelhaft eine gegenseitige Anziehung, und wir senden die Signale aus, die klar andeuten, welcher Art unsere Ganzheit sein sollte.

Unsere Partner (wie alle Menschen, mit denen wir gern zusammen sind) geben uns die Farben, die wir brauchen. Sollte diese Energie gar mit großer Wucht in unser Leben eintreten und unsere Zentren durchtränken, denken wir, das muß die Liebe sein. Wir fühlen, was dieser Regenbogen von Energie alles in uns in Bewegung bringt, und wir können dabei bis zu der Ebene vorstoßen, die der andere in seiner Entwicklung erreicht hat.

Vor etwas ist jedoch zu warnen: Wenn zwei Menschen zusammenkommen, kann es geschehen, daß ein Partner den anderen mit seinen Farben vollkommen überstrahlt. In dieser Beziehung wird der Schwächere infolgedessen seine Identität einbüßen. Wir sind dem anderen hörig und von ihm besessen, wenn wir uns unserem Partner völlig angepaßt haben. Es ist durchaus positiv, auf einen anderen Menschen einzugehen, um die Schwingungsgeschwindigkeit der eigenen Farben zu erhöhen. Verlieren wird dabei jedoch unsere Identität, so enden wir unweigerlich als bloßes Anhängsel eines anderen, als sein Schatten. Wir sind in diesem Fall nicht mehr fähig, für uns selbst die Verantwortung zu übernehmen, wenn unser Partner sterben sollte oder es zu einer Trennung kommt. Wir werden uns weiterhin verhalten, als sei der andere Mensch noch da.

Konstanter Energieverlust kann zur Folge haben, daß wir während unseres ganzen Lebens das Bedürfnis verspüren, unsere Energien aufzufrischen. Wir gestalten unsere Beziehungen allein im Rahmen solcher Projektionen und sind damit glücklich. Diese Tatsache erklärt aber auch, warum wir oft nach einer Weile feststellen, daß unser Partner doch nicht der richtige für uns ist, warum die Anziehungskraft zu verblassen beginnt. Zuerst wittern wir mit sicherer Spürnase, daß uns eine bestimmte Person mit den fehlenden Schwingungen versehen kann. Haben wir jedoch diese Farben dann entweder von selbst oder mit Hilfe unseres Partners aufgefrischt, übernehmen wir wieder selbst die Verantwortung für diese Schwingungen. Unser Partner übt unverkennbar nicht mehr die gleiche Anziehungskraft auf uns aus.

Wir können jedoch nicht unser gesamtes Leben damit verbringen, nach einem Ausgleich für unsere Mängel zu suchen. Wir sollten bestrebt sein, für unsere Gleichgewichtfindung selbst die Verantwortung zu übernehmen; wir sollten den goldenen Topf am Ende des Regenbogens in uns selbst entdekken. Indem wir unsere Farben soweit ausgleichen, daß sie das weiße Licht hervorbringen können, steigen wir selbst auf eine höhere Schwingungsebene auf, auf der wir unsere Reise fortsetzen können. Sollten wir den Ruhepunkt eines Gleichgewichts entdecken, in dem die Zentren mit Energie gefüllt sind, sich zu öffnen und mit einer anderen Bewußtheit zu funktionieren beginnen, dann werden wir auch gewahr, daß wir in einer Beziehung im Grunde nach etwas anderem suchen.

Wir brauchen jetzt eine spirituellere Partnerschaft, und wir wissen in tiefen Schichten unseres Seins sogar, wer die Person ist, mit der wir eine solche Partnerschaft verwirklichen können. In den Tiefen unseres Seins wissen wir, daß es jemanden gibt, mit dem wir uns vollständig ergänzen. Es gibt eine solche Person auf der Welt, und wir werden sie erkennen. Für jeden Menschen gibt es die richtigen ergänzenden Schwingungen, obwohl wir nicht immer ausreichend auf sie vorbereitet sind.

Wir schließen in unseren Beziehungen Kompromisse, weil wir uns gewöhnlich nicht einmal bewußt sind, daß es einen besonderen Menschen für uns gibt. Für die meisten Menschen ist dies auch durchaus richtig; der völlig »richtige« Partner mag nicht einmal auf der Erde weilen. Manchmal treffen sich die perfekten Partner auch zu früh in ihrem Leben, also bevor sie beide darauf vorbereitet sind. In diesem Fall können die beiden bis zu einem späteren Leben nicht zueinander finden. Sind Menschen jedoch in diesem Leben reif zu einem solchen Zusammentreffen, werden sie sich zuerst zu anderen Menschen hingezogen fühlen, die einige Eigenschaften des »richtigen« Partners haben, bis schließlich die Bande aus der Vergangenheit und die Schnüre, die beide miteinander verbinden, zu wirken beginnen. Die Anziehungskräfte werden immer stärker, bis beide sich schließlich finden und zusammenbleiben können.

Sind beide Partner einmal in sich vollkommen, werden sie wie zwei Säulen aufragen – voneinander getrennt und doch dazu in der Lage, eine vereinte tragende Kraft hervorzubringen, die die Grundlage ihrer Zweierbeziehung sein kann. Sie sind beide nicht mehr in der alten Weise aufeinander angewiesen, denn es fehlt ihnen nichts mehr. Sie wollen von Ihrem Partner nichts mehr bekommen, sondern seine Besonderheit noch bereichern. Sie verstärken gegenseitig Ihre Vollständigkeit, so daß sich Ihre Beziehung nun auf einer ganz anderen Ebene entfaltet.

Die Sexualenergie ist nicht länger die Basis für die Liebe, in der diese beiden Menschen zusammenkommen. Diese Liebe ist nun in der Energie des weißen Lichts begründet. Sie sind durch offene Chakras miteinander verbunden, und die Kommunikation geschieht außerhalb der Grenzen ihrer inneren Projektionen. Ihre Beziehung geht über die normale Energieebene hinaus. Sex ist eine Erfahrung des Verschmelzens, ein Gefühl, zum eigenen Ursprung – nach Hause – zurückzukehren. Auf dem Weg zu einer goldfarbenen Ausstrahlung zu sein, heißt, in allumfassendem Sinn zu lieben. Wenn die Herrschaft von Rot einmal gebrochen ist, können wir aus dem Rosa der Spiritualität leben. Dies schließt eine höhere ätherische Art zu lieben ein und eine höhere Ebene der Sexualität. Eine goldene Person erfährt viele goldene Augenblicke.

Eine Beziehung auf dieser Ebene wird durch Telepathie zusammengehalten. Die Partner kommunizieren bereits miteinander, wenn sie nur aneinander denken. Sie haben eine engere vertrautere Beziehung zu ihren vergangenen Leben als andere Menschen. Die Energien werden nicht länger verschwendet, und beide haben mehr Gelegenheit, in der Beziehung zu lernen. Ihre wichtigste Priorität ist jedoch, gemeinsam für das Wohl der Menschheit zu wirken.

Gemeinsam können zwei Regenbögen sogar noch die Wirkung des weißen Lichts übertreffen.

23. Farben im Alltag

Unsere Reise durch das Leben ist also die Gelegenheit zu sterben, um in ein Leben wiedergeboren zu werden, in dem wir an niemanden mehr im alten Sinne gebunden sind. Sie ist ein Pfad, der dazu führt, daß wir unser eigenes weißes Licht werden – zu einem Dasein, in dem das gröbere Dritte Auge und seine sieben Schleier der Wahrnehmung einem größeren Durchblick weicht.

Wir streben nicht nur zu unserem eigenen Vorteil nach weißem Licht, sondern um damit alles und alle, mit denen wir in Berührung kommen, günstig zu beeinflussen. Indem wir unser eigenes Gleichgewicht verwirklichen, tragen wir zum Gleichgewicht der anderen bei. (Dies mag auch die Verehrung von Reliquien erklären. Die Knochen und Kleidungsstücke von Heiligen werden für heilig gehalten, weil etwas von der Ausstrahlung der Heiligen in ihnen gespeichert blieb. Solche Ausstrahlung geht niemals verloren.)

Wie sollen wir jedoch bei den vielen Farben, die in unsere Zentren einströmen, wirklich das weiße Licht erreichen? Werden wir jemals fähig sein, ein klares geläutertes Medium zu sein? Wir können es zumindest versuchen. Wir sollten zumindest einen Anfang machen, uns die Zeit nehmen, in Stille zu sitzen. Wir sollten versuchen, es den Heiligen der alten Zeit gleichzutun und ein würdevolles friedvolles Leben zu führen. Und wie jene sollten wir äußere Hilfe verschmähen und unser wahres Selbst aus eigener Kraft finden.

Als der Mensch mehr und mehr das Wissen und die Fähigkeit einbüßte, das für das körperliche Auge Unsichtbare zu sehen, wurde er zunehmend der Farben gewahr, die ihn in der Außenwelt umgeben. Lassen Sie uns unsere Suche nach dem größeren Farbbewußtsein also ebenfalls dort beginnen. Betrachten Sie den Verlauf einer für Ihr Leben typischen Woche. Betrachten Sie, woran Sie Spaß haben und welche Art von Aufmerksamkeit Sie jeder Ihrer unterschiedlichen Aktivitäten widmen.

Welche Chakras sind für Ihr Leben bestimmend? Stellen Sie ein Ungleichgewicht fest? Achten Sie gleichzeitig auch auf die Farben, die Sie umgeben. Auch wenn wir uns gewöhnlich nicht bewußt sind, daß wir in einer Farbblase umherwandeln, mag es Hinweise geben, die uns darauf aufmerksam machen. Warum finden wir zum Beispiel eine gelbe Tapete oder einen gelben Mantel anziehend? Veräußerlichen wir etwa unsere innere Farbstrahlung?

Werden wir uns bewußt, welche Farben wir bevorzugen, dann erkennen wir vielleicht, daß die Farben, in die wir uns kleiden und mit denen wir unsere Wohnung ausstatten, Reflektionen eines momentanen oder dauerhafteren Zustandes unseres Seins sind. Haben wir einmal gelernt, welche Rolle die einzelnen Farben spielen, dann erkennen wir, daß Farben ein Medium sind, mit dem wir aktiv umgehen können. Dies mag uns dazu verhelfen, allmählich einige Geheimnisse über uns zu lüften.

Wir alle werden von den Farben unserer Kleidung beeinflußt. Ein Mannequin wird dadurch verändert, daß es eine neue Ausstattung oder eine neue Farbe trägt. Modeschöpfer und Designer gehören häufig zu den vom Violetten geprägten Menschen und besitzen deshalb ein Gespür für die Farben, die zu einer bestimmten Zeit besonders gefragt sind. Modefarben können sogar persönliche und kulturelle Veränderungen bewirken. Denken Sie auch daran, daß andere sich ansehen müssen, was Sie sich anziehen. Mit der Wahl unserer Kleidung beeinflussen wir alle, die uns begegnen.

Natürlich gibt es viele Farbtöne und -abstufungen, so daß nur der Sachverstand des Künstlers diese unendliche Vielfalt verstehen kann. Aber bei unserer Wahl spielt der Instinkt eine große Rolle. Wir wissen instinktiv, wenn uns die Farbe, die wir tragen, nicht steht. Ein Jahr später mag uns die gleiche Farbe dann stehen, ein Zeichen dafür, daß in unseren Chakras Veränderungen stattgefunden haben. Bedenken Sie jedoch ebenfalls, daß eine Farbe, die wir eigentlich nötig brauchen, auf uns zuerst abstoßend wirken mag. Wir sollten ein Gespür dafür bekommen, wann wir eine Farbe aus den falschen Gründen ablehnen, wann wir eine Farbe tragen sollten, die zu unserer Stimmung paßt oder einen Kontrast dazu darstellt.

Wir betrachten hier die Disharmonien im Körper, die durch falsche Farbschwingungen hervorgerufen werden. An erster Stelle sollten wir ganz pragmatisch mit ihnen umgehen. Wir sollten darauf achten, wie wir uns kleiden, welche Farbe unser Essen hat, wie unsere Umgebung aussieht. Wir können analysieren, wie sehr diese Farben ein Teil unserer Vorstellung vom Leben sind.

Rot ist, wie bereits ausgeführt wurde, die Farbe der Energie der Fortpflanzungsregion und sollte nur nach reiflicher Überlegung getragen werden. Rot ist eine heftige, leidenschaftliche Farbe. Als Wandanstrich ist sie sicherlich zu vermeiden. Rot ist allerdings gut für Menschen, deren Sexualkraft zu schwach ist und für Frauen, die nicht schwanger werden können. Eine rote Lampe im Schlafzimmer kann uns helfen, Rot in uns aufzunehmen.

Orange ist die Farbe der Flammenzungen und kann uns anfeuern und inspirieren. Es ist eine aktive belebende Farbe, die weder vom Intellekt dominiert wird wie das Gelb noch von der Sexualität wie das Rot. Wer deprimiert oder träge und teilnahmslos ist, sollte diese helle, warme und freundliche Farbe tragen. Orange, das einen Zusammenhang mit den Kräften der Natur und den Jahreszeiten besitzt, fördert die Verdauung. Zuviel Orange wird jedoch Ihren Appetit anregen und Sie dazu verführen, mehr zu essen, als Ihnen bekommt. Ein helles Orange vermittelt ein Gefühl frischer Wachheit. Es wird Ihnen helfen, frühmorgens aufzustehen.

Pfirsich ist ein Orange, das auf eine höhere Schwingungsebene versetzt wurde. Einige halten es für die Farbe spiritueller Liebe und bringen es in Verbindung mit den bereits höher entwickelten Individuen, die bereits lange Reisen durch das

Reich der Seele hinter sich haben. Einigen Menschen mag Pfirsich allerdings gar nicht stehen. Ein kräftiger Pfirsichton ist allerdings die ideale Wandfarbe für ein Schlafzimmer; es hat eine heilsame Wirkung auf die Haut und hält uns jung. Ein stumpfer Pfirsichton wird uns hingegen lethargisch machen, denn er stimuliert unsere Energien dazu, zu einer anderen Ebene überzuwechseln; allzu harte Pfirsichschattierungen haben den gleichen Effekt.

Gelb, die Farbe des Verstandes, hilft bei Lernstörungen und ist besonders für all jene hilfreich, die ein wenig zu unpraktisch, zu künstlerisch, zu offen und unbefangen sind. Spielt hingegen der Intellekt in Ihrem Leben schon eine zu große Rolle, sollten Sie den Einfluß dieser Farbe auf Sie reduzieren.

Grün ist die Farbe des Ausgleichs zwischen dem praktischen Gelb und dem heilkräftigen Blau. Grün ist besonders dem Nervensystem förderlich. Es wirkt hohem Blutdruck entgegen und entlastet ein bedrücktes und überanstrengtes Herz. Grün wirkt beruhigend. Da uns in der Natur jedoch schon viel Grün umgibt, kann Grün, auch noch auf der Haut getragen, einen Menschen mit trägen Chakras nur noch träger machen. Andererseits kann das Leben in einer Betoneinöde ohne Parkanlagen und Gärten das Gleichgewicht unseres Systems zerstören. Grün sollte deshalb bei der Wahl unserer Kleidung und der Gestaltung unserer Wohnung eine wichtige Rolle spielen.

Hellblau ist eine heilende beruhigende Farbe. Leben Sie mit einem aggressiven, reizbaren Menschen zusammen, dessen Aura zuweilen Rot aufweist, dann sollten Sie viel Blau tragen, denn Blau wird ihn beruhigen. Ein blasses Blau ist gut für die Augen. Wer in Mitteleuropa lebt, wo der Himmel zumeist bedeckt und grau ist, sollte viel Blau tragen – eine Farbe, die uns mit dem Himmel und dem Meer verbindet.

Türkis kann Ihre Ausdrucksfähigkeit fördern. Deswegen sollten Sie vielleicht etwas Türkis tragen, wenn Sie einen Vortrag halten wollen. Türkis kann scheuen zurückhaltenden Individuen helfen, sich nach außen zu wenden. Daß die Aura der Mutter während der Schwangerschaft und nach der Geburt sehr viel Blau aufweist, zeigt, daß Blau auch auf Säuglinge eine positive Wirkung hat.

Dunkelblau, die Farbe einer entwickelten Fähigkeit zum Heilen, ist nicht für jeden geeignet. Vielleicht werden Sie zu empfänglich für den Einfluß Ihres Dritten Auges, wenn Sie diese Farbe tragen. Solch eine übertriebene Sensibilität ist durchaus nicht immer hilfreich. Männer, die häufig dunkelblaue Anzüge tragen, mögen den unbewußten Wunsch haben, andere zu heilen.

Menschen, die sich vor allem mit **Violett** umgeben, der Farbe, »die für dieses Leben den Tod bedeutet«, haben wahrscheinlich zu anderen Dimensionen Zugang. Frühaufsteher sind sie jedenfalls nicht!

In der alten Zeit hielt man neben dem Purpur auch **Magentarot** – die Mischung der drei Primärfarben – für eine ganz besondere Farbe. Magenta ist die Farbe des Organisationstalentes. Ein Magenta-Anstrich im Büro wird demnach Ihrer Organisationsfähigkeit dienlich sein und zudem Ihre allgemeine Bewußtheit steigern sowie Ihre Fähigkeit, das Leben zu meistern.

Je kräftiger und eindeutiger eine Farbe, desto größer ist auch ihre Wirkung. Verwaschene Farben sind weniger wirkungsvoll. Außerdem ist die Wirkung um so kräftiger, je näher die Farbe an den Körper herankommt. Auch die Mischung von Farben ist wichtig. Für sich allein ist Rot eine aggressive Farbe; Blau hingegen ist beruhigend. Zusammen ergeben sie Purpur, eine neutrale Farbe, die weder heiß noch kalt ist. In der Mischung haben sie ihre Identität eingebüßt. Achten Sie also darauf, welche Farbmischung in Ihrer Garderobe jeweils vorherrscht. Tragen Sie zum Beispiel zu einer gelben Bluse einen grauen Rock, so kombinieren Sie damit die Wirkungen von Gelb und Grau. Die Farbwirkungen vermischen sich auch, wenn Sie verschiedene Farben übereinander tragen. (Nebenbei bemerkt: Natürliche Fasern sind gesünder als synthetische Fasern.)

Farbe ist Schwingung, und die Farbmischung unserer Kleidung bringt Harmonien oder Disharmonien hervor, die unseren Körper umspielen. Wie Noten, die nicht zusammenpassen, ergibt die Kombination von bestimmten Farbschattierungen einen groben Mißklang. Kleiden wir uns in Farben, die uns ganz und gar nicht stehen, kann das ein Anzeichen dafür sein, daß die Harmonie unserer Aura gestört ist. Wir können den Ätherleib auch mit Hilfe von Klängen – Schwingungen, die noch wesentlich wirksamer sind als Farbschwingungen – reinigen. Das Wissen um die Kraft der Klänge wird neben dem um die Macht der Farben in der Heilkunst der Zukunft wieder eine große Rolle spielen. Doch dies nur nebenbei bemerkt.

Im großen und ganzen tragen wir bereits unbewußt mit der Farbe unserer Kleidung zu unserem Wohlbefinden bei. Wir umgeben uns mit den Farben, die wir brauchen – besonders wenn wir allein leben. Durch das Zusammenleben mit einem Partner mag sich daran jedoch einiges ändern. Wir sollten die Stimmungen unseres Partners in Betracht ziehen. Unsere jeweiligen Farben sollten einander ergänzen. Wenn unser Partner bereits kräftige helle Farben trägt und auch in der Inneneinrichtung kräftige Farbtöne überwiegen, absorbieren wir möglicherweise bereits genügend Glanz und Helle. Wir brauchen dann nicht zusätzlich auch noch helle Farben zu tragen. Bedenken Sie auch, daß wir mit einem übertriebenen Interesse für unsere Kleidung vielleicht auch einen Mangel kompensieren wollen, den unser Partner nicht zu füllen versteht.

Das Wetter hat ebenfalls einen Einfluß darauf, wie wir uns kleiden. Die Chakras reagieren auf Sonnenschein und einen strahlend blauen Himmel. **Grau** in der Aura ist Anzeichen für eine Erkrankung und eine verminderte Leistungsfähigkeit der Chakras. Nicht minder bremsen grauer Himmel, graue Straßen und graue Häuser unsere Chakras sehr ab, manchmal so weit, daß sie sich kaum noch drehen.

Menschen, die vornehmlich Grau tragen, fühlen sich dazu aufgerufen, zu allem ein Urteil zu haben. Der Mann im grauen Anzug mag sich als ein kritikfähiger und -freudiger Geselle erweisen. Wer das Gefühl hat, seine Urteilskraft ließe zu wünschen übrig, sollte deswegen Grau tragen. In England ist das praktische Dunkelgrau eine der bevorzugten Farben für Schuluniformen. Kein Wunder also, daß die Kinder dort ihre Lehrer, ihre Schule und ihre Eltern kritisieren. Eintönigkeit macht überdrüssig. Unsere unmittelbare Umgebung mag in vielen Fällen scheußlich sein: Büro, Schule und Klassenzimmer können uns negativ beeinflussen. Ein wenig mehr Phantasie und Farbenfreude wären erwünscht.

Außerdem werden wir pausenlos von der Werbung bombardiert. Geschickte Verkaufsstrategen machen sämtliche Waren schon durch die Verpackung interessanter. Nahrungsmittel, die häufig mit Farbstoffen behandelt sind, damit sie für uns attraktiver sind, können uns schaden. Fällt Ihnen ein Produkt, ein Schaufenster oder ein Plakat besonders ins Auge, dann sollten Sie sich fragen, welche Bedeutung die jeweils dominierende Farbe für Sie hat. Die Hersteller haben großes Geschick darin entwickelt, uns Farbschwingungen zu verkaufen, die wir gar nicht brauchen. Blau und andere erfrischende Farben zum Beispiel werden in der Werbung oft dazu eingesetzt, die Schädlichkeit der eigentlichen Produkte zu vertuschen.

Die Menschen vergangener Epochen schmückten die Wände ihrer Häuser oder Höhlen durch Freskos mit Darstellungen ihrer natürlichen Umwelt. Indem sie diese Darstellungen der Natur in ihrer Vorstellung mit Leben erfüllten, nahmen sie die Natur nur um so tiefer in ihr Inneres auf; die Vorstellung ist ein mächtiges Werkzeug.

Es ist deswegen nicht unwichtig, mit welchen Tapeten wir unsere Wohnung schmücken. Eine rote Tapete ist aggressiv. Ein geometrisches Muster wird auf unseren Solarplexus einwirken. Eine Tapete, die Orangetöne oder ein Küchenmuster enthält, wird das Verdauungszentrum beeinflussen. Eine Wand voller Nahrungsmittel wird dem zwanghaften Esser schwerlich helfen. Eine Tapete mit Blumenmuster spricht das Herzzentrum an. Eine Tapete, die Sie in offene Räume führt, wirkt auf die höheren Zentren. Zudem werden uns die Schwingungen des Innenarchitekten beeinflussen, der unsere Wohnung gestaltet hat.

Die Farben, für die wir uns entscheiden, mögen entweder die Grundstimmung, das Lebensgefühl, reflektieren, zu der wir tendieren, oder eine Kompensation dieses Lebensgefühls darstellen. Je nach unseren Bedürfnissen werden wir Schwingungen von unterschiedlicher Dichte anziehen. Allmählich werden wir begreifen, ob wir eine bestimmte Farbe mögen, weil wir diese Farbe in uns tragen oder weil wir uns aufgrund eines gegenwärtigen Mangels zu dieser Farbe hingezogen fühlen.

So mag es zum Beispiel durchaus Menschen geben, die ungesund aussehende Braun- oder Gelbtöne nötig haben. Sie müssen die verborgenen Seiten ihres Wesens nach außen bringen, sind jedoch noch zu ängstlich, um sich der Welt aufschließen zu können. Braun, die Farbe des Mönchtums, ist auch die Farbe der Mutter Erde. Braune Ledersessel vermitteln uns ein Gefühl der Geborgenheit; Braun stellt einen Schutz dar. Umgeben von braunen Teppichen, Möbeln und Kleidungsstücken fühlen wir uns geborgen und beschützt. Vor zuviel Braun an den Wänden ist jedoch zu warnen. In unseren Wohnräumen sollten wir ein Gleichgewicht zwischen Erd- und Himmelsfarben anstreben. Zierpflanzen mögen für das ausgleichende Grün sorgen.

Vielleicht brauchen wir bestimmte Blumen oder bestimmte Farben, die diese Blumen haben. Achten Sie darauf, welche Farben Sie wählen, wenn Sie Blumen für jemanden kaufen. Kaufen Sie Blumen für sich selbst, so fragen Sie sich, welche Farben Sie gern um sich haben möchten. Es ist vielleicht gar nicht so zufällig, wie Sie meinen, wenn Sie ausgerechnet ein Bouquet von roten und weißen Blüten kaufen. Mit der Inneneinrichtung und Raumgestaltung, für die Sie sich entschieden haben, müssen Sie eine Weile leben. Blumen sind dann vielleicht die einzig möglichen Abwechslungen, mit denen Sie Ihren wechselnden Stimmungen Ausdruck verleihen können.

Weiß ist eine interessante Farbe. Wir haben oben bereits angedeutet, daß das »weiße Licht« das Ziel unserer Reise ist. Nun fühlen sich einige Menschen mit weißen Wänden wohl, andere hingegen haben damit ihre Schwierigkeiten. Eine bereits weitgehend geläuterte Person, deren Handlungen sofort die entsprechenden karmischen Konsequenzen nach sich ziehen, mag sich über den kleinsten Schmutzflecken auf einer weißen Wand aufregen, während eine weniger reine Person mit weißen Wänden aus anderen Gründen Schwierigkeiten hat. Sollte in einem Zentrum eine Spur von Schwarz vorkommen, stimuliert weißes Licht in einem Zimmer den Körper dazu, sich selbst zu reinigen. Der weiße Raum mag also eine recht heftige Reaktion zur Folge haben. Werden die Schmutzreste des Ätherleibs im physischen Körper freigesetzt, mag es zu Krankheitszeichen wie Fieber, einer Erkältung oder Magenbeschwerden kommen.

Creme ist eine neutrale Farbe, die Farbe der Vielfalt. Eine Person, in der Cremetöne dominieren, interessiert sich für viele verschiedene Dinge; sie kann sich allen Situationen anpassen. Zu cremefarbenen Wänden passen fast alle anderen Farben. Man hat in bezug auf die Einrichtung also relativ viel Spielraum.

Silber ist ebenfalls eine nützliche Farbe. Ein anpassungsfähiges »quecksilbriges« Temperament kann viel erreichen. Wer Silberschmuck und andere Gegenstände aus Silber sammelt, weiß, daß Silber zu vielen anderen Farben paßt. Silber bekämpft außerdem Müdigkeit und Schlaffheit.

Gold übt niemals einen negativen Einfluß auf uns aus. Unsere Reise durch das Leben soll uns für die goldenen Qualitäten in uns öffnen. Einige Tupfer Gold sind für einen Wohnraum sehr wichtig.

Die Farben von Wänden, Handschuhen, Handtaschen, Unterwäsche, Socken, Hüten – sie alle wirken auf uns ein. Bei einigen Menschen kann diese Wirkung recht drastisch sein. Andere weniger empfindsame Seelen – »gelbe Intellektuelle« zum Beispiel – spüren oft so gut wie nichts. Alles hängt davon ab, wie bewußt wir Farben wahrnehmen. Ein neuer Zimmeranstrich wird uns zuerst tiefer berühren, denn wir nehmen die Veränderung bewußt wahr. Haben wir uns jedoch einmal an bestimmte Farben in unserer Umgebung gewöhnt, so stumpft unser System ab. Aber auch darin sind wir verschieden. Einige stumpfen mehr ab, andere weniger.

Es gibt bestimmte grundlegende Farbgesetze, doch werden zwei verschiedene Menschen, die genau dieselbe Farbe tragen, dieser Farbe trotzdem ihre besonderen persönlichen Eigenschaften geben. Jeder Mensch ist anders. Je nach der Intensität, in der eine Farbe in unserem Scheitelzentrum – als Zeugnis unseres spirituellen Fortschritts – vorhanden ist, sind wir für eben diese Farbe mehr oder weniger empfänglich. Trotz dieser Empfänglichkeit sind wir natürlich hauptsächlich zum Überleben gerüstet, so daß wir uns nicht in einer bestimmten Farbe verlieren. Wir mögen außerdem mit einer höheren Ebene in Verbindung stehen, ohne ihre Signale jedoch bewußt durch den Körper zu empfangen.

24. Selbstheilung durch die Kraft der Farben

Wenn wir morgens aufwachen, spüren wir sofort, welche Farbe uns gerade bestimmt. Fühlen wir uns zum Beispiel ganz grau und deprimiert, dann sind wir »unterkühlt« und schwer, und diese Stimmung färbt auf unsere Mitmenschen ab. Wir selbst sind der Künstler, der von Augenblick zu Augenblick unser Leben gestaltet. Wir tönen und färben unser Leben. Wir verwandeln es. Der Körper ist unsere Palette, und wir selbst wählen unsere eigene Farbzusammenstellung. Wir haben ein automatisches Farbsystem. Umgeben wir uns mit den falschen Farben, wird dieses Farbsystem allerdings gestört, wie wir ja auch unter Verdauungsstörungen leiden müssen, wenn wir uns nicht richtig ernähren.

Wir haben inzwischen gesehen, daß Farben nicht nur ein äußeres Phänomen sind. Wir müssen die Fähigkeit wiedererlangen, die Farben »in« uns wahrzunehmen; wir müssen einer inneren Bewußtheit näherkommen. Mit anderen Worten: Wir müssen wiederentdecken, wie wir uns mit Hilfe von Farben selbst heilen können. Dies mag sich schwieriger anhören, als es eigentlich ist. Heilen verlangt von uns eine tiefe Einfachheit. Einzige Voraussetzung ist die Bereitschaft, den Becher vollständig zu leeren, bevor er wieder gefüllt werden kann: Die Vorstellungen aufzugeben, die uns davon abhalten, uns selbst zu heilen. Vor allem gehört dazu ein tiefer Glaube.

Wir haben oben bereits über Atem, Entspannung und Meditation gesprochen. Dies sind die Werkzeuge, die zwischen dem Ätherleib und dem physischen Körper eine Verbindung herstellen und uns letztlich mit den übrigen »Fahrzeugen« verbinden, die unsere Ganzheit, unsere innere Harmonie ausmachen.

Empfänglichkeit, die Fähigkeit, sich einzustimmen, ist für diesen Prozeß der wichtigste Faktor. Wir sind ständig von der Welt des Unsichtbaren beeinflußt. Die »Sinne«, mit denen wir die unsichtbare Welt wahrnehmen, sind jedoch von Individuum zu Individuum verschieden ausgeprägt. Der Hellsichtige mag die Geschehnisse der unsichtbaren Welt sehen. Die meisten von uns werden jedoch nur ahnen, spüren, was vor sich geht. Sobald wir der Bedeutsamkeit der Farben unsere Aufmerksamkeit zuwenden, schärfen wir unsere Sinne für diese Welt. Wir müssen jeden Tag ein bißchen üben.

Um uns auf die innere Welt der Farben einzustimmen, müssen wir unsere Aufmerksamkeit zuerst auf das schützende Gefährt lenken, das uns einhüllt: unsere Aura.

Legen Sie sich entspannt auf den Rücken. Führen Sie den Atemstrom beim Einatmen am Rücken entlang nach oben, und atmen Sie entlang der Vorderseite des Körpers nach unten aus. Spüren Sie die Aura, indem Sie Ihr Bewußtsein für die Bereiche öffnen, die Ihren Körper unmittelbar umgeben. Wiederholen Sie dies siebenmal, und lassen Sie den Abstand der Regionen, die Sie erspüren, vom Körper jedesmal ein wenig zunehmen. Atmen Sie nun – wiederum siebenmal – an der rechten Seite des Körpers aufsteigend ein, und lassen Sie den Atem beim Ausatmen an der linken Körperseite herabströmen. Vergrößern Sie dabei die Aura nach außen, bis Sie in Ihrer Vorstellung einen großen, eiförmigen Raum geschaffen haben. Auf diese Art und Weise werden Sie für die höheren Körper empfänglich und damit für die Farben, die sich in Ihrem Scheitelzentrum bündeln.

Sich entspannen heißt loslassen, freiwerden. Sie müssen sich tief entspannt haben, bevor Sie mit Ihrem Bewußtsein den ganzen Körper durchwandern können: völlig wach, ohne einzuschlafen. Beginnen Sie damit, daß Sie Ihre Füße anspannen, dann entspannen und spüren, wie sie sich öffnen. Spannen Sie die Knie an, entspannen und öffnen Sie sie. Gehen Sie durch den Körper nach oben: durch den Unterleib, die Hüften, die Herzgegend, die Schultern, Ellbogen, Hände, die Kehle. Spüren Sie, wie entspannt und offen die Haut sich am ganzen Körper anfühlt. Die Stirn öffnet sich mit der Entspannung ganz von selbst, und Sie kommen mit der Bewußtheit des Scheitelzentrums in Berührung.

Sie liegen ganz still und ruhig da. Die Gehirnströme haben sich qualitativ verändert. Vielleicht fühlen Sie eine tiefe schöpferische Kraft in sich. Vor jeder Farbmeditation sollten Sie so viele Zentren wie möglich entspannen. Stellen Sie sich vor, daß sich die Atmosphäre verwandelt, daß die Haut ganz anders ist. Diese Bewußtheit wird die übrigen Chakras beeinflussen. Stellen Sie sich vor, wie es sich anfühlen würde, wenn alles ganz entspannt wäre. Fühlen Sie, daß Sie selbst nicht existieren, daß das Zimmer, in dem Sie sich befinden, zwar da ist, Sie jedoch mit Leichtigkeit durch seine Wände hindurchgehen können. Versuchen Sie, sich ganz leer zu fühlen.

Wie wählen Sie Ihre Farben aus? Welchen Rotton wählen Sie für das unterste Chakra? Welche Art von Blau für die Stirn? Wie verhält sich Ihr Wissen um die Farben zu den tatsächlichen Farben in Ihrem Körper?

Haben Sie noch kein Gespür für die Farben in Ihren Zentren entwickelt, können Sie einfach weißes Licht durch den ganzen Körper strömen und jeden Teil des Körpers absorbieren lassen, was er davon benötigt. Atmen Sie tief und entspannt, und lassen Sie beim Ausatmen alle Negativität aus dem Körper herausströmen.

Eine wirksamere Methode wäre, die einzelnen Zentren mit ganz bestimmten Farbschwingungen zu erfüllen. Dabei sollten Sie allerdings tatsächlich spüren, was jene Farben im einzelnen repräsentieren, sollten Sie weniger die Farbe, sondern vielmehr ihre Eigenschaften und Qualitäten fühlen. Stellen Sie sich zum Beispiel vor, wie tiefes Blau in Ihre Stirn einströmt, so versuchen Sie, der Augenblicke zu gedenken, in denen Sie sich vollkommen beschützt und geborgen gefühlt haben. Sie fühlen, wie Sie eine tiefe Güte in sich absorbieren.

Wollen Sie die Kehlgegend mit Energie aufladen, müssen Sie zuerst zu reden aufhören. Aber selbst dann mag die Zunge noch zu aktionsbereit sein; entspannen Sie deshalb die Zunge ganz bewußt. Die Kehle ist das Zentrum der Kommunikation.

Stimmen Sie sich ganz auf die Eigenschaften eines Menschen ein, der sich klar und deutlich auszudrücken versteht. Werden Sie für diese leidenschaftslose, kühle und beruhigende Farbe empfänglich. Fühlen Sie, wie diese Farbe Sie weiter und offener werden läßt, weit und offen wie der Himmel und das Meer. Lassen Sie zu, daß sich die Kehle vollständig öffnet.

Um die Herzgegend mit Farbe aufzufrischen, denken Sie an die Natur. Zwar gibt es in der Natur unendlich viele Grünschattierungen, doch wird sich die Herzregion automatisch regenerieren, wenn Sie sich der heilenden Kraft von Pflanzen und Bäumen erinnern.

Um die Gegend des Geistzentrums mit Gelb zu erfüllen, stellen Sie sich einen ruhigen, für konzentrierte Studien geeigneten Ort vor wie etwa eine Bibliothek. Fühlen Sie, wie Ihre Energie für das Sie dort umgebende Wissen empfänglich wird.

Orange vermittelt ein Gefühl der Behaglichkeit, der Zufriedenheit und Fülle. Sie fühlen sich, als hätten Sie ein köstliches und bekömmliches Mahl genossen. Rot ist die Wärme des Umsorgt- und Geliebtwerdens.

Die in edlen Steinen kondensierte Energie versorgt uns ebenfalls mit Farbschwingungen. Edelsteine mögen uns helfen, die Wirksamkeit und Kraft der Farben richtig einzuschätzen. Edelsteine können bei Gicht helfen und Kopfschmerzen heilen. Sie haben allgemein eine heilende Wirkung. Übt ein bestimmter Stein eine große Faszination auf uns aus, so benötigen wir wahrscheinlich den Schutz dieses Steines. Sind wir jedoch in der Lage, uns den Qualitäten dieses Steines mit Hilfe unserer Vorstellung zu öffnen, dann benötigen wir den tatsächlichen Stein nicht mehr.

Auf dieser Bewußtseinsebene können wir uns auch mit Hilfe von Meditation in eine Farbe einfühlen. Stellen Sie sich einen wunderschönen Abendhimmel vor, und absorbieren Sie die herrlichen Orange- und Rottöne in Ihr Basiszentrum. Stellen Sie sich vor, wie Sie die grüne Natur durchstreifen, und entwerfen Sie damit selbst die Pfade, auf denen Sie zu Ihrem Herzen gelangen. Schauen Sie alle Meere und Himmel, und stellen Sie sie sich in Ihrer Kehle lokalisiert vor. Schauen Sie die tiefdunklen Farben der Nacht und lassen Sie diese im Indigo Ihrer Stirn gegenwärtig sein. Stellen Sie sich frischen, tiefen Schnee vor: klares Weiß. Um reines Licht zu fühlen, spüren Sie, wie alle diese Strahlen durch Sie hindurchströmen und das gesamte Spektrum zu einem einzigen Licht verschmilzt.

Einigen Menschen wird dies schwerfallen. Wenn Ihre Vorstellungskraft nicht soweit reicht, sollten Sie besser in einen Edelstein schauen und dann die Augen schließen und die Farbe fühlen.

Wir können beginnen, uns mit Hilfe von Meditationsübungen zu läutern, bis wir einen Bewußtseinszustand erreichen, in dem wir nicht mehr zur Zerstörung fähig sind. Letztlich werden wir an den Punkt gelangen, an dem unser ganzes Sein vollkommene Meditation geworden ist. Während Atem und Meditation unsere ätherischen Körper von Giftstoffen befreien, können wir mit Hilfe von Körperübungen die Schlacken und Schmutzstoffe aus dem physischen Leib ausscheiden. Wir müssen lernen, uns ständig auf das weiße Licht zuzubewegen. Jeder Schritt ist ein Schritt auf der Stufenleiter des Bewußtseins.

Wir müssen versuchen, uns aus unserer festgefahrenen Beziehung zu äußeren Farbschwingungen zu lösen. Wir müssen schließlich in der Lage sein, mit geschlossenen Augen zwei Farben zu spüren und den Unterschied wahrzunehmen. Wir können versuchen zu fühlen, wie einige Farben schwerer und andere leichter sind. Wir können auch versuchen, die Farben mit anderen Körperteilen zu spüren: nicht wie gewöhnlich mit der Vorderseite des Körpers, sondern mit dem Rücken oder mit dem Gesäß. Wir machen von unseren Sinnen nur einen sehr begrenzten Gebrauch. Wir sollten mit etwas mehr Sensibilität durchaus dazu in der Lage sein, verschiedene Farben zu unterscheiden, wenn wir barfuß über sie hinweg laufen.

Eine riesige Kosmetikindustrie will uns dazu verlocken, uns in jeder nur erdenklichen Farbe anzumalen und zu färben – das Gesicht, die Finger- und Zehennägel, die Haare. Doch wir können uns soviel anmalen wie wir wollen, ohne damit unbedingt schöner zu werden. Echte Schönheit kommt von den inneren Farben. Um jung zu bleiben, eine schöne Haut zu haben, müssen wir die Farben in uns erzeugen – das ist außerdem billiger!

Je mehr wir Farbe und Natur bewußt wahrnehmen, desto mehr Farbe und Natur fließt uns zu. Die Wahrnehmung von Farben, Pflanzen, Blumen kann eine Art »Nahrung« werden. Diese Bewußtheit verwandelt unseren Körper. Er wird leichter und verjüngt sich. Jetzt kann er auch wahrhaft an Schönheit gewinnen. Unser äußeres Aussehen spielt keine Rolle mehr, denn unsere Farben strahlen von innen heraus. Wir mögen eine saubere und geschminkte Schönheit in manchen Fällen als »unecht« empfinden. Wir spüren einfach, wenn die inneren Farben nicht stimmen.

Mit einer echten Beziehung zu den Farben öffnen wir uns den himmlischen Bereichen, dem Gottesbewußtsein. Der »Zustand der Gnade« ist ein Zustand, in dem wir die schönsten Farben ausstrahlen: Farben, die viele Schichten und Ebenen besitzen, eine vergeistigter und ätherischer als die andere.

Unsere Beziehungen zu anderen Menschen sind Farbbeziehungen. Je mehr wir uns verwandeln, desto mehr werden die anderen unsere Verwandlung bemerken. Wir werden niemals mehr einsam sein. Ist unsere Aura zu einem Ort der Schönheit geworden, in dessen Nähe sich andere wohl fühlen, werden wir von allen geliebt. Viele Menschen werden uns umringen, und selbst die Schüchternsten werden sich öffnen und sich uns mitteilen. Je mehr wir uns der Farben bewußt sind, desto mehr sind wir auch unserer selbst bewußt, und desto tiefergreifende Veränderungen werden wir erleben. Mit dieser inneren Veränderung wächst in uns das Bedürfnis, zu heilen, andere zu verstehen und in einer Welt, in der so viele Werte zerstört werden, ein sinnerfülltes und beispielhaftes Leben zu führen.

Die Menschheit ist zur Zeit im Begriff, eine neue Welt aufzubauen, eine neue Wirklichkeit, die die alte ersetzen wird: eine Wirklichkeit, in der wir für alle Völker und Religionen offen sind, eine Wirklichkeit, in der wir unsere Aura in grenzenloser Liebe erweitern. Mit dieser grenzenlosen totalen Liebe sind wir ein so integraler Teil des höheren Farbbewußtseins, daß wir ganz von seiner Kraft und Stärke durchtränkt sind. Alle Fähigkeiten stehen uns offen.

Farbbewußtsein ist eine Suche, ein Abenteuer. Es bedeutet, sich zu verlieren, nur um sich erneut zu entdecken. Es ist das größte Erlebnis, das uns je in unserem Leben widerfahren wird.

25. Yoga und Farbtherapie

Auf der physischen Ebene bewirkt Yoga eine Auffrischung der Energie des Drüsensystems und beeinflußt ferner den Kreislauf und das Lymphsystem. Yoga ist ein Prozeß, der diese wichtigen Bereiche des Körpers reinigt und damit zu Gesundheit und körperlichem Wohlbefinden beiträgt. Yoga geht jedoch noch weiter, denn es macht uns auch für eine Ebene höherer Bewußtheit offen. Letztlich wollen wir uns ein umfassenderes Feld unserer Wirklichkeit erschließen. Die eigentliche Aufgabe von Yoga besteht also darin, methodisch die Kräfte zu entfalten, die in jedem einzelnen von uns verschlossen liegen. In diesem Sinn ist auch die Bedeutung des Wortes »Yoga« zu verstehen: »Vereinigung mit allen Welten«.

Anfänglich mögen wir Yoga als eine Therapieform betrachten, als eine gesundheitsfördernde Technik, die im Körper alles an den rechten Platz rückt und betriebsfähig hält. Allerdings werden automatisch auch die Chakras und ihre Farben aktiviert, und in den Zentren wird mehr Energie erzeugt, wenn wir die Drüsen, den Kreislauf und das Lymphsystem kräftigen.

Yoga kann die unterentwickelten Bereiche des Körpers kräftigen. Um es einmal vereinfacht darzustellen: Durch Yoga wird eine eher gefühllose und unbeugsame Person zumeist weicher und verständnisvoller, während ein weichlicher und empfindlicher Mensch seine innere Stärke und Festigkeit entdecken mag. Mit anderen Worten: Yoga kräftigt die Farben in unseren Chakras, fördert damit unser Gleichgewicht und erweitert in jedem Tätigkeitsfeld unseren Wirkungskreis.

Es ist angeraten, anfänglich nicht mehr als fünfzehn Minuten pro Tag zu üben. Überschwengliche Begeisterung mag zu

Anfang mehr schaden als nützen. Tasten Sie sich langsam vor, bis Sie im Gespür haben, wie lange Sie pro Tag üben wollen.

Eine Warnung. Zwar ist es sinnvoll und nützlich, eine Yogaposition länger einzuhalten, wenn ein Chakra erschöpft oder verschmutzt ist. Eine Position zu halten, wenn die Region ohnehin schon übermäßig mit Energie aufgeladen ist, kann jedoch negative Folgen haben. Im allgemeinen ist eine Übung auch dann wirkungsvoll, wenn wir nur für einen kurzen Augenblick in der entsprechenden Stellung verharren. Normalerweise verursachen all diese Dinge kaum Probleme. Nehmen Sie wöchentlich nur eine Yogastunde, ohne zu Hause zu üben, können Jahre vergehen, ohne daß Sie sich solcher Dinge bewußt werden. Die paar Übungen und das bißchen Entspannung werden Ihre Gesundheit fördern und Sie ein wenig umgänglicher machen, so daß Sie sich einfach etwas wohler fühlen.

Üben Sie jedoch über einen gewissen Zeitraum mit größerer Ernsthaftigkeit und Regelmäßigkeit, dann werden Sie spüren, wie Sie sich innerlich wandeln. Ihr Bewußtsein bereitet sich auf einen qualitativen Sprung vor. Zu jener Zeit benötigen Sie dann auch die Führung eines erfahrenen Lehrers. Aus diesem Grund sagte ein erfahrener Yogalehrer einmal, daß niemand, der nicht mindestens zehn Jahre praktische Erfahrung gesammelt hat, Yoga unterrichten sollte.

Nebenbei bemerkt ist es sinnlos, mit Hilfe von Übungen ein Zentrum mit Energie aufladen zu wollen, wenn man sich nicht auf die Körperregion konzentriert, mit der die betreffende Übung hauptsächlich arbeitet. Ebenso unnütz ist es, sich nur zum Spaß mit einer Übung abzugeben, ohne ihren höheren Sinn zu bedenken. Sind erst einmal alle Zentren geöffnet, so brauchen wir uns über solche Dinge keine unnötigen Sorgen mehr zu machen. Da wir in der großen Mehrheit jedoch über ziemlich verschlossene Zentren verfügen, sollten wir ernsthaft an uns arbeiten. Bei geöffneten Zentren spielt die Reihenfolge der Übungen keine Rolle mehr. Da die Energien vom Scheitelzentrum her in den Körper einströmen, brauchen wir uns dann nicht mehr von der Basis des Körpers nach oben vorzuarbeiten.

Wir werden allmählich ein sicheres Gespür dafür bekommen, mit welcher Übung wir ein erschöpftes Chakra stimulieren und mit welcher anderen wir es vermeiden können, daß sich der Zustand eines schon übermäßig aufgeladenen Chakras noch verschlimmert. Fehlt es uns an Vitalität, dann wissen wir einfach, daß die Magenenergie erschöpft ist. Ist unser sexueller Appetit erloschen, so leidet die Energie des Basiszentrums unter Erschöpfung.

Mit der Entwicklung des Menschen von der Stufe der Primitivität bis zu unserer heutigen Verfeinerung haben sich natürlich auch unsere Zentren entwickelt. Wir haben infolgedessen heute viel größere Chakras als unsere Vorfahren, unsere Zentren überlappen sich viel mehr. Jede Übung, die die Energie eines bestimmten Zentrums auffrischt, muß demnach auch andere Zentren – insbesondere natürlich die unmittelbar benachbarten Zentren – stimulieren. Die Wirksamkeit einer Übung hängt außerdem davon ab, wie häufig wir praktizieren und wie lange wir die Position jeweils einhalten.

Natürlich können wir hier nicht die Farben für alle Yogaübungen angeben, die es gibt. Im folgenden Abschnitt haben wir jedoch eine Auswahl von Übungen zusammengestellt, die die Energien der sieben Hauptzentren des Körpers auffrischen. Bei jeder Übungsgruppe beginnen wir aufbauend mit den einfacheren Übungen und gehen dann zu den schwierigeren über. Diese Übungen sind der erste Schritt in Richtung auf eine intensivere Arbeit an unseren Zentren.

Sie können eine wöchentliche Yogastunde auf der ganzen Übungsfolge aufbauen oder sich aus jeder Abteilung eine Übung herauspicken und vielleicht täglich damit arbeiten. Natürlich ist der Nutzen um so größer, je mehr Sie sich bemühen.

Als Yoga im Westen eingeführt wurde, verband man es mit den Leibesübungen, um es für westliche Vorstellungen gesellschaftsfähig zu machen. Die Yogalehrer wählten hauptsächlich Übungen aus, die im Stehen geübt werden, und auch heutzutage machen diese Übungen noch den Großteil des normalen

Yoga-Unterrichts im Westen aus. Es ist allerdings oft besser, in der Horizontalen zu arbeiten. Menschen mit Haltungsschäden und Krampfadern (Sie können selbst nachprüfen, ob Sie ein Hohlkreuz haben, indem Sie sich mit dem Rücken gegen eine Wand lehnen) sollten Übungen im Stehen vermeiden. Auf der Stelle zu stehen, kann selbst bei gespreizten Beinen ungesund sein. Wer noch keinerlei Yoga-Erfahrung besitzt, und dies sind wohl die meisten unserer Leser, sollte sich deswegen zuerst den Übungen widmen, die im Sitzen oder im Liegen ausgeführt werden.

Wir müssen noch sehr viel über unseren Körper lernen. Selbst wenn die Wirbelsäule im Sitzen einem leichten Druck ausgesetzt ist, kann sich der Körper in dieser Haltung mit größerer Behutsamkeit nach vorn bewegen. Indem Sie zu Beginn vieler Übungen flach auf dem Rücken liegen müssen, werden die Schulterblätter nach innen gedrückt. Schultern und Wirbelsäule können sich ein wenig senken. Langsames Ein- und Ausatmen in dieser Lage wird Ihnen eine bessere Haltung schenken. Mathias Alexander, der Begründer der Alexander-Technik, sagte einmal, daß die meisten von uns schon allein durch die Art, in der sie sich hinsetzen, ein ganzes Leben von schlechten Gewohnheiten anhäufen. Wir brauchen eine Menge Bodenübungen, um uns davon zu befreien.

Meiden Sie überfüllte Yoga-Klassen, bei denen der Lehrer unmöglich auf die Bedürfnisse des einzelnen eingehen und ebenfalls nicht die persönlichen Veränderungen bemerken kann. Gute Lehrer machen keine Werbung. Man findet sie. Also, schauen Sie sich um. Machen Sie eine Stunde zur Probe mit, bevor Sie sich endgültig verpflichten. Beachten Sie, was geschieht. Fühlen Sie sich hinterher geschlechtlich zu erregt? Sind die Schüler freundlich und aufgeschlossen? Arbeiten Sie zu Hause an Ihren Übungen? Hatha-Yoga ist für den Anfang die beste Disziplin. Es ist der Zweig des Yoga-Systems, der sich mit dem physischen Körper – seiner Gesundheit, seinem Wohlbefinden, seiner Widerstandskraft – beschäftigt.

Sind unsere Muskeln stark und geschmeidig geworden, strömt jede Bewegung wie Wellen durch den Körper. Je besser Sie in Form sind, desto weniger Übung haben Sie nötig.

Versuchen Sie außerdem, gesünder zu essen. Setzen Sie alle Dosennahrung vom Speiseplan ab. Essen Sie viele verschiedene Früchte und Gemüse, und nehmen Sie weniger Kaffee, Kuchen und Schokolade zu sich. Trinken Sie viel Wasser und Fruchtsäfte. Bewegung rüttelt die Giftstoffe auf, die sich in ungesundem Blut abgesetzt haben. Verzichten Sie jedoch nicht auf Fleischgenuß, bevor Sie nicht das Gefühl haben, daß sich Ihr gesamtes System umstellt. Wenn sich Ihr System endgültig zu reinigen beginnt, werden Sie möglicherweise feststellen, daß Fleisch zu schwer verdaulich ist und Sie deswegen vegetarische Kost bevorzugen.

Üben Sie frühestens zwei Stunden, nachdem Sie etwas gegessen haben.

Üben Sie niemals nach dem Sonnenbaden.

Atmen Sie durch die Nase. Legen Sie, um das rechte Nasenloch zu säubern, die rechte Hand unter die rechte Achselhöhle, und pressen Sie den linken Ellenbogen gegen den Körper. Wiederholen Sie dies umgekehrt für das linke Nasenloch.

Üben Sie auf einer Matte oder Unterlage, damit der Körper einen besseren Halt hat.

Tragen Sie bequeme lockere Kleidung, vorzugsweise ein Trikot.

Legen Sie sämtlichen Schmuck, Brille und Armbanduhr ab.

Entspannen Sie sich vor und nach jeder Übung.

Geben Sie eine Übung auf, sobald Sie das leiseste körperliche Unbehagen verspüren. Denken Sie daran: Yoga ist kein Wettkampf!

Die Menschen früherer Epochen waren in natürlicher Weise biegsam und geschmeidig. Unser bequemer Lebensstil macht dies unmöglich. So sind zum Beispiel unsere Hüften durch das Sitzen in Sesseln aus ihrer natürlichen Form gebogen worden. Deshalb sollten Sie niemals ohne vorherige Auflockerung zu üben beginnen. Legen Sie sich vor jeder Übungsstunde flach auf den Rücken, und strecken Sie sich.

Kontrahieren und entspannen Sie danach systematisch alle Muskeln des Körpers von den Zehenspitzen bis zum Kopf, und vergessen Sie dabei nicht die Arme und Beine, indem Sie sie leicht schütteln.

Strengen Sie sich nicht im geringsten an, wenn Sie sich dann in einem ersten Versuch in eine Übung hineinbegeben. Lassen Sie beim zweiten Versuch noch mehr los. Beim dritten Versuch können Sie sich dann ein bißchen anstrengen.

Versuchen Sie keine Position mehr als dreimal. Allmählich werden Sie ein Gefühl dafür bekommen und instinktiv wissen, wieviel Belastung Sie nötig haben.

Wenn Sie das Gefühl haben, daß ein oder zwei Zentren mehr erschöpft sind als die anderen, so sollten Sie täglich mit Übungen aus den entsprechenden Abteilungen daran arbeiten. Noch wichtiger ist allerdings, daß Sie die Übungen der gesamten Abteilung auslassen, sobald Sie bemerken, daß das entsprechende Zentrum bereits übermäßig aufgeladen ist.

Denken Sie schließlich daran, daß sich die gewünschte Wirkung nur dann einstellen kann, wenn Sie sich beim Üben auf die Körperregion konzentrieren, die mit dieser Übung bearbeitet werden soll.

Aktivierung des roten Zentrums

1. Legen Sie sich flach auf den Rücken und richten Sie ein Bein möglichst gestreckt nach oben. Beugen Sie dieses Bein, so daß Sie mit dem Knie die Brust berühren. Das andere Bein liegt dabei weiterhin in ganzer Länge auf dem Boden auf. Halten Sie das Knie, wenn notwendig mit beiden Händen, und führen Sie es zur Brust. Heben Sie nun beim Einatmen den Kopf, bis Sie mit der Stirn das Knie berühren. Verharren Sie für einen Augenblick in dieser Stellung und lassen Sie den Kopf dann beim Ausatmen zurücksinken. Wiederholen Sie die Übung mit dem anderen Bein. Heben Sie zum Abschluß beide Beine zusammen beim Einatmen und pressen Sie die Knie beim Ausatmen gegen den Oberkörper.

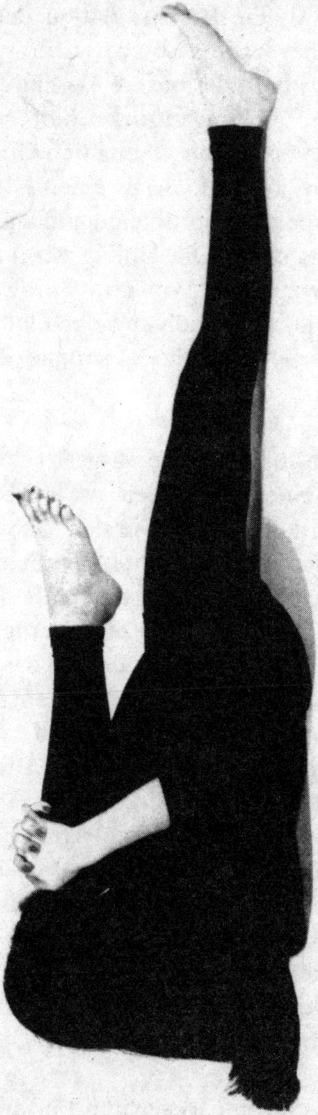

Diese Übung aktiviert die Wirbelsäulenbasis. Das Anheben der Beine zieht das Blut nach unten und entlastet die Venen. Gleichzeitig regt es die Blutzirkulation der Magenbasis an. Ein amerikanischer orthopädischer Chirurg äußerte einmal die Überzeugung, daß alle unsere Beschwerden und Gebrechen auf schlechte Haltung zurückzuführen seien. Die Unfähigkeit, bei dieser einfachen Übung den Oberkörper mit dem Knie zu berühren, können wir als einen Hinweis auf die Gefahr späterer Wirbelsäulenprobleme und anderer körperlicher Beschwerden verstehen. Die Übung verhindert Verstopfung und befreit von versetzten Winden.

Kräftigen Sie nach Beendigung der Übung die Bein- und Magenmuskulatur, indem Sie sich ohne Zuhilfenahme der Hände aufrichten.

2. Setzen Sie sich, beide Beine ausgestreckt, auf den Boden. Ziehen Sie die Beine dann soweit an, daß Sie mit den Fersen das Gesäß berühren. Lehnen Sie den Oberkörper ein wenig zurück und strecken Sie das rechte Bein beim Einatmen hoch, bis es voll durchgestreckt ist. Strecken Sie dabei ebenfalls die Arme nach vorn. Verharren Sie einige Augenblicke in dieser Position, und senken Sie die Hände und das rechte Bein dann gemeinsam beim Ausatmen. Wiederholen Sie die Übung mit dem anderen Bein. Heben Sie schließlich, ohne das Gleichgewicht zu verlieren, beide Beine beim Einatmen möglichst durchgestreckt in die Höhe. Strecken Sie Ihre Arme parallel zum Boden aus. Strecken Sie Ihre Arme, als würden Sie sie liebevoll einem Kind öffnen – nicht, als wollten Sie jemanden angreifen. Senken Sie Arme und Beine mit der Ausatmung.

Diese Übung kräftigt die KniefIechsen, stärkt das Gleichgewicht und stimuliert die Muskulatur der Oberschenkel und des Unterleibs. Sie vermindert nervöse Verspannungen und kräftigt die Verdauung.

3. Stellen Sie im Sitzen den rechten Fuß links neben das am Boden ausgestreckte linke Bein, so daß die Sohle des rechten Fußes an der Außenseite des linken Knies auf dem Boden

aufliegt. Streichen Sie mit der rechten Hand beim Einatmen vom Knie abwärts über das rechte Schienbein bis zum Fußspann, greifen Sie den Spann des rechten Fußes und strecken Sie das Bein dann so gerade ausgestreckt wie möglich nach rechts. Verharren Sie einen Augenblick in dieser Position und führen Sie das Bein beim Ausatmen dann zu seiner Ausgangsposition zurück. Tun Sie dies noch ein oder zweimal, bevor Sie die Übung mit dem linken Bein wiederholen.

Ziehen Sie nun beim Einatmen beide Beine an, fassen Sie mit den Händen je einen Fuß und heben Sie beide Beine so gestreckt wie möglich in die Höhe, indem Sie in vollem Gleichgewicht auf Ihrem Gesäß ruhen. Senken Sie die Beine ganz langsam beim Ausatmen und beugen Sie die Knie, damit Sie den Boden mit den Fußsohlen berühren. Wer in seiner Übung schon ein wenig erfahrener ist, kann diese Position des Gleichgewichts für einige Atemzüge halten.

Diese Übung kräftigt das Gleichgewicht, streckt die Knieflechsen und stimuliert die Innenseiten der Oberschenkel.

4. Winkeln Sie das rechte Bein an. Heben Sie es und führen Sie es nach hinten, indem Sie den rechten Fuß mit Ihrer linken Hand halten und den rechten Arm von innen unter den Kniekehlen durchführen. Pressen Sie den Oberschenkel ein wenig nach hinten. Sitzen Sie nun ganz entspannt in dieser Position. Atmen Sie ein, und versuchen Sie dann, beim Ausatmen den Fuß so nahe wie möglich an Ihren Scheitel heranzuführen. Senken Sie das Bein entspannt in die Ausgangsposition. Atmen Sie wiederum ein, und führen Sie den Fuß beim Ausatmen diesmal so nahe wie möglich an die Stirn heran. Beim dritten Ausatmen führen Sie ihn zur linken Hüfte. Legen Sie zum Abschluß den Fuß auf den linken Oberschenkel und wippen Sie das Knie einige Male auf und ab. Drücken Sie dabei das Knie niemals mit der Hand von oben. Stützen Sie das Knie vielmehr von unten mit der Hand, und lassen Sie das Knie die Hand ein wenig nach unten drücken. Wiederholen Sie die Übung mit dem anderen Bein.

Lehnen Sie sich dann, um besser das Gleichgewicht wahren

zu können, ein wenig nach hinten, heben Sie beide Beine an, so daß das Gewicht gleichmäßig auf das Gesäß verteilt ist. Führen Sie die Arme von innen unter den Kniekehlen hindurch, bis die Knie bequem auf der Armbeuge aufliegen. Öffnen Sie die Arme so weit wie möglich nach beiden Seiten, so daß sich auch die Oberschenkel noch weiter öffnen. Halten Sie diese Position so lange wie möglich. Schauen Sie mit sanftem Blick auf einen festen Punkt. Dies hilft Ihnen, das Gleichgewicht zu wahren.

Alle diese Übungen sind Vorbereitungen für den vollen Lotossitz, die ideale Übung für die Fortpflanzungsregion.

5. Setzen Sie sich auf den Boden und kreuzen Sie die Füße kurz vor dem Körper. Bewegen Sie nun, indem Sie sich mit den Händen abstützen, Ihr Gesäß so nahe wie möglich an die Fersen heran. Die verschiedenen Lotospositionen füllen mit den Füßen die unteren Bauchpartien mit Energie auf und un-

terbrechen die Zirkulation an den beiden Seiten des Körpers. Zuerst sollten wir den halben Lotossitz versuchen.

Heben Sie einen Fuß Ihrer gekreuzt liegenden Beine an, so daß er mit nach oben gekehrter Sohle auf dem Oberschenkel des anderen Beines aufliegt. Tun Sie dies abwechselnd mit beiden Füßen, um die Zirkulation abwechselnd auf beiden Seiten zu unterbrechen.

Nun folgt der volle Lotossitz: Legen Sie den rechten Fuß gegen die linke Leiste. Fassen Sie das linke Fußgelenk und führen Sie den Fuß zur rechten Leiste. Nehmen Sie sich viel Zeit und drücken Sie die Knie in keinem Fall mit den Händen gewaltsam nach unten. Die Hände ruhen mit nach oben oder nach unten gekehrten Handflächen auf den Knien; der Zeigefinger berührt das erste Daumengelenk und die übrigen Finger sind ausgestreckt. Aber Ihre Hände werden Ihnen bald

selbst zu verstehen geben, welche Haltung Sie einnehmen wollen.

6. Setzen Sie sich im Lotossitz oder einfach nur mit gekreuzten Beinen nieder. Lassen Sie die Energie zum Kopf aufsteigen, indem Sie sich beim Einatmen strecken, mit den Händen aufwärts über den Körper streichen und sich ein wenig nach hinten lehnen. Bewegen Sie beim Ausatmen den Oberkörper in möglichst gerader Haltung auf das rechte Knie zu, das Sie mit den Händen umfassen. Wiederholen Sie diesen Ablauf mit Beugung in Richtung auf das linke Knie. Führen Sie die Hände danach wieder beim Einatmen am Körper nach oben und beugen Sie den Kopf beim Ausatmen so weit wie möglich zwischen die Knie nach vorn. Sie können sich dabei mit den Händen abstützen, wenn dies nötig ist.

Sitzen Sie nun, nachdem Ihnen diese Positionen geläufig

sind, gerade und aufrecht und verschränken Sie die Hände mit gestreckten Armen hinter dem Kopf. Beugen Sie den Oberkörper beim Einatmen langsam nach vorn bis die Stirn den Boden berührt oder ihm zumindest sehr nahe kommt. Die Arme heben sich dabei möglichst weit nach oben. Kehren Sie beim Ausatmen ganz langsam zur Ausgangsposition zurück.

Haben Sie das Gefühl, daß Ihre Energien in dieser Region zu stark aufgeladen sind, sollten Sie alle Übungen vermeiden, bei denen die Füße an die Leistengegend herangeführt werden, denn die Energien der Füße sorgen für einen Energieschub in dieser Gegend. Üben Sie keinen Druck auf die Leistengegend aus und unterbrechen Sie nicht die Blutzirkulation.

Für den Fall, daß Sie an schwerwiegenderen Rückenbeschwerden leiden und diese Übungen nicht ausführen wollen, können Sie dem roten Zentrum mit der folgenden einfachen Übung Energie zuführen: Setzen Sie sich aufrecht in einen bequemen Stuhl, und heben Sie die gestreckten Beine.

Aktivierung des orangefarbenen Zentrums

Wenn wir die Beine im Sitzen – entweder einzeln oder beide zusammen – auf dem Boden nach vorn strecken, bewirken wir, daß das rote Zentrum ein wenig Energie verliert. Die Energie wird außerdem aus dem roten Zentrum getrieben, wenn wir uns nach vorn beugen. Mit dieser Haltung laden wir jedoch gleichzeitig die Verdauungsregion mit Energie auf.

1. Setzen Sie sich mit nach vorn gestreckten Beinen nieder. Winkeln Sie das rechte Bein an, so daß der rechte Fuß neben dem Knie des linken Beins steht. Lassen Sie das Knie zur Seite fallen und neigen Sie den Oberkörper ein wenig in Richtung auf das rechte Knie. Verschränken Sie die Finger in Höhe des Kreuzbeins hinter dem Rücken und bewegen Sie den Rumpf nach vorn, wobei Sie die Ferse möglichst nahe an den Rumpf heranziehen.

Führen Sie dabei beim Einatmen die Hände über das Bein und den Oberkörper. Lehnen Sie sich ein wenig nach hinten, strecken Sie sich und beugen Sie sich beim Ausatmen nach vorn über das Knie. Entspannen Sie sich sanft. Legen Sie nun die linke Hand unter das linke Fußgelenk oder an einer bequemen Stelle unter das linke Bein, und öffnen Sie beim Ausatmen den anderen Arm, indem Sie sich nach hinten strecken. Halten Sie diese Stellung für einige Augenblicke, und beugen Sie sich dann beim Ausatmen nach vorn. Versuchen Sie, diesmal ein wenig tiefer zu kommen, jedoch ohne irgend etwas erzwingen zu wollen. Wiederholen Sie die Übung mit der anderen Körperseite.

Können Sie diese Übung schließlich mühelos ausführen, so legen Sie nun den Fuß wie beim halben Lotossitz nahe der Leistengegend auf den Oberschenkel und beugen sich nach der gleichen Methode nach vorn.

Legen Sie nun beide Beine ausgestreckt nebeneinander. Winkeln Sie, wenn notwendig, die Knie ein wenig an. Atmen Sie langsam, und lassen Sie die Hände über die Beine nach unten gleiten. Die Ellbogen sind dabei leicht nach innen gedrückt. Dehnen Sie den Oberkörper aus dem Becken heraus nach oben, strecken Sie sich ein wenig nach hinten, und beugen Sie beim Ausatmen den Oberkörper schließlich nach vorn, so daß er entspannt und mühelos auf den Beinen ruht. Wiederholen Sie dies mehrmals.

Können Sie mit der Stirn dabei ganz mühelos die Knie berühren, sollten Sie die folgenden Variationen versuchen:

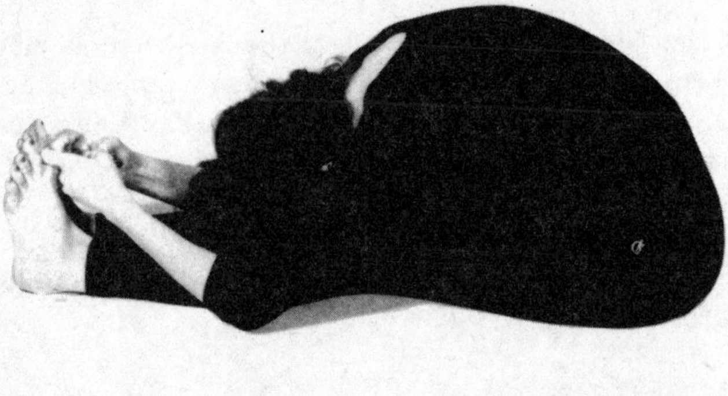

a) Verschränken Sie, bevor Sie die Hände nach vorn strekken, die Finger. Legen Sie, wenn Sie sich dann langsam nach vorn gebeugt haben, die Hände über die Füße, und lassen Sie den Oberkörper parallel zu den Beinen ruhen. Fassen Sie die Zehen, und ziehen Sie den Oberkörper, ohne ihn zu krümmen, aus den Ellbogen zu den Beinen herab, bis die Stirn die Knie berührt. Die Beine sollten dabei flach ausgestreckt auf dem Boden liegen.

Diese Übung kräftigt die Organe in der Bauchhöhle. Außerdem wirkt sie sich heilsam auf Blase und Prostata aus.

b) Falten Sie die Hände hinter dem Rücken, und beugen Sie sich beim Ausatmen aus der Hüfte nach vorn, bis Sie mit der Nase zum Knie kommen und die Arme hinter Ihnen so hoch wie möglich gestreckt sind. Entspannen Sie die Rückenmuskulatur und atmen Sie ganz langsam und entspannt.

2. Die folgende Übung frischt nicht nur die Energien des orangefarbenen Zentrums, sondern darüber hinaus auch noch das rote und das gelbe Zentrum auf. Da der Energieschub an dem Ort auftritt, auf den Sie während der Übung Ihre Aufmerksamkeit lenken, sollten Sie sich bei der Ausführung auf die Magengegend konzentrieren.

Bewegen Sie sich wie eine Katze auf allen vieren. Die Hände und die Knie sind dabei in Schulterbreite auf den Boden

aufgesetzt. Lassen Sie beim Einatmen die Wirbelsäule so tief wie möglich einsinken, und heben Sie dabei gleichzeitig den Kopf in die Höhe. Neigen Sie beim Ausatmen den Kopf nach vorn, und biegen Sie die Wirbelsäule so weit wie möglich nach oben. Ziehen Sie dabei den Schließmuskel zusammen. Wiederholen Sie diese Übung mehrmals.

Berühren Sie in einer Variation dieser Übung beim Einatmen mit dem Kinn den Boden zwischen den Händen.

Diese Übung macht Wirbelsäule, Nacken und Schultern elastischer und lindert menstruationsbedingte Probleme.

3. Heben Sie nun aus derselben Ausgangsposition wie bei der vorangegangenen Übung beim Einatmen ein Knie, und ziehen Sie es – die Augen sind dabei geradeaus nach vorn gerichtet – so nahe wie möglich an die Brust heran. Neigen Sie Ihren Kopf, so daß Sie das Knie anschauen und es mit der Nase berühren können. Strecken Sie das Bein beim Ausatmen nach hinten. Winkeln Sie das Knie schließlich an, und heben Sie das

Bein so hoch, wie es geht. Strecken Sie den Kopf dabei nach hinten, und schauen Sie an die Decke. Kehren Sie langsam zur Ausgangsposition zurück, und wiederholen Sie die Übung mit dem anderen Bein. Entspannen Sie bei der Übung den gesamten Körper, und konzentrieren Sie sich auf seine fließende Bewegung, die die Wirbelsäule, den Ischiasnerv und die weiblichen Fortpflanzungsorgane fördert.

Heben Sie in einer Abwandlung dieser Übung mit dem linken Bein die rechte und mit dem rechten Bein die linke Hand.

4. Richten Sie sich aus der vorangegangenen »Katzen«-Position auf den Knien auf. Strecken Sie sich mit nach oben gestreckten oder auf den Hüften aufliegenden Händen, wobei Sie den Oberkörper ein wenig vor- und zurückpendeln lassen. Dadurch werden die Oberschenkel gekräftigt.

Hocken Sie sich dann mit dem Gesäß auf die Fersen. Die Knie liegen dicht beieinander. Pressen Sie das Gesäß ein wenig zusammen, richten Sie sich wieder auf, und neigen Sie sich nach hinten.

Fällt Ihnen dies mit der Zeit immer leichter, da Ihre Oberschenkel immer kräftiger werden, neigen Sie sich schließlich so weit nach hinten, daß Sie auf die Arme und Ellbogen gestützt mit dem Kopf den Boden berühren und der Rücken in einem vollen Bogen gewölbt ist. Können Sie diese Position schließlich mühelos halten, stützen Sie sich mit den Händen ab und senken den Nacken und Hals, bis Sie mit den Schultern auf dem Boden aufliegen (s. Abb. S. 186). Die Knie müssen dabei ebenfalls auf dem Boden bleiben. Konzentrieren Sie sich auf den Unterleib oder den Atem, und halten Sie diese Position für einige Augenblicke. Heben Sie schließlich mit Hilfe der Arme und Ellbogen den Oberkörper wieder an. Sind die Oberschenkel dann genug gekräftigt, können Sie sich sogar erheben, ohne die Hände zu Hilfe zu nehmen.

Bei dieser Übung wird auch aus den Füßen Energie auf die Region des Orange-Zentrums gerichtet, um Verstopfung und Schwäche im Unterleib zu beseitigen.

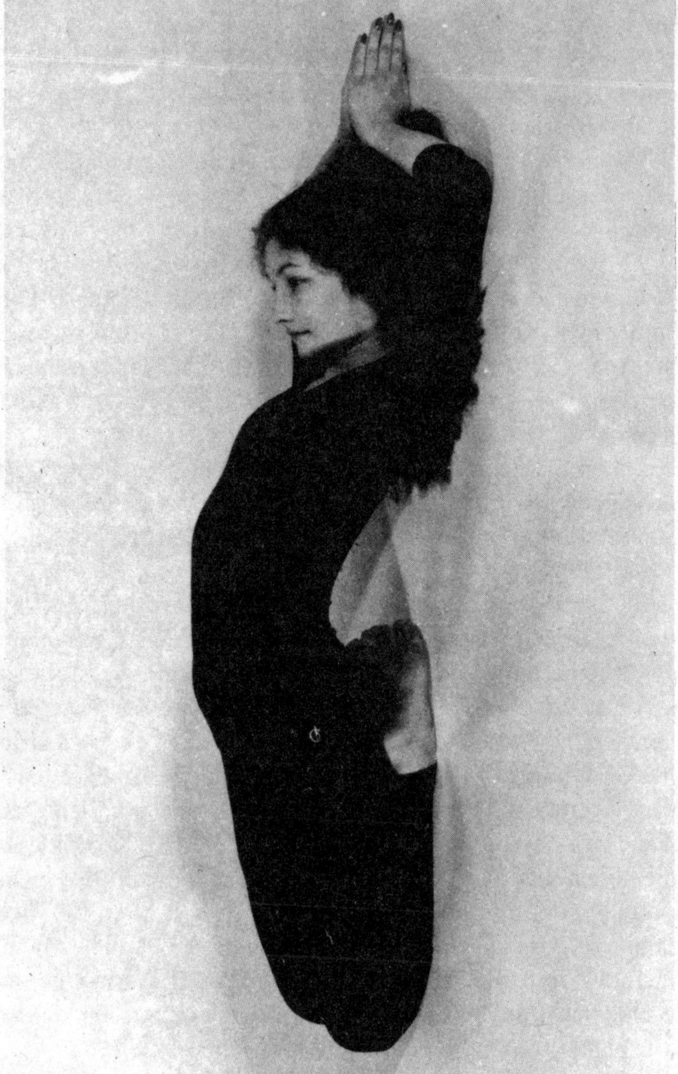

Aktivierung des gelben Zentrums

Das zwischen dem Herzen und dem Magen liegende gelbe Zentrum ist eines der am meisten mißbrauchten Zentren im Körper. Heute hat fast jedermann eine schlaffe Haltung. Die Zentren des Herzens und des Geistes sind jedoch so aufeinander abgestimmt, daß sie beide nicht richtig funktionieren können, wenn die Wirbelsäule in ihrer Bewegung und Wirkung gehemmt ist. Wer sich aufrecht und gerade hält, befreit sich automatisch von Spannungen zwischen dem Geist und den Emotionen. Indem wir den gesamten Oberkörper nach vorn beugen, können wir jene Wirbelsäulenpartie öffnen, in der das gelbe Zentrum wirksam ist.

1. Beugen Sie den Oberkörper aus der knienden Position nach vorn. Strecken Sie die Hände weit nach vorn, so daß sich der gesamte Oberkörper dehnen kann. Führen Sie beim Einatmen die Hände mit nach oben gewandten Handflächen nach hinten, so daß sie neben den Füßen zu liegen kommen, und senken Sie das Gesäß auf die Fersen. Senken Sie beim Ausatmen den Kopf, so daß er vor den Knien zu liegen kommt. Ruhen Sie in dieser Position für einige Augenblicke (s. Abb. S. 188). Legen Sie dann die Hände vor sich übereinander, und legen Sie die Stirn auf den Rücken der oberen Hand. Schließen Sie die Augen, entspannen Sie sich, indem Sie so Ihren Nacken stützen.

Diese Position entfaltet nur langsam ihre Wirkung und kann länger eingehalten werden als die meisten anderen. Sie ist gut bei Beschwerden im unteren Teil der Wirbelsäule und bei Hexenschuß.

2. Setzen Sie sich gerade und aufrecht mit ausgestreckten Beinen auf den Boden. Legen Sie die Füße dicht nebeneinander. Lehnen Sie sich zurück, und stützen Sie sich auf die Hände (je weiter hinten die Hände aufkommen, desto schwerer ist die Position zu halten). Heben Sie beim Einatmen das Gesäß und pressen Sie den Schließmuskel leicht zusammen. Halten Sie

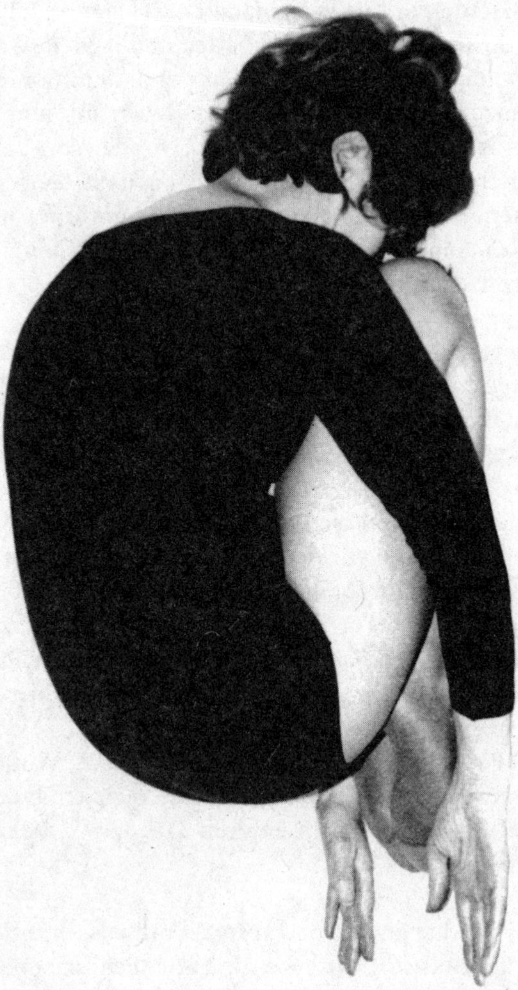

diese Stellung für einige Augenblicke und senken Sie das Gesäß schließlich mit dem Ausatmen.

Fällt Ihnen diese Übung erst einmal leicht, dann können Sie gleichzeitig mit dem Gesäß auch noch ein Bein anheben.

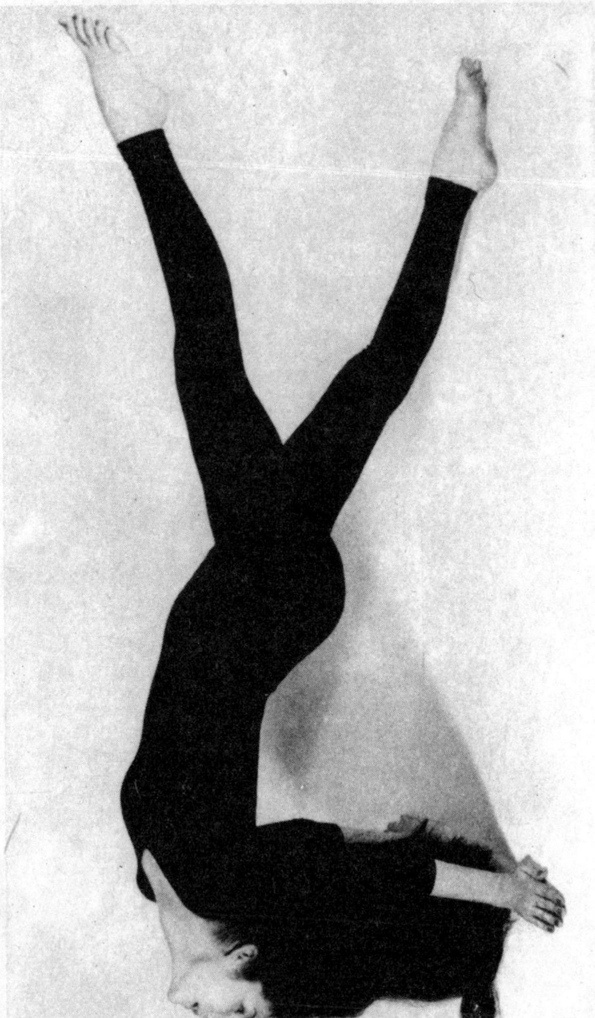

Eine zweite Variante besteht darin, daß Sie abwechselnd einen Fuß auf den gegenüberliegenden Oberschenkel auflegen und dann das Gesäß anheben.

Diese Übung kann mit geschlossenen und leicht geöffneten Beinen geübt werden.

3. Aus der Ausgangsposition der vorangegangenen Übung (wobei Sie die Beine jedoch weiter öffnen), winkeln Sie nun die Knie an, heben dabei das Gesäß an und lassen den Kopf ein wenig zurückfallen. Lassen Sie sich langsam wieder herab. Wiederholen Sie die Übung, doch legen Sie sich nun auf den Rücken, und strecken Sie die Arme hinter sich. Die Knie bleiben angewinkelt, die Fußsohlen ruhen auf dem Boden. Führen Sie nun die Fersen in ungefähr dreißig Zentimetern Abstand voneinander an das Gesäß heran. Setzen Sie die Handflächen neben dem Kopf auf den Boden. Die Fingerspitzen sollten dabei in Richtung auf die Schultern zeigen. Drükken Sie sich nach oben, bis das Gewicht des Oberkörpers auf der Schädelkrone ruht. Lassen Sie sich langsam wieder herab, bis Hinterkopf und Nacken auf dem Boden aufliegen. Führen

Sie die Hände unter die Hüften, und lassen Sie die Beine in kleinen Schritten herab, bis der ganze Körper auf dem Boden ruht.

Schließlich sollten Sie sich darum bemühen, sich so weit nach oben zu drücken, daß Arme und Beine möglichst gestreckt sind und der Oberkörper einen vollen Bogen beschreibt.

Diese Übung fördert Nerven- und Drüsensystem.

4. Legen Sie sich auf den Bauch. Beugen Sie die Knie beim Einatmen, und fassen Sie die Fußgelenke mit den Händen. Spannen Sie die Beinmuskeln an, und wölben Sie den Rücken. Heben Sie Kopf und Brust an, und ziehen Sie mit gestreckten Armen die Oberschenkel so weit wie möglich vom Boden. Kehren Sie mit dem Ausatmen langsam in die Ausgangslage zurück.

Können Sie die durchgestreckte Position einmal mühelos einhalten, so schaukeln Sie beim Aus- und Einatmen wie ein Schaukelstuhl vor und zurück. Konzentrieren Sie sich dabei auf Unterleib oder Rücken.

Diese Übung stellt eine kraftvolle Massage der Unterleibsorgane und -muskeln dar. Daß die Hände und Füße dabei über dem gelben Zentrum lokalisiert sind, verstärkt diese Energie noch mehr.

5. Legen Sie sich mit dem Gesicht nach unten flach auf den Boden. Die Füße berühren den Boden mit dem Spann, und die Arme sind dicht neben dem Körper ausgestreckt. Stützen Sie den Kopf nun mit dem Kinn auf dem Boden ab. Atmen Sie ein, und heben Sie beim Ausatmen die Beine so weit wie möglich vom Boden ab, ohne sie dabei einzuknicken (s. Abb. S. 194). Ziehen Sie die Gesäß- und Oberschenkelmuskeln zusammen, und versuchen Sie, die Beine geschlossen zu halten. Halten Sie diese Stellung so lange, wie es ohne zu große Mühe geht, und lassen Sie die Beine dann langsam herab. Entspannen Sie sich vollkommen.

Zu Anfang sollten Sie die geballten Fäuste so weit wie möglich unter die Oberschenkel schieben und mit ihrer Hilfe jeweils ein Bein anheben. Sind Sie in der Lage, dies mühelos auszuführen, so können Sie beide Beine mit den Fäusten hochdrücken. Schließlich können Sie die Beine ohne Hilfe der Hände heben.

Diese Übung ist gut für die Hüften, den Unterleib, das Becken und die unteren Rückenpartien.

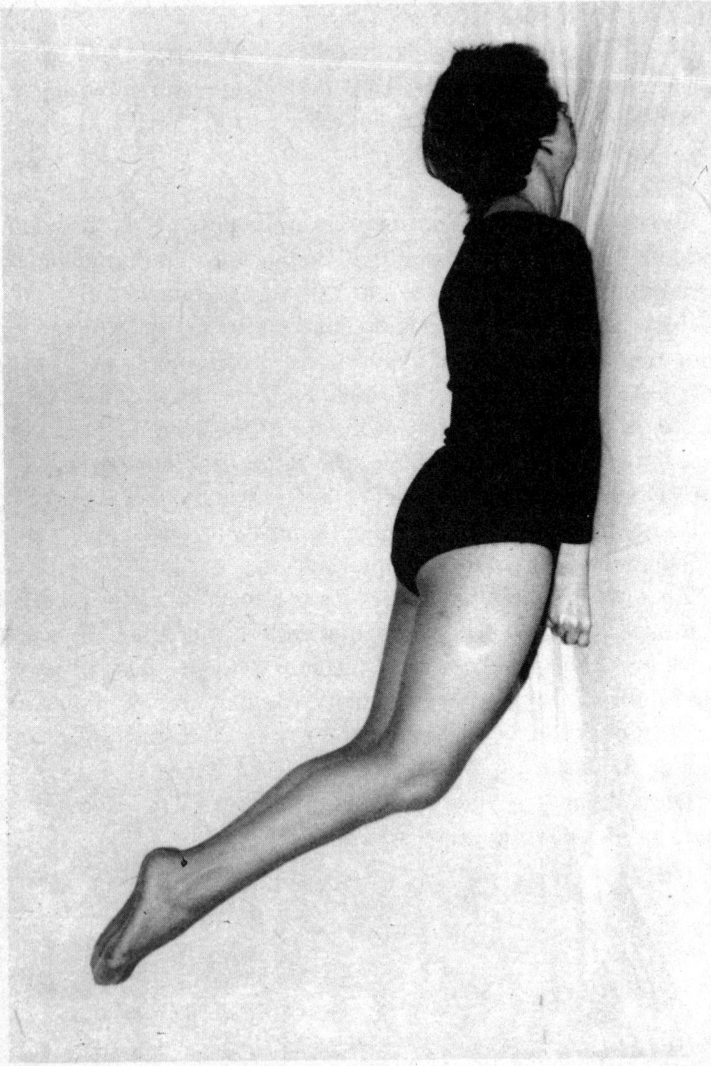

Aktivierung des grünen Zentrums

Die förderlichste Übung für die Herzgegend ist die seitliche Drehung.

1. Setzen Sie den rechten Fuß links neben dem linken Knie auf den Boden, wobei Sie das rechte Knie mit der rechten Hand halten. Umfassen Sie es nun mit beiden Händen und führen Sie das Kinn zum Knie. Heben Sie beim Einatmen den Kopf und strecken Sie dann den linken Arm beim Ausatmen in einer weiten Kreisbewegung nach hinten, so daß sich auch der Oberkörper dabei so weit wie möglich nach hinten dreht. Halten Sie diese Stellung für einen Moment, und führen Sie den Arm dann beim Einatmen in seine Ausgangslage zurück. Führen Sie das Kinn beim Ausatmen wieder zum Knie, und

wiederholen Sie die Übung noch zwei- bis dreimal. Führen Sie die Übung schließlich in der anderen Richtung aus.

Fassen Sie in einer Erweiterung dieser Übung mit der rechten Hand links am rechten Knie vorbei den rechten großen Zeh, und strecken Sie sich nach hinten. Solange Ihre Wirbelsäule noch nicht besonders elastisch ist, sollten Sie sich jedoch nicht an dieser schwierigen Variation versuchen.

2. Setzen Sie sich wiederum mit ausgestreckten Beinen nieder. Stellen Sie den rechten Fuß links neben dem linken Knie auf den Boden. Führen Sie die linke Ferse gegen die rechte Hin-

terbacke. Das rechte Knie sollte so nahe wie möglich neben der rechten Achselhöhle stehen. Führen Sie den rechten Arm von links unter dem rechten Knie hindurch, so daß die rechte Schulter das rechte Knie berührt. Führen Sie den linken Arm dann nach hinten, und versuchen Sie, mit der linken Hand die rechte zu fassen. Drehen Sie Rücken und Hals, so weit wie es Ihnen ohne Anstrengung möglich ist, nach links. Wiederholen Sie die Übung nach der anderen Seite.

Dies ist eine ausgezeichnete Übung für die Wirbel und für die Nervenenden an der Wirbelsäule.

3. Legen Sie sich mit eng anliegenden Armen auf den Rücken. Heben Sie den Oberkörper mit Hilfe der Ellbogen an, so daß sich die Wirbelsäule ein wenig wölbt. Lassen Sie den Kopf nach hinten fallen, bis Sie mit dem Scheitel den Boden berühren. Führen Sie die Hände in der Gebetshaltung zur Brust. Zu Anfang sollten Sie die Beine flach auf dem Boden ausgestreckt lassen, später können Sie sie ein wenig anheben (s. Abb. S. 197). Atmen Sie tief und langsam, und halten Sie diese Position so lange wie möglich. Lassen Sie die Beine herab, und führen Sie Oberkörper und Nacken auf die Ellbogen gestützt in eine entspannte Lage zurück.

Diese Übung streckt den Darm und die Organe im Unterleib. Die Neben-Chakras in den Ellbogen verstärken die Energie, die zum Herzzentrum gesandt wird.

4. Ausgangsposition für die folgende Übung ist der volle Lotossitz. Können Sie den Lotossitz noch nicht einnehmen, brauchen Sie die Beine nur zu kreuzen. Indem Sie sich auf die Ellbogen stützen, lehnen Sie sich nach hinten, bis Sie mit dem Scheitel den Boden berühren. Sind Sie vom Lotossitz ausgegangen, führen Sie die Hände nun nach vorn, bis Sie beide großen Zehen fassen können (haben Sie die Beine nur gekreuzt, legen Sie die Hände auf die Oberschenkel), und versuchen mit den Ellbogen den Boden zu berühren. Versuchen Sie, den Rücken so weit wie möglich nach oben zu wölben,

denn der Energieschub fließt vornehmlich in die erhobenen Körperpartien.

Diese Übung streckt den Darm und die anderen Organe im Unterleib. Außerdem fördert sie die Tiefenatmung.

5. Knien Sie in aufrechter Haltung, und heben Sie beim Einatmen langsam die gestreckten Arme in eine senkrechte Position. Führen Sie sie beim Ausatmen dann mit leicht nach hinten gebogenen Fingern noch weiter zurück, bis der Rumpf so weit wie möglich nach hinten gewölbt ist (s. Abb. S. 200). Führen Sie den Körper beim Einatmen wieder in die Senkrechte, und lassen Sie ihn beim Ausatmen leicht nach vorn fallen.

6. Knien Sie nieder, so daß der Spann beider Füße den Boden berührt. Die Knie sind etwa zwei Faustbreiten voneinander entfernt. Neigen Sie sich nach hinten, strecken Sie die Arme in Verlängerung des Rumpfes nach hinten, und setzen Sie die Hände auf die Fersen. Dehnen Sie den Nacken, und strecken Sie sich so weit wie möglich nach hinten. Die Hüften hingegen sind eher ein wenig nach vorn gestreckt. Kehren Sie langsam in die Ausgangsposition zurück.

Diese Übung fördert die Verdauung und Ausscheidung sowie die Fortpflanzungsorgane. Sie streckt den Magen und den Darm, hilft gegen Verstopfung und Hexenschuß, bei Rundrücken und Rückenschmerzen.

Aktivierung des blauen Zentrums

Die meisten von uns leiden an verspannten Schultern und brauchen deswegen Übungen, die das Kinn abwechselnd vor und zurück pressen. Wer jedoch an einer Schilddrüsenüberfunktion leidet und zudem Untergewicht hat, sollte diese Übungen, die die damit verbundenen Probleme noch verstärken können, vermeiden, solange er nicht von starken Hals- und Nackenbeschwerden geplagt wird.

1. Legen Sie sich flach auf den Bauch. Strecken Sie die Hände nach vorn, und dehnen Sie die Arme in ihrer ganzen Länge. Legen Sie die Hände, die Handflächen nach unten gewendet, übereinander, und stützen Sie damit das Kinn. Dehnen Sie mit Hilfe der Hände Ihren Nacken, und strecken Sie sich. Heben Sie dann den Oberkörper, ohne sich auf die Hände zu stützen. Sie heben einfach die Hände und die Ellbogen gemeinsam mit dem Kinn vom Boden ab. Haben Sie bei dieser Aufwärtsbewegung den höchsten Punkt erreicht, an dem Sie den Oberkörper halten können, ohne zurückzufallen, nehmen Sie die Hände auseinander und lassen sie wieder den Boden berühren, ohne den Oberkörper dabei zu senken. Neigen Sie den Kopf nach vorn, so daß der Nacken vollkommen gestreckt ist, und lassen Sie den Oberkörper in einem Bogen zum Boden zurückkommen, bis Sie mit der Stirn den Boden berühren. Heben Sie dann beim Einatmen wiederum Kopf und Hände so hoch, wie es Ihnen möglich ist. Um noch höher zu kommen, setzen Sie die Handflächen wieder auf den Boden und drükken den Oberkörper weiter zurück. Heben Sie jedoch unter keinen Umständen die Hüften vom Boden ab, und vermeiden Sie es, die Arme durchzudrücken, solange Sie noch nicht in

der Lage sind, sich weit nach hinten zu lehnen. Kommen Sie langsam mit dem Ausatmen nach unten. Strecken Sie das Kinn dabei nach vorn, und lassen Sie den Atem durch die zusammengepreßten Lippen zischend entweichen, damit er nicht in einem einzigen kurzen Schub ausströmen kann.

Diese Übung sendet einen kräftigen Energiestoß in das Kehlzentrum. Es ist jedoch angeraten, die Aufmerksamkeit auf das Stirnzentrum zu konzentrieren, damit auch das indigofarbene Zentrum mit Energie aufgeladen wird. Diese Übung kräftigt außerdem den Rücken und den Unterleib.

Lassen Sie in einer Abwandlung dieser Übung den Kopf aus der höchsten Position, ohne zu zischen, nach unten fallen, und atmen Sie aus. Wenden Sie Ihren Kopf dann langsam nach rechts, und schauen Sie beim Einatmen aus den Augenwinkeln auf die Fersen. Drehen Sie beim Ausatmen den Kopf in die Ausgangslage zwischen den Schultern zurück. Wiederholen Sie die Übung, indem Sie den Kopf nun nach links wenden.

Bewegen Sie in einer weiteren Abwandlung dieser Übung das Kinn beim Einatmen den Unterarm entlang bis zum Ellbogen, wenden Sie den Kopf nach oben, und blicken Sie zur Decke. Beim Ausatmen führen Sie den Kopf zur Mittellage zurück und senken ihn. Wiederholen Sie dies zur anderen Seite hin.

2. Legen Sie sich mit geschlossenen Beinen und an den Seiten anliegenden Armen auf den Rücken. Legen Sie die Handflächen flach auf den Boden, und heben Sie die gestreckten Beine, indem Sie sich mit den Händen auf dem Boden abstützen, senkrecht in die Höhe. Legen Sie die Handflächen nun zum Abstützen möglichst hoch gegen den Rücken. Pressen Sie das Kinn gegen die Brust. Kontrahieren Sie die Gesäßmuskeln, um den Rücken so gerade und so hoch wie möglich zu halten.

Dieser Schulterstand ist eine sehr wirkungsvolle Übung, die sie nicht ausführen sollten, wenn Sie eine übernormal große Schilddrüse oder hohen Blutdruck haben. Auch während der Monatsblutung sollten Sie davon absehen.

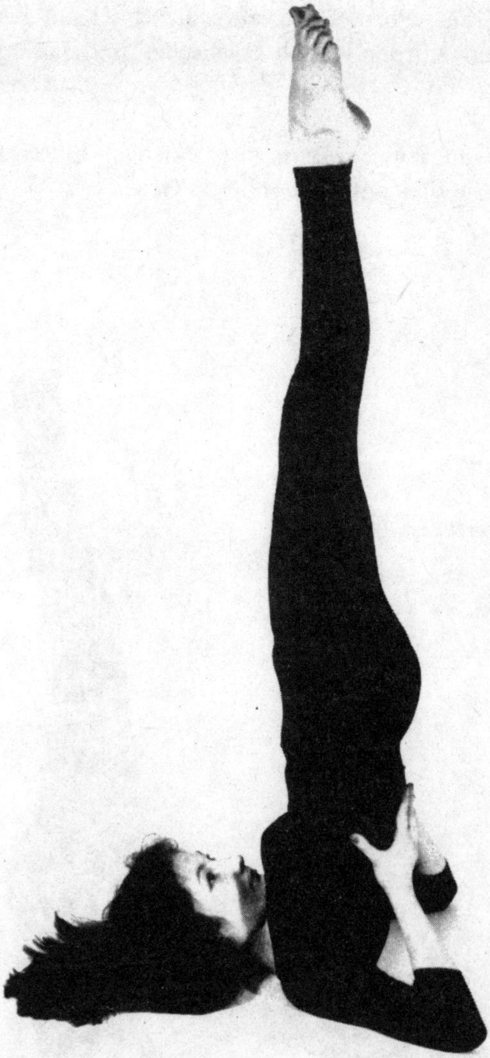

Stehen Sie nach der Übung nicht abrupt auf. Lassen Sie Ihrem Kopf Zeit, sich wieder auf seine normale Lage einzustellen.

Nun können Sie auch noch einige Variationen dieser Übung

ausprobieren, die sich nicht so stark auf das Kehl-Zentrum auswirken, den Körper jedoch elastischer und beweglicher machen.

a) Lassen Sie langsam ein Bein gestreckt nach hinten fallen. Wiederholen Sie dies mit dem anderen Bein.

b) Beugen Sie das rechte Knie, und legen Sie es auf die Stirn. Stützen Sie dann mit dem rechten Fuß das linke Bein, das ein wenig nach hinten gestreckt ist, am Knie ab. Wechseln Sie Stütz- und Ruhebein.

c) Berühren Sie mit beiden Füßen hinter dem Kopf den Boden. Strecken Sie die Hände nach vorn und versuchen Sie, die Handgelenke am Boden zu halten.

3. Lassen Sie sich aus dem Schulterstand zu Boden gleiten, und führen Sie die Fersen nahe an das Gesäß heran. Heben Sie das Gesäß, bis das Kinn die Brust berührt. Wölben Sie den Rücken. Halten Sie dabei die Fußsohlen und Schultern fest auf dem Boden, und stützen Sie den Oberkörper mit den Füßen, dem Hinterkopf, den Schultern und den Armen.

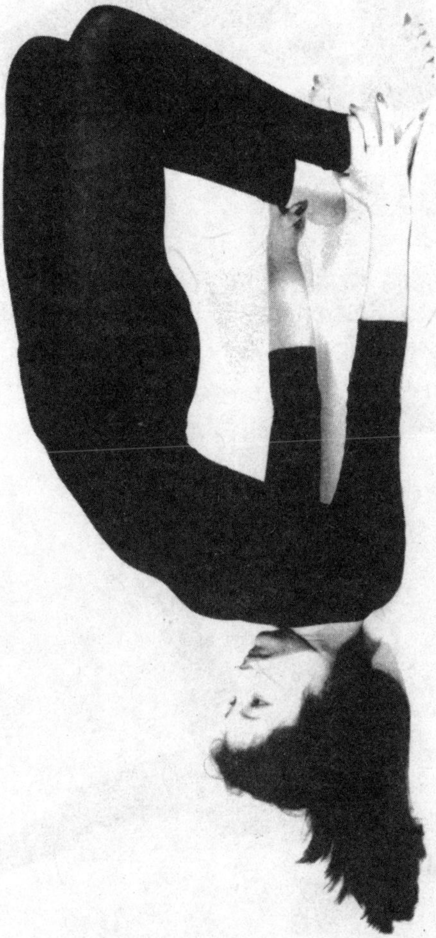

Diese Übung wirkt runden Schultern und Rückenschmerzen entgegen, sie sollte jedoch während einer Schwangerschaft nicht ausgeführt werden.

Versuchen Sie, als eine Variante, die Beine aus dieser Position zu strecken. Stützen Sie die Hüften mit den Händen, und heben Sie jeweils ein Bein.

4. Lassen Sie uns nun ein paar Übungen vorstellen, die Sie im Stehen ausführen können. Oben erwähnten wir bereits eine Übung, bei der Sie sich im Knien nach hinten beugten. Diese Übung frischte die Energie des Herzzentrums auf. Wenn Sie sich im Stehen nach hinten beugen, führen Sie zusätzlich dem Halszentrum Energie zu. Je weiter Sie sich zurücklehnen können, desto elastischer sind Sie und desto mehr breitet sich die Wirkung der Übungen in alle Zentren hinein aus.

Stehen Sie, die Beine ganz leicht gespreizt, gerade und aufrecht. Strecken Sie sich beim Einatmen so weit wie möglich in die Höhe. Beugen Sie sich dann beim Ausatmen langsam nach hinten, und drücken Sie, um die Gewichtsverlagerung auszugleichen, die Hüften und Knie nach vorn. Beschreiben Sie dabei mit Ihrem Rücken einen möglichst vollkommenen Bogen. Strecken Sie sich ausgiebig. Führen Sie den Oberkörper beim Einatmen langsam in einem weiten Bogen wieder in die

Senkrechte, und lassen Sie sich beim anschließenden Ausatmen leicht nach vorn fallen.

5. Stehen Sie aufrecht mit gespreizten Beinen, so daß zwischen den Füßen ein Abstand von etwa einem Meter besteht. Strecken Sie die Arme hinter den Rücken und verschränken Sie die Finger. Atmen Sie ein, und ziehen Sie den Körper aus der Wirbelsäule nach oben in die Länge. Beugen Sie sich beim Ausatmen nach vorn zu einem Knie hin, und heben Sie dabei die verschränkten Hände so hoch wie möglich. Führen Sie die Nase so nahe wie möglich an das Knie heran, und verharren Sie für einige Augenblicke in dieser Stellung. Senken Sie die Arme langsam, und wiederholen Sie die Übung, indem Sie sich zum anderen Knie beugen.

Diese Übung kräftigt die Muskeln der oberen Wirbelsäulenpartien und zwischen den Schulterblättern.

Aktivierung des indigofarbenen Zentrums

Die Wirksamkeit der Stirn ist von der Elastizität der Gesichts- und Kopfmuskeln abhängig. Diese Muskeln müssen beweglich sein, und dazu gehört Übung. Wir arbeiten uns zu umfassender Bewußtheit empor, und, wie Sie wissen, ziehen ja auch die Tiere die Ohren nach hinten, wenn sie besonders aufmerksam lauschen. Beim Menschen senken sich die Ohren und Augenbrauen gewöhnlich nach dem zwanzigsten Lebensjahr.

Jede dieser Übungen, die gleichzeitig eine Art Schönheitspflege darstellen, sollten Sie täglich drei- bis viermal durchführen. Da Kopfkreisen und das Anspannen der Gesichtsmuskeln jedoch eine bereits übermäßig funktionierende Schilddrüse nur noch mehr stimulieren, sollten hagere und dünne Menschen diese Übungen meiden.

1. Reiben Sie die Handflächen aneinander, um die Hände mit Energie aufzuladen. Legen Sie die Hände mit den Ballen dicht nebeneinander über die Augenbrauen und die Finger auf den Kopf. Konzentrieren Sie sich auf die gesamte Region. Unter den Haaren befindet sich ein Muskel, der die Haut der Stirn nach oben ziehen kann. Kontrahieren Sie diesen Muskel, so daß sich die Haut nach oben und nach hinten zieht. Lassen Sie dabei Ihren Kopf leicht nach vorn geneigt sein. Heben Sie dann beim Ausatmen den Kopf, und schauen Sie nach oben. Zählen Sie bis sechs, und halten Sie den Kopf in dieser Stellung. Lassen Sie ihn beim Ausatmen wieder nach unten sinken.

Diese Übung wird die Falten auf Ihrer Stirn glätten und die gesamte Stirnregion beleben.

2. Legen Sie eine Hand mit dem Ballen zwischen den Augenbrauen auf die Stirn. Drücken Sie beim Einatmen die Stirnkante nach unten und ziehen Sie die Augenbrauen für einige Augenblicke zusammen. Lösen Sie beim Ausatmen die Anspannung. Diese Übung aktiviert die Muskeln am Hinterkopf und um die Augen.

3. Legen Sie Ihre Hände mit den Ballen über den Ohren an den Kopf. Unter den Schläfen befindet sich ein kräftiger Muskel, der die Haut an den Seiten des Gesichts und den Ohren anhebt. Kontrahieren Sie diesen Muskel, indem Sie die Ohren beim Einatmen anheben und für einige Augenblicke oben halten. Entspannen Sie die Muskeln beim Ausatmen.

4. Hinter den Ohren haben Sie Muskeln, die die Ohren nach hinten ziehen. Legen Sie Ihre Fingerspitzen hinter die Ohren, und ziehen Sie die Ohren beim Ausatmen zurück. Entspannen Sie die Muskeln beim Ausatmen.

5. Legen Sie die Hände unter dem Haaransatz in den Nacken, wobei die Fingerspitzen zwei bis drei Zentimeter voneinander entfernt sind. Kontrahieren Sie die Nackenmuskeln, indem Sie die Kopfhaut beim Ausatmen in Richtung der Fingerspitzen ziehen und die Fingerspitzen aufeinander zu bewegen. Entspannen Sie sich, indem Sie die Finger zurückgleiten lassen und damit den Nacken massieren.

6. Reiben Sie wiederum die Handflächen aneinander, und legen Sie die Hände über das Gesicht, so daß die Fingerwurzeln die Augenbrauen und die Handwurzeln die Backenknochen berühren. Neigen Sie dann beim Einatmen den Kopf nach hinten, und schauen Sie nach oben. Verharren Sie für einige Augenblicke in dieser Stellung. Konzentrieren Sie sich beim ersten Aufschauen auf das Zentrum der Stirn und dann nacheinander auf den Anfang, die Mitte und das Ende der Augenbrauen. Senken Sie den Kopf nach vorn, wenn Sie sich aus dieser Haltung lösen. Schließen Sie die Augen, bedecken Sie sie mit den Handflächen, und entspannen Sie sich.

7. Spitzen Sie ein paarmal die Lippen so, als wollten Sie küssen oder pfeifen. Öffnen Sie danach den Mund so weit wie möglich.

8. Neigen Sie den Kopf nach hinten. Öffnen und schließen Sie den Mund vier- bis fünfmal. Beißen Sie beim Schließen die

Zähne fest aufeinander. Schieben Sie dann mehrmals die Unterlippe über die Oberlippe.

9. Lassen Sie den Kopf nach vorn fallen, neigen Sie ihn zu einer Seite, und beginnen Sie mit einer langsamen Kreisbewegung. Vollenden Sie entweder einen vollen Kreis während des Ein- und Ausatmens oder führen Sie den Kopf beim Einatmen bis nach hinten und beim Ausatmen wieder nach vorn. Wiederholen Sie diese Kreisbewegung zwei- oder dreimal in beiden Richtungen.

10. Legen Sie die Fingerspitzen auf die Schultern. Heben Sie beim Einatmen die Ellbogen an, und beugen Sie den Kopf nach vorn. Heben Sie beim Ausatmen den Kopf wieder in die Höhe, und senken Sie die Ellbogen.

Aktivierung des violetten Zentrums

Solange wir die kosmischen Energien noch nicht ganz natürlich weiterleiten können, müssen wir die Blutzirkulation zum Kopf verstärken, um das Scheitelzentrum aktivieren und mehr von der vollen Gehirnkapazität nutzen zu können. Die Kopfregion wird zusätzlich aktiviert, wenn wir dabei außerdem die Füße auf den Kopf legen. Die Alten stellten sich dazu auf den Kopf. Solange wir jedoch noch nicht über die vollkommene Haltung verfügen, sollten wir derartige Übungen meiden. Die folgenden Übungen sollten nur unter Anleitung eines Lehrers geübt werden, und auch dann erst, nachdem Sie in Ihrer Yogapraxis bereits fortgeschritten sind. Jede Übung, bei der wir den Kopf nach vorn beugen, hat eine ähnliche Wirkung, die allerdings nicht immer so ausgeprägt sein muß. Beachten Sie bei allen folgenden Übungen, bei denen Sie sich auf den Kopf stützen, daß Sie sich danach nicht übergangslos und ruckartig aufrichten. War Ihre Schädelkrone unmittelbarem Druck ausgesetzt, sollten Sie den Kopf danach noch für ein paar Sekunden unten halten.

1. Stehen Sie, die Füße ungefähr einen Meter auseinander, aufrecht und gerade. Drehen Sie den Oberkörper nach rechts, und führen Sie die Hände beim Ausatmen langsam nach unten. Beugen Sie das rechte Knie, und bringen Sie den Kopf so nahe wie möglich an den Boden heran. Berühren Sie an der Innenseite des rechten Knies mit den Handflächen den Boden, und stützen Sie sich darauf. Richten Sie sich beim Einatmen langsam wieder auf. Wiederholen Sie die Übung zur anderen Seite.

Stehen Sie wieder aufrecht und gerade. Schauen Sie geradeaus. Beugen Sie sich nun beim Ausatmen aus der Hüfte nach vorn, und stützen Sie sich in der Mitte vor den Füßen mit den Händen ab. Lassen Sie den Kopf zwischen den Händen so weit wie möglich zum Boden herabhängen.

Verschränken Sie in einer Abwandlung dieser Übung entweder die Hände hinter dem Kopf oder kreuzen Sie die Arme vor der Stirn, und beugen Sie dann beim Ausatmen den Oberkörper wiederum nach vorn. Verharren Sie länger in dieser Stellung, falls Sie es wünschen, und atmen Sie normal weiter.

In einer weiteren Variante können Sie die Hände hinter dem Rücken in der Gebetsgeste aufeinanderlegen. Beugen Sie sich dann so weit nach vorn, bis Sie mit der Schädelkrone den Boden berühren. Verteilen Sie das Gewicht für einen Augenblick gleichmäßig zwischen den Füßen und dem Kopf, und richten Sie sich dann beim Einatmen wiederum langsam auf.

Wer unter erhöhtem Blutdruck und Schwindelgefühl leidet, sollte diese Stellung meiden.

2. Knien Sie nieder. Legen Sie die Handflächen in ungefähr sechzig Zentimetern Abstand voneinander auf den Boden. Halten Sie die Knie dabei geschlossen. Führen Sie die Schädelkrone zum Boden herab, und verlagern Sie Ihr Gewicht hinten auf die Zehenspitzen. Heben Sie langsam die Knie vom Boden ab, um einen Energieschub zum Gehirn hervorzurufen. Verweilen Sie für ein paar Minuten in dieser Position.

Kehren Sie wieder auf die Knie zurück und ruhen Sie sich ein wenig aus. Stützen Sie sich schließlich wieder mit Kopf und

Händen auf den Boden. Führen Sie die Füße an die Ellbogen heran. Heben Sie die Füße vom Boden ab und stützen Sie die Knie auf den Ellbogen ab.

3. Sind Sie einmal in der Lage, die Stellung Nr. 2 mühelos einzuhalten, strecken Sie die Beine zum Kopfstand senkrecht in die Höhe (s. Abb. S. 220). Verweilen Sie solange in dieser Position, wie es Ihnen angenehm erscheint, und kehren Sie dann langsam zurück, indem Sie die Beine einknicken lassen und die Zehen zum Boden führen.

4. Hocken Sie sich auf die Knie nieder. Beugen Sie sich nach vorn, und legen Sie die Unterarme vor den Knien auf den Boden. Öffnen Sie die Ellbogen noch ein wenig mehr. Verschränken Sie die Finger und legen Sie den Kopf mit dem Scheitel fest in die von Ihren Händen gebildete Mulde. Heben Sie die Knie vom Boden ab, und führen Sie die Beine so nahe an den Rumpf heran, daß der Rücken vollständig gerade ist und die Oberschenkel sich gegen den Unterleib und die unteren Rippen pressen. Verlagern Sie Ihr Gewicht von den Zehen auf die Arme und den Kopf. Heben Sie zuerst einen und dann

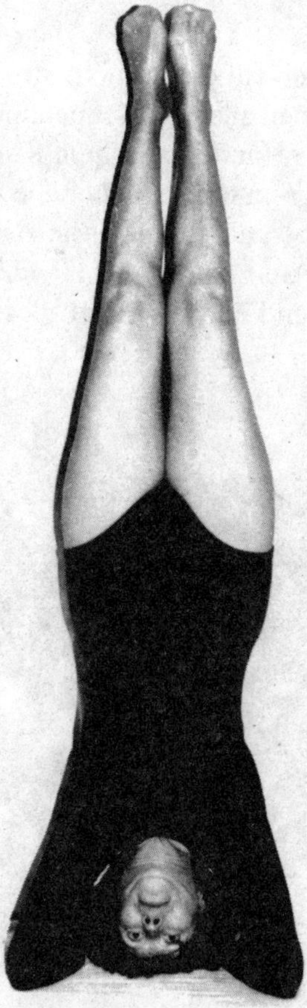

den anderen Fuß ein wenig vom Boden ab. Haben Sie das richtige Gleichgewicht gefunden, heben Sie die Füße dann langsam ganz vom Boden ab und strecken die Hüften, Knie und Beine, bis der Körper vom Kopf aus gerade und senkrecht nach oben gestreckt ist. Verweilen Sie in dieser Position, solange Sie sich ohne Anstrengung daran erfreuen können. Klappen Sie dann die Beine an den Knien ein, und führen Sie die Zehen zum Boden zurück. Ruhen Sie, bevor Sie aufstehen. Anfänger sollten sich an dieser Übung nur zum Abschluß ihrer Übungsfolge versuchen und nicht länger als eine halbe Minute im Kopfstand verweilen. Dehnen Sie die Zeit nach und nach auf fünf Minuten aus.

5. Legen Sie sich flach auf den Bauch. Strecken Sie die Hände vor sich auf dem Boden aus, und dehnen Sie sich in der ganzen Länge. Legen Sie die Hände unter dem Kinn mit den Handflächen nach unten übereinander. Heben Sie den Kopf ein wenig mit Hilfe der Hände, und strecken Sie sich. Heben Sie dann den Oberkörper, ohne sich auf die Hände aufzustützen. Heben Sie die Hände und Ellbogen statt dessen gemeinsam mit

dem Kinn an. Haben Sie den höchsten Punkt erreicht, an dem Sie die Position halten können, ohne nach vorn zurückzufallen, senken Sie die Ellbogen zu Ihren Seiten, bis Ihre Handflächen auf dem Boden aufliegen. Führen Sie nun auch den Kopf zum Boden zurück, so daß der Nacken vollständig gestreckt ist und Ihre Stirn auf der Matte ruht. Drücken Sie beim Einatmen den Oberkörper vom Boden ab und heben Sie den Kopf so hoch wie möglich. Führen Sie gleichzeitig die Fußsohlen von hinten so nahe wie möglich an den Kopf heran. Halten Sie diese Position für einige Augenblicke und entspannen Sie sich mit dem Ausatmen.

Diese höchst symbolische Übung bildet das alte Symbol der Einheit ab, in dem die Schlange ihren eigenen Schwanz auffrißt. Die Energien der Füße dringen bis zur Scheitelkrone vor und führen die vollkommene Wandlung herbei.